喚醒你的英文語感！

Get a Feel for English !

THESIS AND DISSERTATION WRITING IN A SECOND LANGUAGE

A HANDBOOK FOR STUDENTS AND THEIR SUPERVISORS

英文學位論文寫作手冊

學生與指導教授參考指引

作者 / BRIAN PALTRIDGE AND SUE STARFIELD

Contents

Figures

Tables

Boxes

Acknowledgements

本書是多年來與學生、同事、朋友及家人一起討論、教學和思考學位論文寫作的成果。我們感謝所有參與者和支持者，特別是那些提供論文摘錄給本書使用的眾多博士和碩士生。能夠開發並教授論文寫作課程，對我們而言是一個非常有價值的經歷，而根據學生的反饋，這些課程對他們的寫作發展非常有幫助。用非母語撰寫研究論文無疑是一個挑戰，我們希望這本書能幫助你克服這個挑戰，並提升你在所屬領域中的獨特知識貢獻。然而，那些以英語作為第二語言的讀者或許會想知道，自從本書的第一版出版後，我們聽到了許多英語母語使用者的回饋，表示這本書對他們的論文或學位論文寫作也很有幫助。

Sue 特別感謝她的父母，感謝他們無條件的愛與支持，也感謝 Alan, Sophia 和 Jeremy 對她所有寫作努力的支持。Brian 要感謝他在大學裡所得到的支持，感謝那裡的同事和研究生們，使學校成為現在這樣的地方。最後但同樣重要的是，Brian 感謝 Daniel 對他所做的一切都予以支持。

我們還感謝 David Cahill, Sara Cotterall, Jianxin Liu, Ingrid Moses, Tracy Taylor, Wendy Timms, Wenchao Tu, Todd Walton 和 Wei Wang，感謝他們允許我們在書中引用他們的部分作品。此外，我們感謝香港理工大學，他們擁有圖 3.1、3.2 和 6.1 的知識產權，並允許我們在本書中引用這些作品。

Chapter 1

Introduction
導言

本書背景

　　本書的目的是為那些以英文作為第二語言來撰寫碩博士論文 (thesis or dissertation)¹ 的學生以及與這些學生合作的指導教授提供一本參考指引,旨在闡明寫作碩博士論文過程中的默契或理解,而這些是學生通常不知道的,特別是那些來自非英語語言和文化背景的學生。書中有實用的例子、學習任務及出自已完成之碩博士論文實例。學習任務的設計旨在幫助學生培養成功撰寫碩博士論文所需的技能和理解力。這些學習任務包含聚焦於碩博士論文寫作特有的語言運用層面,以及特有的社會和文化上對於論文的期待,諸如在寫作和學習層面上對學生有何期望、論文寫作中的學科差異課題,以及在英語授課的大學裡,口試委員對學生所寫出的論文有何期待。

　　書中適當地聚焦於理論與研究,並為使用第二語言寫論文的學生提供寫作的實用建議。它將討論所有論文寫作者共同的課題,例如理解論文寫作的背景和目的、讀者在論文寫作中的地位、理解作者與讀者的關係、作者身分問題,以及假定的背景知識在論文寫作中的位置。

　　書中的每個單元都聚焦於碩博士論文寫作過程的特定層面。單元的順序遵循進行研究和撰寫碩博士論文的階段。每個單元都包含了任務,其編寫方式則是鼓勵學生根據自己的學科與研究來探索各章中所涵蓋的要點。

　　雖然有許多提供協助學生作業寫作的書籍,但很少有書籍能為正在寫碩博士論文的學生提供支援。再者,寫碩博士論文要以長遠的時期來管理寫作過程,與寫作業在量與質上是完全不同的。

　　本書採用的方式是明確教授典型碩博士論文在各個部分的期望、慣例、結構與組織，也會援引碩博士論文的實例來說明。本書的宗旨固然是把我們所討論的課題向以英語作為第二語言的學生說清楚，然而對於英語母語學生和已經在英語授課的大學攻讀過卻沒有撰寫碩博士論文的學生來說，也非常受用。

本書第二版的更動

　　在本書第二版中非常重要的改變是將主要讀者群鎖定為學生而不是指導教授，這與第一版的情況不同。不過，指導教授很可能會在這個修訂版中發掘更多價值。我們增加了自十多年前編寫本書第一版以來所發表的研究成果，例如成為博士論文作者的經驗、與碩博士論文寫作相關的身分課題、寫出權威性和找到自己的聲音，以及有關碩博士論文的語言和論述特性之研究。新版中包含了更多的任務，而且我們添加了更多碩博士論文成品的最新摘錄，並導入新的數位化工具來支援論文寫作。我們還增加了一章來談論念博士期間的研究發表，這是我們在第一版書中所沒有包含的。

用第二語言寫作碩博士論文的背景

　　許多於英國、美國、加拿大、澳洲和紐西蘭就讀大學的留學生都必須以英文來撰寫碩博士論文。另有許多在南非和香港等地攻讀學位的學生，同樣需要以英文來撰寫學位論文，而對他們來說，英文並不是第一語言或主要語言。這些學生通常很難滿足這種特定體裁的寫作要求，對於來自學術寫作的慣例和期望可能與他們現在所處情境相當不同的學生而言，情況尤其如此。本章將討論以下內容：

- 碩博士論文的產出脈絡，以及這與第二語言作者出身自多元語言和文化背景的關聯性；
- 碩博士論文特有的社會與文化背景，以及這會如何影響學生的寫作內容和寫作方式；

- 不同探究層次的知識取向和學習方法；
- 碩博士論文寫作中的跨文化議題；
- 身分與碩博士論文寫作；
- 碩博士論文寫作的學科差異；
- 學校與口試委員對碩博士論文的期望。

碩博士論文寫作的社會與文化背景

　　我們發現，思考碩博士論文寫作的一個有用方式是去審視其論文撰寫的社會與文化背景。這包含以下因素：

- 論文的背景設定
- 論文的焦點與觀點
- 論文的目的
- 論文的預期讀者，他們在閱讀文本時的角色和目的
- 論文作者與讀者之間的關係
- 對論文的期望、慣例和規範
- 碩博士論文的作者會與讀者分享背景知識、價值觀與理解，包括對讀者來說重要和不重要的內容
- 論文與其他論文的關係

上述的每一點都很重要，因為它們全都會以某種方式影響著論文及其寫作方式。通常，這些問題是學校教授都會理解的，但學生卻未必。其中包含在特定研究領域中秉持的價值觀與期望、碩博士論文寫作的目標讀者，以及不同探究層次的不同期待。我們發現，在開始撰寫碩博士論文之前以及查看實際論文的範例之前，考慮這些因素會很有幫助。以下將依序討論每個層面。

碩博士論文的背景設定

　　碩博士論文的背景設定包括撰寫論文所在的大學類型和研究層次。這可能是一所綜合性研究型大學，也可能是一所對於不同類型的工作和不同類型的研究項目更加重視的科技大學。該論文可能是為了榮譽學位、碩士學位或博士學位而撰寫，這對於論文中所報告的廣度和深度上會有著重要影響。

　　另一個重要問題是論文是屬於哪種研究領域類型，亦即所寫的是按照 Becher 與 Trowler (2001) 所稱的「硬性」或「軟性」學科、「純」或「應用」學科，還是一個「匯聚」或「分歧」的研究領域。這對於理解在特定研究領域中優先考慮的價值觀、意識形態和研究觀點具有重大意義。例如，考慮該學科領域中的學術人員是否具有相同的基本意識形態、判斷和價值觀（匯聚的研究領域），或者他們的研究觀點是否來自其他的學科領域（分歧的研究領域），都是很有幫助的。重要的是必須考慮在特定的研究領域中，怎樣才會被視為是「研究」，以及這在多大程度上對碩博士論文中能「說和做」的內容產生影響。這些全都有助於把碩博士論文置於其特定的學術環境中，並彰顯出在該學科領域中可能由學術人員共享但未公開表達的價值體系。

碩博士論文的研究觀點、題目與目的

　　另一個需要考慮的問題是研究項目的研究觀點和主題，以及這對於碩博士論文之寫作方式的影響程度。例如它是量化或質化的研究，或是「混合方法」研究的例子，以及這些觀點暗示哪些特定的假設？這包括在論文中可以提出什麼樣的主張，以及不能提出哪些主張。

　　依序考量研究及論文的實際目的也很重要。例如，目的可能是回答提問、解決問題或證明某事，同時為自己的研究領域貢獻知識。目的或許同樣是為了展現對特有主題的知識和理解；展示特定的技能；說服讀者；以及在更進階的層次上「進入某一特定研究領域」。在這種寫作中，學生通常不僅需要回答研究問題，還必須「展示他們所知道的」。

碩博士論文的讀者

進一步需考慮的問題是碩博士論文的目標讀者、讀者在閱讀論文時的角色和目的、讀者對所讀到的內容會如何反應，以及他們會用來評估論文的標準。例如，所寫的論文是針對該領域中的學術人員、口試委員，還是論文的指導教授？在判斷論文是否符合該特定研究領域的規範時，誰的意見最為重要？

碩博士論文一般都是針對一位或多位口試委員來寫。在某些情況下，學生的指導教授可能是學生的口試委員之一，而在其他情況下或許並不是。假如指導教授不是口試委員之一，則他就會是論文的次要而非主要讀者。「主要」和「次要」讀者之間的這種區別很重要，但是對學生來說通常較難體認這部分。在碩博士論文寫作中，最終對學生作品的品質做出評判的是主要讀者，而不是次要讀者。正如 Kamler 與 Threadgold (1997, p. 53) 所指出的，在學術圈內，主導或「主要」的讀者「比其他讀者（諸如朋友、學習輔導員或任何會看到學生論文的人）更重要」。因此，重要的是要考慮專家——論文的「全能讀者」，他們能接受或否決該寫作是否與標的論述社群的慣例相符 (Johns, 1990)，以及他們將會如何閱讀論文。

作者與讀者在碩博士論文中的關係

碩博士論文的讀者和作者之間的關係是另一個重要問題，這將影響文本中要說的內容以及表達方式。這種關係通常與其他學術文本（如研究文章和會議報告）的關係有所不同。例如，碩博士論文的作者一般都是「新手寫給專家看」，而研究文章的作者普遍都是「專家寫給專家看」。對於研究生來說，會議報告則常是兩者的混合。

碩博士論文寫作的背景知識、價值觀和理解

另一個重點是，碩博士論文的作者與主要讀者（口試委員）假定會共有的背景知識、價值觀和理解，對讀者重要和不重要的是什麼。這會影響論文該含有多少的「知識展現」、學生應該在多大程度上「把自己知道什麼展示出來」，以及論文應該解決哪些問題、可以跨越哪些界限及如何做到這一點。

論述社群的期望與碩博士論文寫作

　　考慮碩博士論文的普遍期待與慣例，還有特定研究領域特有的期待、慣例和規範也很重要。這包括碩博士論文一般是如何組織，以及這在特定的研究主題和研究種類上會如何變動。

　　接下來的問題是碩博士論文的每個章節通常應包含哪些內容，以及在這方面允許的變化程度。進一步的事項是，在特定的研究領域所要求的批判性分析程度，以及對於研究所預期的原創性與「知識貢獻度」。

與其他文本的關係

　　最後一個重點是碩博士論文與其他文本（如專題論著、期刊文章和研究報告）之間的關係，以及對於自己所寫內容和別人在該主題的相關著作，學生將會怎樣展示其間的關係。這包括如何使用其他文本來支持自己提出的論點、可接受和不可接受的「文本借用」之間的差異 (Bloch, 2018)，以及報告和剽竊之間的差異。

碩博士論文的背景

　　表1.1是基於這一系列要點來對碩博士論文的社會與文化背景進行分析。此表顯示了會影響論文寫作方式的各種因素、它將如何被閱讀，更重要的是，它會如何被評估。

表 1.1　碩博士論文的社會與文化背景

文本的設定	・大學類型和研究層次，學位種類（榮譽、碩士或博士、研究型或專業型） ・所從事的研究是屬於「硬性」或「軟性」、「純」或「應用」、「匯聚」或「分歧」的研究領域
文本的焦點與觀點	・量化、質化或混合的研究方法 ・能提出的主張、不能提出的主張 ・對於何為「好」研究的看法

文本的目的	・回答提問、解決問題、證明某事、貢獻知識、展現知識與理解、展示特有的技能、使讀者信服、獲得進入特定研究領域
閱讀文本的讀者、角色和目的	・判斷研究品質 ・主要讀者群是一位或多位的口試委員，次要讀者群是指導教授和其他任何會看到學生成果的人 ・讀者對所讀到的內容會如何反應 ・他們評量文本時會用的評判標準 ・在判斷文本的品質上最有分量的是誰
作者與讀者在文本上的關係	・學生寫給專家看，獲得進入研究領域（首要讀者群） ・學生寫給同儕看，尋求建議（次要讀者群）
對文本的期待、慣例和規範	・對相關文獻的理解和批判性評價 ・對研究主題的清楚定義和全面調查 ・針對研究主題適切運用研究方法與技術 ・能詮釋結果，得出結論，並將其與過往的研究鏈結起來 ・具有一定的批判性分析、原創性與知識貢獻度 ・期望的文學品質與表達水準 ・所必要的文法精確度 ・文本一般的組織方式，以及在特定的研究主題、研究領域、研究類型和研究觀點中可能會如何變動 ・每個章節通常應包含什麼內容 ・在應處理的問題和應如何處理方面所容許的變動程度 ・大學的正式提交規範，包括格式、程序和時程
背景知識、價值觀與理解	・假定學生將與讀者會共有的背景知識、價值觀與理解，什麼對讀者重要，什麼對讀者不重要 ・學生應該展示多少知識，學生應該在多大程度上展示他們所知道的知識，學生該解決哪些課題，學生可以跨越哪些界限
文本與其他文本之間的關係	・如何顯示當前研究與他人對該主題的研究之間的關係、什麼是有效的先前研究、可接受與不可接受的文本借用之區別、報導與抄襲的差異

習題 1.1 ▶ 碩博士論文的寫作背景

1 考量以下與你的碩博士論文相關的事項。這些因素在多大程度上影響你的寫作方式和內容？
   • 文本的院校場域設定
   • 文本的焦點與觀點
   • 文本的目標讀者
2 考量下列因素會如何影響你的寫作方式
   • 大學對碩博士論文的期望、慣例和要求規範
   • 假定你將與讀者共有的背景知識、價值觀與理解，包含對讀者重要和不重要的內容是什麼
3 思考報導、改寫 (paraphrasing) 和抄襲之間的差異。在改寫其他作者的成果時，可運用什麼樣的策略？

對知識的態度和不同的學習層次

進一步的課題是，在不同的學習層次上，對知識的態度、學習方法、教學和學習策略，以及這些在英語授課的大學裡與在英語是第二語言的學生自己國家的大學裡是如何不同的。Ballard 與 Clanchy (1984, 1991) 討論了這些方面，包括它們是如何隨著學生的學習進程而改變。例如，英國中學教育的主要焦點通常是「保存」知識，然而，當學生繼續進修至高等教育時，往往會轉向批判和「擴展」知識。這可能需要從關注正確性轉向「簡單的」原創性，進而轉向「創造性的」原創性和新知識的創建。因此，學生通常從總結和描述資訊轉為質疑、判斷和重組資訊，再到仔細尋找新的想法、資料和解釋。然而，較高的學習層次還是會期待正確性和重組資訊。此外，在較高的學習層次上，通常也期望創建新的知識，尋找新的證據和解釋 (Ballard & Clanchy, 1991)。

表 1.2 呈現了在英語授課的院校裡，教學與學習策略、對知識的態度與不同學習層次之間的關係。Ballard 與 Clancy 指出，重要的是，他們所描述

的態度和策略並非固定和靜態的，而是在一個連續體上。在某些課程中，學生採取的策略和對知識的態度方面存在差異。同樣，學生採取的學習策略也因應不同的學習任務而有所不同。儘管如此，以英語授課的學術機構對知識和學習策略通常具有一套主導態度，而這些態度對許多以第二語言英文來寫作碩博士論文的學生來說，並無法立刻就看出來。

表 1.2　對知識的態度、學習方法和不同的學習層次

對知識的態度		保存知識	批判知識	擴展知識
學習方法		複製	分析	推論
教學策略	教師的角色	幾乎是知識、方向或指引、評量的主要來源	學習資源的協調者；提問者、批判性的引導者、諫言者；主要的評量來源	較有經驗的同事與合作者；初步的評論者與輔導員；贊助者
	特徵活動	傳達資訊與展示技能；明示的道德與社會訓練	分析詮釋架構內的資訊與觀念；針對批判性的知識取向和慣例把需求模式化	對個別的觀念與方法進行討論或指點；把假設與創造性的思考模式化
	評量	測驗記憶回想與實際展示技能；強調複製；適合排名	需要進行批判分析和解決問題的作業或考試；強調原創性和詮釋品質	獨立研究；論文與報告達可發表的品質；貢獻知識領域
	目的	知識與技能的簡單轉移	培養獨立與批判性的思考方式；理論與抽象能力的發展	發展具有理論和抽象能力的推測性和批判性智慧；擴大知識基礎（理論、資料、技術）

學習 策略	活動類型	記憶與模仿：總 結、描述、整理和 應用公式或資訊	分析與批判思考： 提問、判斷並把觀 念與資訊重組成主 張	推論與假設：研究 設計、實行與報 告；審慎尋找新的 想法、資料、解釋
	特徵提問	什麼？	為什麼？如何？多 有效？多重要？	假使？
	目的	正確性	「簡單的」原創 性，把素材重塑成 不同的形態	「創造性」的原創 性，全新的方法或 新知識

資料來源：改編自 Ballard 與 Clanchy (1991，p. 12)。轉載由 IDP Education Ltd © 提供

習題 1.2 ▶ 對知識的態度和學習層次

檢視表 1.2。這與你過往的學習經驗有多相似或不同？例如，哪些特徵最能描述你的中學教育？對於你過往在大學部和研究所的學習，哪些描述得最典型？在你的碩博士論文寫作中，哪些對你來說是最重要的考慮因素？

碩博士論文寫作中的跨文化課題

跨文化寫作

　　在碩博士論文寫作中有許多文化課題須加以考量。在撰寫和閱讀這類學術文本時，文化差異是重要的問題。對比修辭學 (contrastive rhetoric) 或最近更常被稱為跨文化修辭學 (intercultural rhetoric) (Connor, 2018) 的研究領域比較了跨語言和跨文化的寫作，這個領域的許多研究都聚焦於學術寫作。對比修辭學起源於 Kaplan (1966) 的研究，他研究了來自不同語言和文化背景的學生在學術寫作中的不同模式。儘管 Kaplan 後來修正了他認為學術寫作差異是因為文化思維方式不同的強烈主張，但許多研究都在不同的語言和文化中發現了學術文本在寫作方式的重要差異。不過，有些研究則

是發現了跨文化學術寫作中的重要相似之處。例如 Kubota (1997) 認為，在對比修辭學領域的研究中，往往對一些特定例子中的寫作文化特徵過於概括。她主張，就如同日文的說明式寫作有多種修辭風格一樣，英文也有，而嘗試把修辭風格簡化為單一標準就是在誤導。

Leki (1997) 認為對比修辭學不僅過度簡化了其他文化，還過度簡化了英文寫作方式。她指出，儘管英語為第二語言的學生通常被教導以標準方式寫作，但專業作家並不一定以這種方式進行英文寫作。她主張，在某些情況下，許多被認為是華文、日文和泰文寫作中典型的修辭手法，在英文中也會出現。同樣地，被認為是英文寫作典型的特點也偶爾出現在其他語言中。她認為，對比修辭學最有用的觀點是研究「作者在應對外部需求和文化歷史時所做的務實和策略性選擇上的差異或偏好」(Leki, 1997, p. 244)。

Kubota 與 Lehner (2004) 認為，對比修辭學對學生的第二語言學術寫作抱持著有缺陷的觀點。他們還主張，許多對比修辭學的研究呈現了學術寫作中並非總是存在的差異。其中一個例子就是認為華文的學術寫作呈現循環性，而英文的學術寫作則呈現線性。有些華人學生表示：

當你說英文的學術寫作是線性時，所意謂的是什麼？在英文中，文章的作者會先說自己想說的話，把它說出來，然後再重複說一遍。這其實是一種循環，而不是線性的寫作方式。

（Pennycook，個人訪談）

有時，寫作顧問可能看了學生的姓氏就據此對他們的寫作做出假設，而不知道他們是否確實具有該語言和文化背景。例如有一位英裔澳洲學生的先生是華人，基於她的（華人）姓氏，她被給予了有關「東方」寫作循環性以及在寫作中需要更具西方特色的建議。在這個案例中，顧問僅根據他對華文和英文學術寫作的先入為主想法及學生種族來對學生的寫作進行了預判和假設 (Pennycook, 2001)。

　　一篇寫得好的文章有個重要特徵就是個別句子之間的統一性和聯繫性。這在某種程度上是文本中思想呈現的結果，但也取決於作者在文本中如何

建立句子內部和句子之間以及段落內部和段落之間的連貫性。這對於英文寫作尤為重要，英文寫作常被描述為是作者負責 (writer responsible)，而有別於在其他的語言中（例如日文）所寫的文本有時被描述為是讀者負責 (reader responsible)。也就是說，在英語中，作者有責任讓讀者清楚地理解文本的意涵，而在日語中，更多的是假設讀者能夠理解所說的內容。此外，英文學術寫作通常被描述為「低語境」(low context)，因為它不假設作者和讀者之間具有共同的知識和觀點，因而在英文的學術寫作中，通常會將事情明確說出來。而在其他被描述為「高語境」(high context) 的語言中，有些事情可能不會被說出來，因為假設讀者已經知道了。

因此，英文的碩博士論文以大量的「知識展現」為特徵，亦即告訴讀者一些他們可能已經知道的事情，而在某些情況下，讀者可能比學生更清楚。許多非英語母語學生常會說：「我沒有把這說出來，因為我以為你已經知道了。」然而，這正是碩博士論文的作者要以英文來做到的事，但許多非英語母語學生可許會覺得很奇怪或不自然。

文化差異也存在於文法層面，這對第二語言作者來說也可能是個問題。例如，Lu 等 (2016) 所進行的一項研究審視了香港的華人學生與英國的英語母語生在論文寫作中如何使用連接詞，發現這兩組作者之間存在差異。例如，香港作者使用表示相逆（如 despite）和對比（如 however）的詞語之頻率遠不如英國作者，而 on the other hand 這個短語，有些香港作者則會在不形成對比的情況下使用。雖然不可能預測英文和其他語言之間的所有語法差異，但重要的是要記住差異確實存在，而且這不僅是使用了錯誤語法項目的問題，還涉及該特定項目在英文中的功能，這可能與它在其他語言中的功能不同（參見曼徹斯特大學學術片語庫 [www.phrasebank.manchester.ac.uk/] 以了解表達語言功能的方式，例如批判性和謹慎性，這些都是學術英文的典型表達方式）。

習題 1.3 ▶ 跨文化寫作

在你的第一語言和文化中，學術寫作的典型特徵是什麼？將此與你所理解的英文學術寫作進行比較。

跨文化交流

　　在以第二語言撰寫碩博士論文的過程中，學生和指導教授之間也可能會存在誤解。跨文化語用學 (cross-cultural pragmatics) 這個研究領域就是專門研究這個問題。該領域的研究人員研究了將一種行為或修辭策略轉移到另一種語言和文化中所產生的困難，但沒有意識到該語言和文化對事情的做法可能會有所不同。這可能是像進入某人的辦公室而不敲門（因為門是開著的）這樣簡單的事情，也可能是涉及將某種請求方式從一個文化轉移到另一個文化，而未意識到在另一個語言和文化中這種作法是不同的。例如學生或許認為，在請求中加入「請」這個詞可以使請求更加禮貌，從某種程度上確實是這樣，但未意識到給指導教授發送一封電子郵件說「我完成了第 3 章，請檢查一下」並不夠禮貌（在大多數情況下）。其他可能因不同文化而存在差異且可能對口語交流產生影響的因素包括身體語言、眼神交流、特殊的親密度和身體接觸。例如，交叉雙臂和雙腿在不同文化中可能有不同的含義，直視某人的眼睛（或不直視），站得很近或碰觸某人也可能有所不同 (Hutchison et al., 2014)。

　　因此，對文化適切性的看法不同可能會導致誤解，並阻礙有效的跨文化交流。特別是當學生和指導教授來自不同的語言和文化背景時 (Harwood & Petric, 2017; Krase, 2007)，情況更是如此。學生雖然通過了大學的英語入學要求，但他們對於學生與指導教授之間的面對面互動卻往往缺乏準備。這些當面互動是指導過程中很重要的部分。然而，它們伴隨著潛在的誤解，尤其是在跨文化的交流處境中。

　　學生須意識到並預期在與指導教授互動時存在跨文化差異（假設他們的指導教授不是來自與他們相同的語言和文化背景）。如果學生和指導教授之間出現溝通問題，雙方都需要準備好談論這些問題，使誤解不至於發生，以免影響這段非常重要的關係（參見第 2 章以進一步討論跨文化交流）。

習題 1.4 ▶ 跨文化交流

想想你在學術場域中遇到跨文化溝通問題的情況。是發生了什麼事，是什麼導致溝通不良？有哪些方法可以化解這個情況？

第二語言的學術寫作與身分

作者身分是學術論述中的關鍵問題，特別是在碩博士論文寫作中。對許多第二語言寫作者來說，這是一個尤其困難的問題。學術寫作常是以不帶表情與個人化的樣貌來呈現。例如，學生會被告知「要把個性留在門外」(Hyland, 2002, p. 352)，不要使用像「我」這樣的人稱代名詞，這些代詞表明所說的是學生的觀點或立場（有關「I」在博士論文寫作中的使用，請參見 Thomson & Kamler, 2016, Chapter 8，以及本書的第 3 章）。然而，正如 Hyland 指出的那樣，「我們所寫的所有內容幾乎都講述了我們自己以及我們想要與讀者建立的那種關係」。學生在第一語言的學術寫作中有不同的寫作方式和不同的「聲音」時，就會使這進一步複雜化 (Seloni, 2018)。

Prince (2000) 研究了第二語言論文寫作中的作者身分問題。她感興趣的是第二語言寫作者如何受到他們在第一語言和文化中寫作論文的經驗所影響（或不受影響）。她研究了一組華人與波蘭學生的經歷，他們在用英文寫論文之前都已經用自己的第一語言寫過論文。她發現在研究中所浮現的一大論題是，學生是否必須放棄或改變個人的身分，才能用英文寫出一篇成功的論文。Prince 講述了她的一位波蘭學生 Ilona 是如何激烈地奮力保留她個人和獨特的寫作風格，但最終發現她必須放棄這一點才能通過。

Bartolome (1998, p. xiii) 認為，要想在西方學術環境中取得成功，需學習的不僅是語言問題，還包括了解特定學術環境中所重視之特定話語的「語言語境化語言」(linguistically contextualised language)。許多學生發現這點很難做到。他們可能害怕失去文化身分，且不希望在新的學術文化中「被淹沒」。在 Prince 研究中的波蘭學生 Ilona 就是這種感受。不過，研究文獻中所報告的其他學生經歷則略有不同。例如，在 Shen (1989) 的研究中，一位華人學生認為，學習以一種新的方式寫作為自己增添了另一個維度，也改變了他對世界的看法。他說，這並不意謂著他失去了自己的華人身分。確切來說，他表示自己絕不會失去這點。然而，學生確實需要學會以一種對他們來說通常是新的和不同的方式來寫作，並且必須平衡他們的新身分和舊身分。這既關乎文化上對寫作的看法，也關乎學生作者與新的想像中的讀者、指

導教授和口試委員之間新的、不同的關係。正如 Silva 與 Matsuda 所指出的，寫作始終根植於作者與讀者之間複雜的關係網絡中。而且這些關係不斷在改變。他們主張：

> 作者的任務不只是準確地再現現實那麼簡單；作者還必須透過建構文本，將本身對這些寫作元素的看法與讀者所抱持的觀點加以調和。
>
> (Silva & Matsuda, 2013, p. 232)

因此為了成功，學生便需要以其學科所重視的方式來代表自己，並採用在其研究領域中成功的學術作者身分 (Hyland, 2009)。這牽涉到「協商一個對個人和群體都具有一致性和意義的自我」(Hyland, 2011, p. 11)，以及理解在進行寫作時，所屬研究領域的價值觀和意識形態。因此，學生必須選擇能夠與其群體成員建立聯繫的表達方式，這樣才能被視為既可信又有效的學術作者 (Hyland, 2011)。這通常意謂著，第二語言學生會發現在應對和處理不同的做事方式、不同的標準和對寫作的不同期待時，自己就必須調和第一和第二語言互斥的身分與立場 (Seloni, 2018)。

習題 1.5 ▶ **表達意見**

1　你如何在以第一語言寫作時表達對某件事的看法？這跟以英文寫作時相同還是不同？你覺得用英文做這件事有多容易或多困難？

2　以下是 Cadman (2000) 所進行的一項探究中，一些以第二語言寫作的學生對於在論文寫作中表達觀點的看法。這與你的感受有多麼相似或不同？

　　要批評他人的作品並不容易。這與我從我的母親那裡學到的相反，她是我的第一位老師。批評和評斷文章或文獻對我來說是一件新鮮事，因為在我的祖國攻讀大學學程時，我們的學習方式更被動，我們成為了知識的接收者，很少針對議題去討論或爭論。

碩博士論文寫作的學科差異

學術寫作中的學科差異已經被許多研究者研究過。例如 Hyland (1999, 2005a, 2005b) 研究了研究文章和學術教科書中的學科差異。不過，這些與碩博士論文並不相同。研究文章和教科書與碩博士論文有不同的讀者和不同的目標。如前所述，研究文章是「專家為專家而寫作」，論文寫作則更多是學生為「獲得進入某一學科領域的資格」而寫作。這幾種文本之間固然都有一些相似之處，但也存在著重要的差異。

Hyland (2004a) 對碩士和博士生的論文寫作所做之研究指出了許多獨有特點，以及這種寫作中的重要學科差異。他研究的一個重要特徵是論文寫作的後設論述（metadiscourse，元話語），亦即論文寫作者如何使用語言來組織他們想要在文本中表達的內容，他們如何「根據目標讀者的需求和期望來塑造論點」(Hyland, 2004a, p. 134)，以及如何表達他們對文本內容和讀者的態度。這個主題在本書的第7章關於寫作背景的章節中會詳細討論。然而，值得指出的是，Hyland 確實發現不同學科之間在後設論述使用方面存在重要差異。他還發現，不同學位之間在後設論述使用方面也存在差異。例如，他發現博士生比碩士生使用了更多的後設論述來展示他們的文本組織。他認為這部分可解釋為，博士論文的篇幅較長，學生就必須對文本的內容要有比碩士生更多的安排。他還表示，這也可能因為博士生通常是比碩士生更為熟練的寫作者，對於寫對讀者友善的文本和與讀者互動的需求更為清楚。科別差異方面，他發現整體來看，社會科學類學科所用的後設論述最多，尤其是使用模糊用語方面（如 possible, might, tend to, perhaps）。社會科學的學生所用的態度標記（如 unfortunately, surprisingly, interestingly）和自我提及（如 I, we, my, our）也較多。

Thompson (1999) 進行了一項研究，他在該研究中訪談了不同學科領域的博士論文指導教授，了解他們在組織、呈現、引用和論證實踐方面的做法。他特別檢視了農業植物學和農業經濟學領域的論文，發現在他檢視的文本中存在各種不同，甚至在文本的長度上也存在差異。他還發現，對於學生被告知應如何根據文本來定出自己的立場，看法也頗為不同。例如，

一位指導教授認為研究項目應該是論文的主要焦點，作者在寫作時不應該使用個人的「我」來干擾這一點。另一位指導教授則提出相反的建議，認為在某些情況下使用人稱代詞會幫助學生傳達他們的想法。Thompson 的研究表明，很難斷言博士論文應該以一種單一的方式寫成。論文的寫作方式將受到多種因素的影響。它將受到寫作所在學科的價值觀、學生採用的研究觀點，以及指導教授給予學生的建議所影響（進一步討論論文類型和論文寫作中的學科差異，請參見第 5 章）

　　不同的學科領域和理論方法是以不同的方式來建構知識 (Christie & Maton, 2011)。在特定學科進行研究的人常會有共同的「理想、信念、價值觀、目標、實務、慣例，以及創建與傳遞知識的方式」(Flowerdew & Costley, 2016, p. 11)。如果學生要在他們的研究領域中成功地進行寫作，他們就必須了解所有這一切。Hyland (2012) 在一本關於學科身分的書中討論了寫作者如何使用語言來反映他們與所屬的學科社群之間的關係。他認為，寫作者對語言的運用反映了該學科的價值觀與慣例，因為一致同意的觀點被採納，而一致性會顯示在那些抱持這些觀點的人身上 (Hyland, 2012)。如此一來，作者使用語言就是在「認可、建構與調和自身與學科社群之間的社會關係」(Hyland, 2012, p. 63)，因為所肩負的角色與身分合乎院校與學科的實務，以及「本身受到期待要對這些實務抱持的態度」(Martin, 2000, p. 161)。

　　然而，如果正在進行的項目具有跨學科性質，這將變得更加複雜。Nygaard (2017) 指出，這所帶來的挑戰在於要應對和調解對於什麼才是「好研究」的不同期待、研究背後的價值觀與信念，以及對「優秀學術寫作」的不同看法。此外，一篇跨學科論文可能會有兩位指導教授，他們可能會給出看似矛盾的建議。例如，一位指導教授可能要求學生使用與另一位教授不同的理論，或者更偏好不同類型的分析。還有，學生可能在一個領域進行論文，但他們的主要概念和理論來自其他領域。在這些情況下，重要的是要考慮論文主要是屬於哪個學科 (Nygaard, 2017)，在信念與期待方面就要從那裡開始，並將其他學科的貢獻視為對所在學科工作的補充和擴展，而不是競爭。

習題 1.6 ▶ 碩博士論文寫作的文本與背景

圖 1.1 說明了學生的論文、就讀課程、寫作所屬的學術科別和他們所就讀的院校之間的關係。每個因素都對學生的文本形式和內容產生影響，必須考慮它們對學生寫作內容和方式的影響。查看此圖表，並考慮這些因素如何影響你的碩博士論文，以及你寫作的內容和方式。

圖 1.1　學術寫作的文本與背景（改編自 Samraj, 2002）

習題 1.7 ▶ 碩博士論文寫作的學科差異

去圖書館找三本在你的研究領域中所寫成的碩博士論文，把目錄表影印下來。再找三本在其他不同研究領域中所寫成的碩博士論文，也把目錄表影印下來。接著記下每篇碩博士論文的異同。歸納一下在你的研究領域中，什麼算是典型的論文？

大學和口試委員對於碩博士論文的期望

　　儘管不同領域的論文寫作方式可能有所不同，但大學通常在審查方面採用相同的標準。許多大學會向審查人員發送一份標準列表，供他們在閱讀學生的學位論文時參考。這些標準通常根據學習層次的不同而有所變化，然而，通常是以下要點的某種變體：

- 對該主題的相關先前研究的認知和理解
- 對該主題的先前研究的批判性分析
- 對該主題的清晰定義和全面分析
- 適當應用研究方法和技術
- 對結果的全面呈現和解釋
- 與研究框架和發現相關聯的適當結論和影響
- 高水準的寫作品質與表現
- 對該特定主題知識的貢獻

其中最後一點「對知識的貢獻」在博士的層次上尤其重要，口試委員通常會被問及該論文是否對該特定領域的知識「做出實質性的原創貢獻」。在你的學習早期考慮到這些標準是有幫助的，因為它們不僅會影響你的研究如何進行，還會影響你如何寫作。

　　Holbrook 等人 (2004) 對來自三所不同大學的 301 份論文的 803 份審查報告進行了一項研究。透過分析，他們整理出一系列「高品質」博士論文的特徵。這些特質包含了研究主題的重要性、論文發表的潛力、運用文獻來設計論文的研究與寫作、報告與討論研究結果的邏輯和清晰度，以及研究結果在該領域的應用程度。Holbrook 和同事還整理出了「低品質」博士論文的特徵。低品質論文的特徵包括對研究所依據的文獻涵蓋範圍不足，引用上的錯誤和遺漏，以及編輯方面的不足。

　　表 1.3 列出了高品質和低品質博士論文的一系列更廣泛的特徵。這是一個在寫作論文時非常有用的檢查表。也就是說，你應該「以最終目標」撰寫論文，並預測審查人員將如何閱讀和評估你的論文。

表 1.3　高低品質博士論文的特徵

高品質論文	低品質論文
・標題清晰地反映了論文的焦點和論點	・未明確陳述目標和研究方案
・選擇重要而實質性的問題來進行研究	・研究問題不是不重要，就是不證自明
・對研究項目的目標有初步陳述	・論文的主要目的或論點難以分辨
	・研究範圍未界定清楚

高品質論文	低品質論文
• 該項目在現有知識的基礎上取得了重大進展 • 論文展示出有系統與一致的探究路線 • 規劃與執行良好，每個部分都清楚地建立在前一個部分的基礎上 • 各段、各節、各章之間有清楚的標示 (signposting) 與連結。論文中持續一致性（但不重複）地提醒讀者論文的目的、論點或整體要旨 • 文獻回顧具批判與評估性，並陳述了為何及如何進行研究的論點 • 對於選擇方法論和方法（包括最新的方法論文獻）的討論是平衡的。立論設定複雜而適切（包括對基本假設的闡述以及與研究目標的相關性） • 研究設計適當，並使問題得到回答 • 對研究過程有詳盡的描述 • 使用了豐富的證據來發展一個平衡的論點 • 用進階的分析技能來展示對問題的深入理解；勾勒出清楚的證據鏈 • 討論嚴謹而沒有過分推論 • 所得出的結論妥善而有信服力（把結果與研究目標連繫起來）；為論文的確切貢獻提出清楚而有力的知識主張 • 關鍵的概念或變項定義清楚，而且通篇運用一致 • 文字表達優美、準確而精簡 • 有系統性校對和更正疏失的證據	• 評論和歸納過於簡化 • 論文的範圍過於遠大 • 文獻掌握存在嚴重的局限性（學生對主要相關研究不了解，或者使用的研究已不再具有權威性，或者從未具有權威性） • 文獻描述為序列性而非詮釋性（幾乎沒有批判性分析或論點出現） • 研究焦點與其所依據的研究基礎或邏輯間無明確聯繫 • 理論觀點或概念架構流於隱晦；缺乏特定理論方法的合理性或未得到發展 • 缺乏對特定理論和方法論方法的相容性或適用性的認識 • 理論概述範圍廣泛，但缺乏深度或說服力（特別是側重大學部的文本，卻未參照主要作者） • 對挑選樣本的策略描述不充分（未陳述包含和排除的標準） • 論點在本質上脆弱 • 當需要較豐富與深入的分析時，卻用大量的（質化）資料來呈現 • 未展示出對適當的統計分析和解釋的理解，或對如何進行資料分析之細節不足 • 宣稱三角檢證卻未予履行 • 內含漫無邊際、缺乏立論的結論，看不到什麼立基的證據 • 關鍵術語的定義缺漏或不準確 • 低品質的照片，混亂的圖表，以及標示不清的表格 • 包含低品質的書面表達，從而削弱了作者的論點。充斥拼字與排版疏失；引用不正確或不一致 • 文本冗長與累贅到沒必要，素材重複 • 對研究缺乏批判性的自我評估

資料來源：Evans 等 (2014, pp. 153–155)

Johnston（1997）進行的一項研究特別關注了寫作和編輯呈現對口試委員的影響。她研究了 51 位口試委員的報告，發現這是許多報告中的共同主題。有些口試委員對寫作與呈現雖然給予正面評價，但當他們以消極的方式來討論這點時，也表示這可能暗示了更廣泛的問題。一位口試委員說：

務必牢記，呈現的品質與科學結果的品質間往往存在某種關係。

（Johnston, 1997, p. 340）

正如她所指出，拼字、排版、文法和引用錯誤會使口試委員迅速感到困擾與分心。例如，當口試委員看到論文在版面設計和引用方面缺乏對細節的關注時，他們會開始擔心研究的品質，並開始以較不同情的方式閱讀論文。需要注意的是，Johnston 並不特別討論非母語學生的論文口試委員報告。然而，她所做的觀點對於所有學生，無論是本地還是非本地的學生都很重要。如她所說，口試委員著手閱讀論文時，通常都是懷著期待、甚至熱切的心情，但如果論文呈現不佳，且非「對讀者友善」，這種期待就會迅速消退（關於此問題的進一步討論，請參閱第 3 章）。

口試委員也會期望學生在自己的主題方面是絕對的專家，尤其是在博士的階段。他們判斷這一點的方式之一是透過查看學生的參考資料來確認他們對該領域的了解。故而很重要的是，學生的參考文獻要盡可能是全面和最新的，以表明對自己的研究主題徹底掌握，直到提交論文供審查之日。

務必牢記的是，在論文審查中，「第一印象很重要」。有經驗的口試委員在閱讀時很早就決定論文的評估可能是「艱苦的工作」還是「令人愉快的閱讀」。因此，你需要仔細注意細節，避免在寫作中給人任何不嚴謹的印象。論文呈現不嚴謹和不仔細會使口試委員認為你的研究可能同樣粗心。這可不是你想要留給他們的印象！（請參閱 Starfield, 2018，以進一步討論口試委員在博士學位中所重視的內容）

表 1.4 是 Rowena Murray（2017）所提供的清單，可用於對你的論文進行最終檢查，以確保不會忽略掉看似微不足道卻能讓最後的文本保持嚴謹而精確的要點。她說，應該從提交日期開始倒數並安排時間對論文進行最後

的潤飾，你付出的努力將有助於產生一個讀者友好的文本，而這正是你希望口試委員接收到的。

表 1.4   碩博士論文在最後潤飾時的檢查清單

〈檢查清單&潤飾〉

　　這些任務你可能已經做過很多遍了，但在提交定稿前務必再做一遍。

- 確認你所使用的是經過大學認可的格式。
- 交叉核對：目錄頁的章節標題（和副標）要與內文各章節的標題（和副標）完全一致。
- 開啟文書處理軟體的文法檢查程式，再運行一次。假如一直開著，則可能會令人困擾。對於我們有時會遺漏的修訂，諸如主詞動詞一致性，它將會發揮作用。
- 檢查每一頁的頁碼是否有連續。
- 再做一遍拼字檢查。
- 逐行檢查參考書目。
- 檢查所有參考文獻的日期是否與參考書目中的日期相符。
- 找一家論文裝訂服務［若必須提交紙本論文的話］。了解他們要多少時間才能做出你所需要的副本（可能需要三到四天）。
- 將所有章節的最終定稿全部一起送交指導教授。

資料來源：Murray (2017, p. 270)

習題 1.8 ▶ 論文審查

以下是從研究中摘錄的引言，這些研究探討了論文審查。閱讀這些引言，並思考它們對你的論文寫作意味著什麼。

一份研究論文應該：

- 成為其他人願意閱讀的工作報告
- 優雅地表達引人入勝的研究，同時預先防範不可避免的批評
- 將讀者引入複雜的領域，並提供訊息和教育
- 具有足夠的推測性或原創性，以獲得同行的尊重和關注 (Mullins & Kiley, 2002, p. 372; Winter et al., 2000, pp. 32–35)

在所有學科中，對於一篇糟糕論文的常見描述之一就是「草率 (sloppiness)」。草率可能表現為印刷錯誤，或是在計算、引用或註腳中出現錯誤。對於草率的擔憂是，口試委員認為這表明研究本身可能不夠嚴謹，結果和結論可能不可信 (Mullins & Kiley, 2002, p. 378)。

本書概述

　　本章提供了碩博士論文寫作的背景，並介紹了一些與第二語言論文寫作者特別相關的問題。它討論了論文寫作的社會文化背景以及影響論文寫作的因素。它討論了論文作者與讀者之間的關係，包括口試委員期望在成功的論文中看到的內容。它還討論了論文寫作中的學科差異，以及在不同學習層次的知識方法。論文和學位論文寫作中的跨文化問題和作者身分也已討論。這些主題的內容將在本書的後續章節中更詳細地探討。

　　本書的下一章將要討論在英語授課的大學中作為非母語研究生意謂著什麼。它探討了「非母語學生」的定義以及這些學生在此角色中面臨的挑戰。並將更詳細地討論非母語生和指導教授的跨文化溝通問題，且會提出應對這些問題的策略。

註

1 thesis 和 dissertation 這兩個術語在世界不同地區有不同的使用方式。在本書中，dissertation 用於學士和碩士學位，而 thesis 則用於博士學位。

Chapter 2

Becoming a researcher in a global world
成為全球化世界的研究人員

在全球化時代，誰是非英語母語的研究生？

　　無論是碩士或博士層級，做進階的研究和寫論文都是一項艱鉅的任務。當進行這項工作使用的語言不是第一語言（通常是在國外）時，挑戰就會倍增。儘管存在許多挑戰，但每年仍有成千上萬的學生前往國外，在不斷全球化的高等教育世界中生活和學習 (Phelps, 2016)。在研究、寫作甚至日常交流中，英語越來越頻繁地成為了主要語言，無論是在實驗室還是圖書館中。可能也有一些學生是在母國攻讀碩士和博士學程，即使英語不是該國的官方語言，但博士學位的語言也將是英語。正如 Jenkins (2014, p. 5) 所指出的那樣，「在世界各地的大學校園裡，至少出於某些目的而使用英語的非英語母語人士可能比英語母語人士還要多」。

　　使 21 世紀高等教育的全球現實進一步複雜化的是，指導教授也可能來自許多不同的背景；他們可能是移居到新國家追求事業的學者，也可能是留在當地的前國際學生。他們和他們的學生可能會講多種語言，但可能會將英語當作共通語言——即以英語作為他們在學術和其他方面書面和口頭溝通的語言。這確實是世界上許多大學校園中的情況，正如一位來自迦納的學生所指出的，對於學生來說，這可能會帶來進一步的挑戰，因為他們發現自己說和寫的英語與新院校或指導教授不同：

　　　　在迦納……它……對每個人來說都是一種正常的英語……我在迦納獲得碩士學位，所以我的作品帶有某種英國風格，然後我搬到北美去有

了一種不同的寫作風格，所以來到紐西蘭，紐西蘭的英語頗為不同，
寫作風格也是。

(Doyle et al., 2018, p. 5)

當然，伴隨挑戰而來的就是機會，成長與發展的機會。我們堅信，攻讀更
高學位的研究應該是一種根本性的變革經歷：在經歷結束時，你不應該與
開始時是同樣一個人。這就是為什麼在本章，我們的焦點在於成為一個研
究者；前往另一個國家、建立新的關係，以及透過另一種語言來攻讀完成
碩博士論文，會對我們的身分產生深遠的影響。如前博士研究生、現任學
者 Jun Ohashi 所言：

> 我的博士學位不僅僅是追求我的學術興趣。我作為一個人也有所成長。
> 我的經歷雖然艱辛，但使我與我的指導教授建立了特殊的關係……儘
> 管艱辛，但我不後悔我的博士學位帶給我的旅程。

(Ohashi et al., 2008, p. 228)

　　非母語英語學習者的身分問題在語言、教育和政治上都是複雜的。我
們承認，作為第二、第三或第四語言的英語使用者在 21 世紀全球化現實中
是一個很突出的特點，而且對很多人來說，以犧牲其他語言為代價的英語
主導地位並非沒有問題。當今的高等教育格局是國際化和高度全球化的，
碩博士生在國內外之間流動，與來自不同背景和地方的人接觸，並發展自
己身分的新面向 (Phelps, 2016; Rizvi, 2010)。隨著學生流動得更甚以往，拜通
訊科技所賜，他們與家鄉以及親友間的聯繫也可能比以往更緊密。與此同
時，學生會發現巨大的差異，並可能會選擇向來自自己國家的同學尋求熟
悉感和支持。有時，學生可能會感到自己無法真正融入任何地方。不過對
很多學生來說，修習碩士或博士課程是加入新社群並發展新網絡的機會
(Guilfoyle, 2005)。他們認為自己是「幸運的旅行者」(fortunate travellers)，創
造這個用詞的 Suresh Canagarajah 原本是來自斯里蘭卡的研究所學生，現在
則是美國一所頂尖大學的教授 (Canagarajah, 2001)。

研究界的國際化促進了英語作為國際研究語言的主導地位 (Lillis & Curry, 2010; Swales, 2004)。Swales 表示，把學術英語能力想成光譜或許會比較有用，其中廣義英語精通 (broadly English proficient, BEP) 的學者位於一極，不管是英語的母語還是非母語者，而在另一極則是那些相對狹義精通英語 (narrow English proficient, NEP) 的人。NEP 研究人員可能是非母語人士，並且可能在以英語為主的國家開始做進階研究。他們或許主要是具備對學術英文的閱讀知識，而口說或寫作能力較弱。他們經常是 Swales 所指稱的初級研究人員：那些學術生涯正起步的人，包括博士候選人、博士後學者和新任研究員，而高級研究人員則是那些在英語研究、寫作和出版領域中已經有一定地位的學者。

我們試著以圖 2.1 的簡單矩陣來刻劃這些相互關係。只有 BEP 高級研究人員在成功交流方面很少需要或根本不需要幫助，因為越來越多的關於協助學者寫作出版主題的書籍證明了這一點（例如 Murray, 2013; Nygaard, 2015; Paltridge & Starfield, 2016; Thomson & Kamler, 2013）。

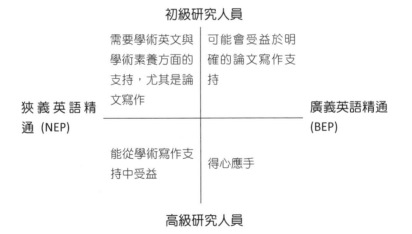

圖 2.1 英語能力與研究人員地位的相互關係

初級研究人員，無論是母語還是非母語使用者，都可以從更明確的研究交流導入中受益，而「NEP_高級研究人員」可能仍在努力應對英語出版和交流方面的挑戰。本書旨在幫助的群體是初級研究人員，他們也屬於 NEP 類別。再次引用 Swales 的話：

NEP 個體通常是那些在講英語或主要使用英語的高級學位中就讀時，被認為在以學術為目的的英文 (English for Academic Purposes, EAP) 上需要進一步協助的人……英文（無論是多不幸）在時代中占得日益主導的地位，使這些群體在確立學術身分上一般都有較大的困難。

(Swales, 2004, p. 57)

撰寫論文對所有的學生都是一項挑戰，而對於母語不是英語的人來說，以英文來寫作的挑戰更大。Li 與 Casanave (2008) 討論了非母語國際學生在轉換到研究生的角色時，會經歷到的「三重社會化」(triple socialisation)，因為他們不但要學習攻讀研究所的基本規則，並為將來的學術生涯做準備，還要社會化「進入他們的『主流』同儕一生都沉浸其中的語言和文化當中」(p. 3)。

本章主要討論博士生可能遇到的一些挑戰以及在他們所處的新環境中應對這些挑戰的方法。這些挑戰未必與寫作特別相關，但只要它們影響了學生的存在感和歸屬感，就可能直接影響他們有效參與撰寫論文的能力。

新學生角色的挑戰

如同前一節所述，非母語學生絕不是一個同質的群體。他們可能是即將開始學術生涯的年輕博士或碩士生、在出生國家已享有盛譽的學者、獎學金得主，或是在自己國家受雇於政府機關或非營利組織而來休假進修的專業人員 (Robinson-Pant, 2009)。他們或許過往曾在英語授課的環境中就讀過，也可能是首次離家。他們或許有配偶和子女陪同，也可能是獨自一人。在西方大學的國際學生往往年齡較大、已婚，開始攻讀研究學位之前在自己的專業生涯中已經很有地位。他們可能是在就學國家的居民或公民，但英語是他們的第二語言或第三語言。攻讀研究學位的決定可以被視為學生的一種投資。假如國際學生是獎學金得主或是有工作崗位要返回，他們可能會感受到巨大的成功壓力。其他的挑戰包括財務、家庭支持（無論是在家鄉或在新國家）、友誼、孤立、社會地位的喪失，以及掌控英語互動的隱藏規則 (Bradley, 2000; Myles & Cheng, 2003; Winchester-Seeto et al., 2014)。

所以字母 PhD 是不是如越南博士生 Chinh Duc Nguyen (2014) 所告訴我們，她朋友說代表的是 permanent head damage（永久頭部受損）？雖然是半開玩笑，但這句話表達了轉換為新角色的一些焦慮。例如，已經在祖國擁有專業職位或學術地位的學生可能會遇到「難以……從在祖國擔任受到專業敬重的職位，轉換到研究所學生在新國家不為人知與相對無權的生活上」(Hirvela & Belcher, 2001, p. 99)。

Cadman (2005) 指出，某些國際博士生起初可能會感到不自在，因為在西方的研究環境中，他們被期望為自己的學習負責。儘管北美學生可能註冊高級課程，但在許多其他國家，沒有設定的主題或閱讀清單，也沒有除研究提案之外的強制性任務。期望是需要自主性，學生必須自行管理他們的學習和寫作。

來自爪哇的 Novi Rahayu Restuningrum (2014) 說，碰到不熟悉的用詞使她感受到學術衝擊 (academic shock)，如「本體論 (ontology)、認識論 (epistemology)、典範 (paradigm)、方法 (approaches)、設計 (designs)……概念和術語對她來說全部毫無意義」(p. 71)。對博士學習的近期研究顯示，多數新研究生在理解這些被稱為「門檻概念」(threshold concepts) 的關鍵概念時遇到困難 (Kiley, 2009)，學生在轉換到新角色的過程中須掌握這些概念。Novi 發現，藉由和指導教授定期接觸，以電子郵件和當面討論自己的閱讀、分享寫作草稿並獲得反饋、談論自己的焦慮，還有加入其他同學的讀書小組，讓她逐漸理解這些概念是如何與她的研究相關，並能撰寫出自己的研究計畫。

很多大學會開設課程和工作坊來幫助新生熟悉這些概念。Deem 與 Brehony (2000) 發現，他們調查的國際學生對研究培訓課程表示讚賞，認為這些課程在技能和理論框架發展方面比當地學生更有益，也有助於社交。某位學生提到：

這是一次非常好的經歷。我覺得一切都是如此新鮮，本體論、認識論和所有新的、不同的概念在我的腦海裡盤旋，所以再上一年的方法課程真的有很大的不同，因為你的心安定下來了……如今我會回頭去看很多的筆記，尤其是社會研究哲學課程的部分。

(Deem & Brehony, 2000, p. 157)

　　來英國攻讀的 Su Wu (Wu, 2002) 描述，臺灣的教育制度是高度結構化和競爭激烈的、由教師主導的，這種體系中，教師的傳統角色就是「填鴨」(fill the pot)（知識「空虛」的學生）。她描述了自己在這所「古老」的（她的話）英國大學所體驗到的震撼，這所大學似乎缺乏結構和支持，並且沒有以培養「獨立」的研究生的名義明確表達其對學生的期望。她在這所大學念的是哲學碩士，她稱指導教授的角色是在「點火」，並對比了她在英國較新的理工大學念博士的經驗。理工大學為她提供了支持性的督導、穩定性和結構，她認為這是她成功跨過博士學位門檻所需要的。

　　根據 Humphrey 與 McCarthy (1999) 的說法，來自某些國家的國際研究生可能會期待大學對學生多擔負保護性的角色，而英國的大學往往並非如此。一位來自南韓的 34 歲男性博士研究生表示：「在我們國家，學生是大學的道德責任。」(Humphrey & McCarthy, 1999, p. 385)

　　國際研究生通常是他們所在國家的精英分子，習慣於享有崇高地位並承擔責任，所以成為學生可能會導致「地位和權力暫時低落」(Humphrey & McCarthy, 1999, p. 384)。Humphrey 與 McCarthy 訪談的一些學生便強烈覺得，自己與當地學生的差異不受到認可：

> 尤其是來自海外的研究所學生，大部分都是絲毫不受賞識。我們僅是得到像學生的待遇，而忘了我們當中有些人也是在各自國家的大學裡教課。
>
> （36 歲奈及利亞男性博士生，引自 Humphrey & McCarthy, p. 384）

他們的配偶可能也需要適應非常不同的情況，並且可能會面臨身分和地位的損失。家庭和孩子也需要不同類型的住宿，與個別學生不同，不合適的住房通常會給學生帶來成本和壓力。

　　學生貧窮可能會導致他們無法獲得體面的住房和其他設施，尤其是來自不太富裕國家的學生，獎學金常常較微薄，或者可援引的額外資源也較少 (Humphrey & McCarthy, 1999)。在英國泰恩河畔的紐卡斯爾 (Newcastle upon Tyne)，依 Humphrey 與 McCarthy 所探詢，來自歐洲以外國家的研究生

比較可能是住在該市最貧困的社區，那裡的社會問題最嚴重，住房資源也最差，因為租金更為負擔得起。然而，這種潛在的劣勢被更好地組織起來的群體所彌補，他們擁有良好的支援結構。

習題 2.1 ▶ 列出轉換檢查清單

轉換挑戰可來自學術、社交、文化、財務或所有這些的混合。其中許多的挑戰會有現成的資源可幫忙克服，但你需要積極去尋求。甚至在離家前，你就能為新環境做好準備。詳讀這份清單，並開始上網搜尋（假如還沒的話）。你會在這份清單裡加上什麼？

*   找出校內外國際學生可以獲得的兼職工作機會。
*   尋找你喜歡的食物可以在哪裡找到。
*   查看典型的天氣形態，以便做好穿衣準備。
*   調查住房選擇和成本。
*   如果你計劃帶家人來，請查看托兒和學校費用以及選擇。
*   查看有哪些適合你的配偶/伴侶的選擇。在你讀書的時候，他們可以做些什麼？
*   在你的大學網站上尋找所有本地和國際學生的支援服務。列出所有服務和他們的辦公地點。決定你將尋求哪些服務來幫助你解決特定的問題。
*   注意所有新生迎新會的日期。計劃參加並與幾個未曾見過的人交談。
*   尋找校內外你可以加入的俱樂部和社團。
*   取得 Christine Casanave (2014) 的 *Before the dissertation: A textual mentor for doctoral students at early stages of a research project*《論文之前：博士生在研究項目的早期階段之文本指導》這本書的副本並閱讀！

新的研究文化和你所屬國家的研究文化之間可能存在你一開始沒有意識到的差異。來自印尼的 Sithi Rohani (2014) 解釋說，「人類倫理學 (the concept of human ethics) 的概念對我來說是全新的」(p. 51)。同樣，兩名在澳洲就讀的越南學生 (C. D. Nguyen 2014; M. H. Nguyen, 2014) 驚訝地發現，所有研究計畫都必須經過他們所在大學的倫理委員會審查，然後才能繼續進行研究，因為在越南並沒有院校審委會或倫理委員會。Minh Hue Nguyen 在意識到要從家長處獲得對於錄製年幼學習者課堂的影片的知情同意會有多困難後，不得不修改她的研究項目。雖然她感覺自己在某種程度上不得不妥協自己的研究目標，但她也意識到她必須適應澳洲研究文化的規範和期望，她開始將與倫理委員會進行複雜談判的經驗視為一種「跨界體驗」(boundary crossing experience)，通過這種體驗她「作為一名研究者得到了顯著的成長」(p. 35)。

跨文化交流

20～30 年前，「西方」大學所面臨的問題是非英語母語者（特別是國際學生）如何適應或融入「東道主」英語國家的文化。如今人們越來越體認到，國際學生是全球人口流動的一部分，他們的身分認同也許是由於在其他地方學習和工作，與特定社區的聯繫較少，而與文化全球化更為相關 (Phelps, 2016)。變得「更西方化」(Kiley, 2003, p. 354) 當然不是期望的結果，然而，有些學生更容易在新的學術社群中感覺「如魚得水」，因為對他們而言，所涉及的「成本」是巨大的——不僅在財務方面，還包括在應對語言、教育和文化挑戰的過程中的艱難 (Banerjee, 2003; Walsh, 2010)。在「旅外」的環境中用第二或第三語言生存並撰寫論文可能對學生、指導老師以及他們的朋友和家人都會造成影響，無論他們身在何處。學生可能會在他們想像的經歷與日常現實之間感受到落差。Walsh 訪問的一位博士生凸顯了招生宣傳手冊中的校園生活形象和與當地學生交流的困難之間的落差：

> 在來以前，我看了很多照片是國際學生打成一片說說笑笑。所以這給我的印象就是，學生全都打成一片，可是，嗯，我想情況並不完全是這樣的。
>
> (Walsh, 2010, p. 554)

習題 2.2 ▶ Mei 的故事

讀讀 Mei 的故事。你是否曾有跟 Mei 一樣的感覺？你能建議 Mei 做些什麼來改善她的處境？

> 我非常尷尬，因為這位指導教授有點不太對勁⋯⋯我太害怕而沒有去挑戰他或所方。我只是一直說好，但我並不開心。在我心裡，我覺得自己像笨蛋。
> (Aspland, 1999, p. 29)

最終，Mei 換了指導教授，並得到了極為正面的指導經驗。回頭看當初的經歷，她說：

> 我現在判斷得出來，他對我的研究主題並不具備專業知識。但我們華人很謙虛，不喜歡質問這些事。因為所方推薦，我才持續假定他一定是最佳人選。
> (Aspland, 1999, p. 29)

正如 Mei 的故事所示，學生與指導教授雙方的期望差異可能會導致問題。學生和指導教授都會對這段關係抱有期望，但由於許多期望都是隱性的，並且基於信任的概念，如果其中一方的隱性期望 (implicit expectations) 沒有得到回應，就可能會出現破裂的風險 (Kiley, 1998)。成功的跨文化溝通需要進行密集的協商和合作。角色感知量表（圖 2.2）是幫助學生和指導教授開始討論其中一些期望的有用工具，本章稍後將進行更詳細的討論。

跨文化溝通不良或許是由於互動模式的不同而引起的，這可能會導致對學生的刻板印象，使學生不像同儕會跟指導教授發展出較自信的關係。學生可能來自不同的「禮貌系統」(politeness system) (Cargill, 1998)，這種系統更多地依賴於對社會界定的「上級」表達尊敬，而指導教授則對這種系統感到矛盾，並希望表現得更加平等。一位印尼學生，Siti Rohani (2014)，寫道「我發現很難接受我的指導教授和我處於同一水平」。(p. 52)。

Hockey (1996) 認為在英國，指導教授與學生的關係多是採取「夥伴」

的形式——基於個人的信任，以輕鬆的互動風格為特徵，雙方以名字相稱，時限與時程是靠口頭約定，對相互責任的期待沒什麼明確的協商。另一方面，在學生所來自的教育環境中，類似的非正式關係是非常不尋常且頗令人為難的。國際學生常提到不確定當面互動的正式程度，因為左右這些的規則並不容易分辨。在許多西方、英語系大學的背景下，學生和指導教授經常以名字稱呼對方可能會令人感到彆扭，就像 Myles 與 Cheng (2003) 訪談的印度學生所說的：

> 文化不同。在我們在文化中，我們非常尊敬老師，所以我總是……起初我感到好困惑。稱他們 David 或……我就是覺得不太好。我覺得以名字來稱呼他們並不妥……每次都必須想想該用哪個詞來稱呼他們。
>
> (Myles & Cheng, 2003, p. 253)

不過 Sinclair (2005) 承認，儘管學生和指導教授之間的關係看起來平等和熟悉，但權力並非平等分享，這可能會加深學生的困惑感。

　　在與指導教授對話時，學生應該要意識到停頓可能有不同的意義。在英語中，較長的停頓可能是在表明對方（學生）現在可以開啟一個新話題。然而，學生所來自的文化或許是，社會地位較高的人才有權展開新話題，所以學生的沉默可能會被解釋為學生無話可說，而學生事實上是在等指導教授開口。如果這是一個持續的模式，指導教授會忍不住「填補空白」，而學生可能會被認為在語言方面的能力比他們實際上還要差。例如，對於這種溝通模式上的分歧，Mei 的感知就是，指導教授期待她「一直打斷別人的話，而不用擔心失禮。他想要我更像是澳洲學生」(Aspland, 1999, p. 31)。

　　Kiley (1998) 指出，不同的期望可能會影響學生與指導教授溝通的能力。例如，澳洲的國際研究生可能認為指導教授應該主動召開會議，而指導教授通常認為，如果學生有問題就應該由學生主動聯繫，並且會假設如果他們沒有聽到學生的消息，就表示一切進展順利。她引述了一位印尼學生 Watie 的評論，「指導教授應該要了解文化。像在這裡，如果你什麼都不問，那就意味著一切都好，但在印尼，這卻意味著一切都錯了。」(Kiley, 1998, p. 97)。

由於英語現在作為通用語言 (lingua franca) 被廣泛使用，某位從非洲國家來到紐西蘭留學的學生指出，指導教授和學生所用的英語表達方式不同，可能會導致跨文化溝通不良 (intercultural miscommunication)：

> 我用英文寫作，但英文會反映我的文化。你在閱讀時可能會說「不對，這樣的英文不正確」。是對誰而言不正確？是對你的文化背景，而來自海外的學生多數會面臨諸多的問題，根源就在於此。

(Doyle et al., 2018, p. 6)

非英語母語生或許相信，自己達到了大學的英語程度要求應該就不會遇到任何語言上的困難。然而，多數的大學入學程度僅達到最低標準，寫論文則需要持續的語言發展。此外，學生寫學術英文的能力或許很好，但面對面的口頭溝通或更口語化的英語就不太流利。Myles 與 Cheng (2003) 舉了一位國際學生的例子，她認為她的指導教授對她的英語能力很挑剔，因為她很難掌握在設計問卷時需使用的更口語化的表達用語。

同樣地，對於可能直接影響學習情緒或個人問題的事項，學生溝通起來也會有困難，因為他們沒有英語資源來表達與母語相關的感受，或者在與文化背景和/或性別不同的人交談時會感到不自在 (Bradley, 2000)。在美國和澳洲完成研究所學業的日本女性永田由利子便評論了以別的語言來學習的早期經驗：「我老是受到對自身的雙重感知所苦——在母語中是社交功能成熟的人，但在標的語言中則是無能為力的不擅溝通者。」(Nagata, 1999, p. 18)

學生可能熟悉書面語境中的某些術語，但在口頭英語中（即講話時）對這些術語較不熟悉，因此無法立即理解指導教授所指的內容。禮貌策略可能會影響學生要求澄清的能力，因為他們可能不希望顯示自己不知道某個術語的含義。

西方的指導教授或許會運用間接的建議，如「也許，你可能想看看 X」（一種表示平等的禮貌策略），這給人的印象就是學生可以選擇不按照建議去做，而事實上，權力關係的存在意味著學生並沒有選擇，而這個建議實際上更像是一個指令。另一方面，學生提出的建議可能過於試探性，以至

於可能會給人一種缺乏動力和主動性的印象 (Cargill, 1998)。

　　國際學生或許會發現他們的指導教授缺乏對文化多元性的敏感度。Myles 與 Cheng (2003) 引用了一位在加拿大學習的臺灣學生的批評，她認為教授的意識有限：

> 如果你想要教書，就需要了解你的學生，對吧！而現在學生來自世界各地，所以他們教授的內容也應該是來自世界各地的。……他們是否指出他們的文化偏見，還是指出他們的觀念包袱？……就像有一個教授，這在國際學生中是個笑話，他說，「我去了會議。我們有來自世界各地的規劃者，洛杉磯、溫哥華、多倫多、芝加哥、紐約。」實際上他提到的所有城市都是美國和加拿大的。但對他們來說，這已經是世界各地了。
>
> (Myles & Cheng, 2003, p. 252)

習題 2.3 ▶ 培養英語溝通技巧的策略

一些研究表明，學生擔心自己的英語溝通能力將阻礙他們與來自不同背景的學生互動。為了在新的學習環境中發展語言和交流技能，請閱讀兩位國際博士生所採用的策略。你有沒有試過其中任何一種？你有沒有發展出其他任何策略？你可以在此找到一些有幫助的策略清單：https://student.unsw.edu.au/28-strategies-improving-your-english。將你會嘗試的一些內容列成清單。

策略一：

> 我第一年時去修了系上的大學部課程，我認為那對我很有幫助，你知道，幫助我補足詞彙、補足知識，因為你知道，在我的腦海中，所有的知識都是用中文的，所以我必須找到一個橋樑來連接或翻譯成英文。
>
> (Walsh, 2010, p. 552)

策略二：

> 但我總會試著去結交來自不同國家的新朋友。我真的很渴望了解其
> 他國家的文化。當我交到一個來自，例如西班牙的朋友，我就知道
> 了他們的文化、社會、舞蹈。現在我正在參加 salsa 課程，這是我最
> 喜愛的舞蹈。來自德國、加拿大、美國的朋友，所以一個原因是提
> 升你的英語能力，另一個原因是你會遇到來自不同文化、不同背景
> 的新朋友，所以你會在研究之外學到了新的東西。這就是為什麼我
> 把它稱為經驗，而不僅僅是為了拿學位來這裡。
>
> (Phelps, 2013, p. 201)

接觸研究文化與社交網絡

學術研究文化包括學科或跨學科的思想和價值觀、特定類型的專業知識和知識生產、文化實踐和敘事、部門社交性及知識網絡 (Deem & Brehony, 2000)。多項研究（例如 Casanave, 1994; Deem & Brehony, 2000; Dong, 1998）表明，儘管國際學生強烈渴望獲得這些資源，但他們對所學領域的學術研究文化、同儕網絡和研究培訓的接觸可能不及當地以英語為母語的學生。學生對這些文化和研究培訓的接觸似乎主要取決於「機遇與指導教授」，特別是社會科學與文科 (Deem & Brehony, 2000, p. 158)。在社會科學和人文學科中，學生被認為缺乏科學和工程學提供的基於團隊的實驗室環境以及與指導教授和同事進行即時交流的機會。然而，在英國一所大學進行的一項針對國際理工科博士生的研究發現，孤立、與當地學生融合不足、文化適應問題以及持續的語言困難都影響了這些學生的經歷 (Walsh, 2010)。非英語母語生可能更難獲得對於研究生社會化至關重要的非正式學習機會。Deem 與 Brehony (2000) 發現，與本地學生相比，國際學生很少提到非正式的學術網絡和鼓勵參加研討會和會議，並得出結論認為，隱含的排斥可能會使國際和非以英語為母語的學生邊緣化。

Dong (1998) 對兩所美國大型研究型大學的 100 多名以英語為母語和非以英語為母語的碩士或博士生進行了調查，發現社交孤立和無法接觸研究

文化對於非英語國家的學生而言比他們以英語為母語的同儕更嚴重，即使學生在團隊或實驗室環境中工作也是如此。超過半數的非英語母語者表示，他們很少或根本還沒與學者和其他學生討論過他們的論文/學位論文，而相比之下，只有 37% 的英語母語者這樣說。近半數的非英語母語作者報告說，在寫作上並未得到指導教授以外的幫助，儘管很多人都表達渴望在寫作上受到母語人士幫助。將近五分之一的非英語母語者表示，在寫作方面他們根本沒有與同儕或其他工作人員互動。Dong 發現，學生往往是側重於來自母國的學生協助，並且通常很少利用可用的資源。她得出結論認為，社交網絡的缺乏使非英語母語者無法獲得有用資源和發展機會，例如出版。這種缺乏可能是由於非英語母語者的溝通技巧較差，而英語母語者不願與他們互動則可能是因為感知到溝通困難。

Sung (2000) 發現，她研究的臺灣博士生的英語能力直接影響了他們的學業表現，包括能否獲得教學或研究職位，同時也影響了他們與指導老師和同儕的互動。學生願意提高英語能力是其學業成功的一個因素。那些因時間和工作負擔壓力而不追求英語支持的學生通常是最需要改善語言能力的學生，而他們的語言不佳正妨礙了他們的進步。

雖然國際學生強烈渴望成為社群的一分子，但這可能需要一些時間。在描述自己的處境時，Guilfoyle (2005) 所訪談的學生評論說，「研究生，你是獨立存在的，跟指導教授談，跟同事沒那麼多接觸……假如不是愛社交的人，你就會受到孤立」(p. 70)。底下所引述的另一位學生則是意識到，學生必須主動積極去發展可以在他們的學習期間和畢業後支持他們的人際網絡，無論人生的下個階段會走向何方：

> 我來澳洲所為的一件事就是發展人際網絡。認識人、機會……我著眼的是將來，結識來自不同文化的人……除非自己採取主動去認識人，否則不會有既定的結構來幫忙做到這一點。
>
> (Guilfoyle, 2005, p. 69)

印尼博士生 Siti Rohani (2014) 描述了她需要更積極地尋求研究支持的

過程。在印尼,她會拿到一份所有可用資源的清單,並被告知她必須參加哪些課程,而在澳洲,她必須自行查找各種大學網站上的資訊。對她來說,這意味著性格上的轉變;她不得不「積極尋找大學提供的工作坊和研討會,以確保自己擁有所需的技能」(p. 51)。同樣,Sung (2000) 指出了一系列因素,包括跟指導教授和同學的關係,在演講、系所活動和社交集會中的積極參與,都為她所研究的臺灣博士生在「社交學術上的圓滿成功」做出了貢獻。

顯然,積極參與可以幫助克服參與研究文化的一些障礙,並有助於建立支持的網絡。Minh Hue Nguyen (2014) 講述了她在攻讀博士學位期間的經歷,她不僅參加了她的學院和大學提供的研討會和工作坊,還參加了學術和學術界社群,如學術期刊編輯委員會、博士同儕評審小組、教育研究社群、國家閱讀小組和一個書籍項目。她還在學術期刊上發表了她的研究成果,參加學術會議,與其他學者交流她的研究並建立人脈。她寫道,「藉由參與這些活動,我意識到除了進行自己的博士研究外,我正在積極地融入國際學術界和學術領域」(p. 37)。

接觸研究文化不僅僅局限於所在的大學或系所。研究生需要接觸他們學科的全球研究文化,這既可以透過面對面,也可以透過虛擬方式。尋找參與這些更廣泛網絡的機會非常重要,正如 Chinh Duc Nguyen (2014) 所指出,「博士學習提高了我的知識,也為我提供了擴大我的朋友圈和學術關係的機會,超越了大學到國際會議,以及全球研究者的全球網絡」(p. 20)。Rico 是一名在加拿大學習的國際學生,他了解發展全球研究網絡和積極主動的重要性:

但我非常相信團隊合作,我認為沒有人會在一個實驗室擁有所有的知識和所有的人才獨立進行研究。所以我堅持定期參加會議介紹我的研究資料。我去那裡是要讓別人知道我是誰,我在做什麼,並與人們交流,面對面認識。去年春天由於經費有限,我們錢不夠用,但在日本舉行了一個非常有趣的國際會議。我獲得了差旅獎助以支應一半的開銷,所以我幾乎花了全部津貼去參加會議……我說這對我來說太重要了。尤其是當你剛開始職業生涯時,你還很年輕,沒有人認識你,其

他的博士生在北美和歐洲至少有數百人，當然是相同的領域，所以你會想要試著從背景雜訊裡稍微脫穎而出。

(Phelps, 2013, pp. 228-229)

　　雖然不言自明的是，非英語母語者應盡最大努力去尋求利用英語與大學內外的母語和非母語者互動的機會，但關於融入新環境的研究表明，在同胞群體的支持下，特別是在早期階段，可以幫助解決過渡問題 (Myles & Cheng, 2003; Sung, 2000)。非正式的社會網絡在促進學生適應方面發揮作用，尤其是當有多位來自同一國家的學生已經參與這些網絡時。這些網絡可以在住宿、兒童支援和配偶支援方面提供幫助，同時還可以提供非正式的指導。Humphrey 與 McCarthy (1999) 發現在他們大學中，來自就讀學生人數較少的國家的學生往往有最不切實際的期望，因為他們無法從返國學生或抵達時的現有非正式網絡中獲得住宿和安頓方面的建議。雖然學生可能覺得他們需要「來自自己國家的同理和理解」(Bradley, 2000, p. 428)，但也很重要的是，他們要明白新環境實際上是一個多元文化的環境，在這裡，來自各種文化和語言背景的學生和導師每天都在互動，這提供了一個獨特的機會 (Myles & Cheng, 2003)。這個觀點得到了 Chinh Duc Nguyen 所呼應：

　　大多數越南學生在計劃到澳洲學習時，認為墨爾本是理想的目的地，因為他們可以在那裡的大越南社區感受到像家一樣。我對留學目的地的看法是，在多元文化環境中生活，對於學生來說更有益。有趣的是，我已經與來自不同國家的學生建立了友誼，而這也提升了我的跨文化能力。

(Nguyen, 2014, p. 19)

習題 2.4 ▶ 培養歸屬感

閱讀下面這兩位非常不同的博士生經歷；思考一下你可能會給第二位學生什麼建議，以幫助他建立歸屬感。

1 「我們有一個國際實驗室。大部分是國際學生，包括我的指導教授。我們有兩個印度女孩，兩、三個美國男孩，兩個臺灣男孩，還有其他國際學生。氛圍很輕鬆。我的一些好朋友就是來自實驗室，因為我們每天一起工作……我們玩得很開心。」

（念化學的臺灣博士生，引自 Sung, 2000, p. 182）

2 「一般來說，我都是吃飯、睡覺、和太太待在一起，還有學習。我不跟美國人社交有……課上完後，我就立刻走人……我們都去華人教會。這是我主要的社交活動。我不參加系所的活動。礙於我的英文能力，我沒有歸屬感。」

（念工業衛生的臺灣博士生，博班三年級，引自 Sung, 2000, p. 120）

學生和指導教授一起工作

在研究生旅程的核心是學生與其導師之間的關係。有許多關於指導關係不佳的故事，但這些故事很可能被成功完成學位的故事所淹沒。儘管如此，在寫論文的時間當中所發展出的關係很複雜，確實需要靠雙方來經營，特別是當他們可能來自不同的語言、國籍或種族背景時。學生和指導教授需要試著去討論他們對指導教授與學生角色的期望，因為這些期望可能有很大的不同。

Ohashi 等 (2008) 在研究中所引用的華人指導教授解釋了他是如何看待「西方」指導教授和華人指導教授對彼此期待的差異：「華人學生往往會期待華人教師除了關心他們的學業之外也要照顧他們……華人文化認為教師除了關心學生的學業，還必須關心學生。」(p. 226)。一位華人學生也對中西方在師生關係上的觀點進行了對比：

個人關係並非意味著有所牽扯，或是愛上指導教授。不過，我認為個人關係意味著應對彼此會更熟悉。如果你不太認識指導教授，或者指導教授不太認識你，要一起工作就非常難。

（引自 Ohashi et al., 2008, p. 227）

習題 2.5 ▶ **整理出學生與指導教授對期待的分歧**

Dong (1998, p. 379) 探詢了在美國就讀的博士生，整理出對期待的潛在分歧。閱讀以下她所訪談的學生的評論，並整理出對期待的分歧。思考在相似的處境中，你會怎麼做。

- 「假如他〔指導教授〕能閱讀、校對，甚至重新改寫整個內容，我將學會如何以更有效的方式傳達同樣的事情」（烏爾都語人）
- 「我希望我的指導教授能提供我最新的研究發展和有關我的主題的資料」（韓國人）
- 「對〔我正在做的〕更有興趣就好了」（德國人）
- 「〔指導教授〕要讓我了解校方的規範」（坦米爾人）

　　圖2.2的角色感知量表是設計來幫助學生和指導教授更清晰地表達他們對師生關係的期望。它旨在作為關於角色和責任持續對話的出發點。本章已經討論了一些話題，其他話題可能難以談論，但它們都涉及到被認定為可能導致誤解的領域，因此最好在學生與指導教授關係的早期就加以解決。你和你的指導教授應該各自填寫角色感知量表，然後當面比較並討論你們的回答。不要不好意思要求你的指導教授填寫！（另參見習題2.6）

閱讀下列各組陳述。每個陳述都表達了指導教授和學生可能持有的立場。你可能不完全同意任何一個陳述；在這種情況下，請評估自己的立場，並在量表中把它標記出來。例如，如果你非常堅信研究主題應該要由指導教授來挑選，就在量表1中圈選「1」。

主題/研究領域		
1. 挑選有前景的題目是指導教授的責任。	1 2 3 4 5	挑選有前景的題目是學生的責任。
2. 最終，決定哪一個理論框架最適合是指導教授的責任。	1 2 3 4 5	學生有權選擇理論立場，即使與指導教授的立場相衝突。
3. 指導教授應該指導學生制定適當的研究和學習計畫。	1 2 3 4 5	學生應該能夠制定適合自己需求的時間表和研究計畫。

4.	指導教授應確保學生能獲得所有必要的設備、資源和支持。	1 2 3 4 5	學生終究必須找到必要的設備、素材和支援來完成研究。

聯繫/參與			
5.	指導教授與學生的關係純屬專業，不該發展個人關係。	1 2 3 4 5	成功的指導需要密切的個人關係。
6.	指導教授應主動與學生會面。	1 2 3 4 5	學生應主動與指導教授會面。
7.	指導教授應不斷確保學生在正確的軌道上工作。	1 2 3 4 5	學生應該有機會按照自己的方式前進，而不必解釋他們如何度過時間。
8.	如果指導教授認為學生不會成功，應終止學位候選資格。	1 2 3 4 5	指導教授應該支持學生，不論他們對學生能力的看法如何。

碩士/博士論文			
9.	指導教授應確保碩士/博士論文在訂下的時間內完成。	1 2 3 4 5	只要運作穩健，學生就該是需要多久來完成工作都行。
10.	指導教授對碩士/博士論文的方法論和內容負有直接責任。	1 2 3 4 5	學生對確保碩士/博士論文的方法論和內容適合學科負有全部責任。
11.	如果學生有困難，指導教授應該協助寫論文，並確保呈現無誤。	1 2 3 4 5	學生必須對論文的呈現負全部責任，包括文法和拼寫。
12.	指導教授應該堅持看到論文的每一部分草稿，以便給予學生反饋。	1 2 3 4 5	學生要自行向指導教授請求反饋。

圖 2.2 角色感知量表　　　　　　　　　　資料來源：取自 Moses (1992, p. 25)。

Manathunga (2005) 所訪談的博士生把自覺沒辦法跟指導教授討論的問題整理成了四大類別。這些問題包括個人事務、指導教授關係問題、跟研究項目有關的問題，以及跟接觸研究文化的管道有關的問題。*Tips for Building a Relationship with your Supervisor*（參見習題 2.6）提出了處理這些問題的方法，使它們不至於成為問題，請詳細閱讀，然後把你沒思考過的選出來，並決定比照辦理。

習題 2.6 ▶ 在初始階段與指導教授建立關係的祕訣

1　盡早與你的指導教授談論他們的期望和你的期望。在初期階段，這
　　些包括：

- 談論你們各自的角色與責任。角色感知調查（圖 2.2）應該會給
　你一些關於角色和責任的想法。

- 了解教授喜歡別人怎麼稱呼他們：例如，你應該使用他們的名字
　還是稱呼他們為博士或教授？這將根據具體情境而變化。

- 讓你的指導教授知道你希望別人怎麼稱呼你。不要覺得你必須
　使用一個西方名字。如果他/她發音困難，請幫助他們練習。

- 找出你應該多久去見一次指導教授以及最好的聯繫方式。你應
　該預約見面還是隨時都可以拜訪？

- 討論時間表、你需要達成的里程碑，以及務實的研究框架。

- 找出系、學院和大學為研究生提供的支持，包括語言支持和研
　究培訓。參加課程也是結識其他同學的好方法。

2　盡早開始寫作並請指導教授提供反饋，以便能獲悉你所閱讀的內容
　　和你的寫作是否達到預期的標準。及早尋求幫助會比較好，因為語
　　言和寫作技能要花時間來培養。

3　在跟指導教授面談時，把重要決定和反饋筆記下來。假如你發現難
　　以聽懂和做筆記，就請指導教授允許你把討論過程錄音，以便能事
　　後重聽和整理筆記。問指導教授要不要在面談後把筆記的副本寄給
　　他。通過這種方式，可以確保你和指導教授有相同的理解，並且有
　　會議紀錄。

4　若指導教授用字遣詞讓你無法理解，不要害羞，就請他重講或解釋。

5　請指導教授推薦一些近期寫得好的系所論文。去看這些論文能讓你
　　了解自己需要努力的方向。詢問指導教授為何認為這些論文寫得好。

6　如果你有兼職工作必須讓指導教授知道。在簽證允許的工作時間範
　　圍內，盡量不要超過工作時數。若你有教學經驗，也許能在系所找
　　到課輔的工作。

7 如果你在財務、住房或健康等問題上遇到困難，請告訴你的指導教授，以免影響你的學業。他們也許能夠給你一些建議，而且早點讓他們知道會更好。最重要的是，如果你覺得事情進展不順利，不要避開你的指導教授。

8 不要羞於分享去攻讀學位之前在工作與生活上的經驗。指導教授也能向你學習。

9 記住，你一開始是學生，但最終，一旦你獲得博士學位，你就是一位學者，雖然是一位初級學者！

結語

雖然許多國際學生在轉換到碩士和博士生角色時，所面臨的問題與當地學生可能面臨的問題相似，但國際學生所面臨的成本往往更高，無論是在財務上還是在可能遇到的挑戰方面，其中一些已在本章中概述。然而，積極主動的學生可以採取許多措施來減輕這些成本，我們提出了一些可能有用的策略。談到進階研究學習作為一種「旅程」幾乎已成為陳腔濫調，但這似乎是一個貼切的比喻，它刻畫了跨越國界開展改變人生經歷的高低起伏：

> 博士學位之旅，就像出國旅行一樣，涉及探索未知的領域，並與陌生的文化相遇。這種經歷既是情感上的，也是認知上的，而旅程的某些方面可能是令人感到振奮的、恐懼的、困惑的、刺激的、令人疲憊或乏味的。

> (Miller & Brimicombe, 2003, p. 5)

根據我們的經驗，無論語言背景如何，國際學生都有能力進行重要且有價值的研究，因為他們能夠帶來多元的觀點。

Chapter 3

Issues in thesis and dissertation writing in English as a second language
以英文作為第二語言的碩博士論文寫作問題

導言

　　所有撰寫研究論文的學生都面臨一個新挑戰，即在長時間內完成大量文字的文本——在許多國家，碩博士論文的一般長度為 8 萬字。Prior (1998) 對在其學科中寫作的研究生進行之深入研究清楚表明，許多學生無論其背景如何，都在論文的學術寫作方面遇到困難；從數量和品質上來說，這是與他們之前的學術寫作經驗完全不同的任務。

　　對於使用第二語言進行寫作的人而言，這樣的挑戰更加嚴峻，因為他們可能會同時在多個領域遇到困難，所有這些領域都被認為是影響學術寫作的因素。本章討論了四大類可能直接影響以英文作為第二語言撰寫碩博士論文的問題。雖然這四個因素可能會影響所有論文寫作者，但對於第二語言作者來說，所要面臨的挑戰可能更大，因為他們不但需要同時面對這些因素，還必須在英語中擴展和豐富自己的語言資源。接下來將依次討論這些問題：

- 情緒問題 (emotional issues)
- 行為問題 (behavioural issues)
- 修辭問題 (rhetorical issues)（即如何使用碩博士論文寫作的語言和慣例來說服讀者接受作者的論點）
- 社交議題 (social issues)

情緒問題

可分類到此標題下的相關問題可能會直接影響到學生的寫作能力。我們往往小看了情緒問題在研究和寫作上的重要性，但研究顯示，情緒健康狀況直接影響我們在整個論文寫作過程中開始並持續寫作的能力。例如，一項針對美國一所大學的研究生對自己寫作能力之焦慮程度的大規模研究發現，英語是第二語言的學生比英語是母語的學生更容易感到寫作焦慮 (writing anxiety)，並對自己的寫作能力較沒自信 (Huerta et al., 2017)。寫作焦慮已被證明與對失敗的恐懼和拖延傾向相關 (Russell-Pinson & Harris, 2019)。

影響研究生和教授的關鍵因素被認為是「冒牌者現象」(impostor phenomenon) 或「冒牌者症候群」(impostor syndrome) (Clance & Imes, 1978)。這是一種認為自己並不真正有能力或資格擔任所處職位或角色的信念，並且認為其他人會發現這一點，你將被揭穿為一個不應該在那裡的「騙子」。

「冒牌者」現象

覺得自己是「冒牌者」的感覺可能會如何影響你？也許你會避免向你的指導教授展示章節草稿，因為你擔心他會說寫得不夠好。也許這樣的焦慮會使你難以動手寫作。在研討會中，你可能會對提問感到焦慮，擔心別人會認為你問了一個愚蠢的問題或犯了語言錯誤。這些感覺可能會導致拖延，也就是拖延寫作。

對學生來說，能了解缺乏信心、害怕失敗和被拒絕的感覺並不罕見是很重要的。事實上，有時這些問題表現為完美主義，而這也可能影響一個人的寫作能力。這些可能導致寫作困難或「寫作障礙」(writer's block) 的情感問題之統一線索是，寫作者擔心自己沒有能力寫出碩博士論文，自己是會被「看出來」並揭穿的冒牌者。對於不熟悉新院校學術文化的國際學生來說，可能會更加強烈地感覺到自己會被看出來「不夠格」進行研究項目，或者自己英文會遭到評斷為不夠好。

據說在研究生和學術界中，冒牌者症候群十分常見；許多表面上成功的人都在與冒牌者的感覺對抗。Paltridge 與 Woodrow (2012) 發現，來自專業

背景且更成熟的博士生往往對「作為研究員與學術人員的新身分」感到更加不安 (p. 95)。該研究中的一名學生 Jane 解釋了她的感受：

> 我的心怦怦跳，感覺頭快要爆炸了。我看著每個人，心想我所在的場合都是經驗豐富的研究員；我的工作夠好嗎？我「當得了」研究員嗎？我現在明白了，儘管我當時並不知道，我正在遭受可怕的冒牌者症候群的嚴重打擊。
> (Paltridge & Woodrow, 2012, p. 96)

心理學家 Pauline Clance 對冒牌者現象進行了很多研究，她的網站上有更多相關資訊可參考 (http://paulinerose clance.com/impostor_phenomenon.html)。在習題 3.1 中，我們提出了一些應對這些情緒的建議。

習題 3.1 ▶ 我是「冒牌者」嗎？

測試一下

假如你有時候覺得自己來修研究學位不是真的「實至名歸」，可以上網 (http://impostortest.nickol.as/) 進行冒牌者現象測試，自我評估這種冒牌者式情感可能對你的論文寫作和作為一個發展中研究者之自我感受產生的影響程度。

接下來我能做什麼？

- 你可能會驚訝地發現，你正在經歷的一些情感實際上是冒牌者現象的一部分。通常，只要知道這些情感被許多人所共有，並且能夠向自己或他人承認這一點，就可以幫助學生感到更有自信。
- 想想可如何改變思考和談論自己的方式，讓自己更加自信和正面。
- 試著跟同學聊聊，看看他們是否有時會有類似的感受。分享這些感受的經驗可能會有所幫助。
- 你也可以在線上交談！閱讀這篇由一位博士生撰寫的部落格文章，其中討論了她的恐懼，以及其他同學給予的許多有益和支持性的評論：https://patthomson.net/2015/11/05/why-do-i-feel-afraid-to-share-my-journal-paper-with-the-wider-world-is-this-imposter-syndrome/

- 加入寫作小組是一個很好的策略，可以與人結識以談論和改善自己的寫作。（在下面的社交問題部分有更多關於這個策略的資訊。）
- 閱讀下面關於指導教授的反饋對培養寫作的重要性的部分。
- 如果你發現焦慮真的阻礙了你繼續寫作，可考慮去大學的諮詢中心尋求幫助。

另一方面，渴望寫出「完美」論文的焦慮同樣可能使人無力，尤其是日益臨近提交日期時。執意追求完美的學生或許會掙扎於英文寫作，並對自己的寫作中出現疏失感到焦慮。他們可能相信「其他人都是第一次就寫得毫無瑕疵」，因而「為自己訂出理想化卻達不到的目標」(Badenhorst, 2010, p. 72)。當然，某種程度的追求完美是好事。但過度追求完美可能導致與冒牌者現象相似的結果，學生們永遠不會完全準備好與指導教授或同儕分享他們的草稿，因為他們「只需要再做一點點工作」，或者可能需要再讀幾篇文章！冒牌者症候群和極端完美主義都可能會導致對指導教授避而不見，正如我們在第 2 章中所指出的，這並不是一件好事。

當然，在你的博士學位中強調對知識做出原創貢獻（另參見第 1 章）可能會加劇焦慮和自卑感。我們訪談過的學生經常擔心拿不到博士學位；不過研究表明，「拿不到」博士學位的學生實際上非常少（例如，請參見 Mullins & Kiley, 2002），比較多的是被要求修改的程度問題。事實上，在所有提交審查的論文中，沒過的不到 1% (Lovat et al., 2008)。你的博士學位並不需要值得拿諾貝爾獎。正如 Mullins 與 Kiley 採訪的一位經驗豐富的口試委員在評估研究論文時所說的：

> 博士學位是進入研究生涯的踏腳石。你所要做的一切就是展示出獨立、批判思考的能力。你所要做的一切就是如此。博士學位是三年的紮實功夫，而不是拿諾貝爾獎。　　　　　　　　　(Mullins & Kiley, 2002, p. 386)

此處的關鍵訊息是「完成它」，做好，但把博士學位視為在職涯發展中一個時間有限的階段。

指導教授反饋的重要性

對指導教授的反饋甚或對指導教授本人的恐懼也會影響學生的寫作能力。通常，這種恐懼感與指導教授可能做過或沒做過的事關係不大，更多的是與學生對指導教授的印象有關，亦即把他們看作是一個懲罰和評判的人物。不幸的是，恐懼可能導致學生的逃避行為，從而失去一個能使他們進步的寶貴資源。

然而研究發現，指導教授量身打造的反饋是學生學術寫作發展的關鍵因素 (Odena & Burgess, 2017)（參見圖 3.4），因此學生應該努力尋求而不是逃避反饋的機會。Riazi (1997) 所訪談的伊朗博士生提到，指導教授的反饋對他們的英語語言發展非常有幫助。他們將指導教授的評論視為一項重要資源，不僅可以改善他們的內容與想法，還可以改善語言運用和寫作的修辭結構。Odena 與 Burgess 所訪談的生物化學博士 Ella 解釋說，「我需要學習科學寫作所需的特定技能。（跟指導教授）一對一討論並就我所寫的文件來反饋非常有用」(p. 578)。

處理冒牌者感受的一種方法是定期尋求對自己作品的反饋。我們的建議是與指導教授安排定期會議（另參見第 2 章習題 2.6 的「祕訣」清單），並請求書面和口頭反饋。如果有你不理解的評論，請要求提出更多說明。如果在習慣指導教授的口音、語調和一般講話模式的同時，將會議錄音對你有幫助，請詢問他們是否可以這樣做。採納 Murray 的建議或許會有幫助，即學生可以將一張封面頁附在草稿上，概述以下內容：

- 日期、草稿編號、字數
- 寫作內容的目的
- 你對該寫作內容所尋求的反饋類型
- 你如何回應先前的反饋（根據 Murray, 2017, p. 231）

我們的一些學生發現，儘管他們能口頭討論自己的研究主題並相當連貫地提出論點，但在寫作方面卻遇到很大的困難。對著錄音設備或語音辨識軟體講話，然後編輯文本，有效幫助一些學生在寫作方面有了進步。在稍後

有關社交議題的部分,我們將談論更多同儕網絡和寫作小組如何幫助你處理可能缺乏自信的問題,並為你的寫作提供額外的反饋來源。

習題 3.2 ▶ 我偏好什麼類型的反饋?

Odena 與 Burgess (2017, p. 579) 所訪談的博士生描述了幾種對自己最管用的反饋。請參閱他們的看法,並思考你所偏好的寫作反饋類型是什麼。也許你喜歡混合口說和書面的反饋。想一想你如何能將自己的偏好傳達給指導教授或可能會閱讀你作品的朋友。假如你更喜歡口頭反饋,想一想如何確保在會議結束後記住它。

我喜歡書面的反饋並追蹤更改,它可以多次一看再看。

(Barak,第三年博士候選人)

我樂見我的指導教授坐下來與我交流、互動。我發現那比用筆寫在紙上要有用得多。　　　　　　　　　　　　(Jenny,教育博士畢業生)

有時候講出來、實際聽到比寫下來更有幫助……這會迫使你以不同的方式思考如何表達。　　　　　　　　　(Kate,第四年博士候選人)

當我們開會時,我會說「我想要談的就是這個」……我是非常自我引導的 (self-directed)。但我知道有別的學生不是這樣的,他們需要更多的架構。　　　　　　　　　　　　　　(Tanya,博士畢業生)

在本節中,我們確定了情感和情緒如何影響你的寫作行為,並提出了一些應對這些問題的可行策略。同樣重要的是要了解,我們可以做出一些行為改變,幫助我們應對在寫作時可能遇到的焦慮。下一節將討論與個人組織和時間管理相關的行為改變,Odena 與 Burgess (2017) 發現這兩個因素對學術寫作的發展至關重要(參見圖 3.4)。

行為問題

當我們提出行為問題可能會影響你寫論文的能力時，我們的意思是什麼？而假如情況是如此，你能做點什麼來改變自己的行為？幾項針對研究生的研究都強調了對他們時間的多重要求。特別是國際學生可能在學業、工作和家庭承諾之間左右為難（無論在身邊或在母國的家人都是）(Odena & Burgess, 2017; Paltridge & Woodrow, 2012)。在本節中，我們將更詳細地討論時間問題——這些問題經常出現在學生最常列出的問題和困難中——以及改變你的行為可能會如何幫助你更有效地寫作。

將寫作變成習慣

論文作者和學術人員經常抱怨沒有足夠的時間來寫作，他們聲稱如果自己有更多的時間就不會有寫作問題。然而，我們需要做的是改變我們利用現有時間的方式。Rowena Murray (2013) 認為，我們需要思考的是如何創造時間而不是尋找時間。Murray 和其他一些學者研究了成功的學術人員是如何寫作的，並提倡她所謂的簡短日課 (brief daily session)。簡短日課指的是固定寫作（理想情況下是每天），在特定的時間和地點，通常是在特定的時間段內。採用這種方法有助於把寫作融入你的生活，換句話說就是使它成為一種行為——你經常做的事情。

很多作家在寫作方面遇到困難，因為他們錯誤地認為寫作是一種創造性和自發性的行為：只能在有靈感時才寫得出來。事實上，以研究成功作家而備受推薦的 Zerubavel (1999) 主張，寫作需要成為一種習慣。弔詭的是，透過固定寫作，最好是每天寫作，當我們建立寫作習慣時，靈感就會隨之而來。制定一個你堅持的寫作時間表可以在獲得那些「靈光乍現」的時刻起到關鍵作用。它也能降低論文寫作占據你整個生活的機率，因為排定了特定的寫作時間，便不會覺得你需要不斷地寫作（這是不可能的）。

假如目前的寫作方式對你管用，就沒有必要去改變。不過，若是你覺得卡住了，論文寫作的進展也沒有如你所願，就要考慮試試 Murray (2013) 所謂的 snacking，亦即定期寫作，但限定為較短的時間。Murray 認為，導致

許多作家出現問題的原因是，他們認為只有當自己有大量的時間可以寫作時，他們才能寫作。她稱之為「寫作狂歡」(writing binge)，亦即長時間的寫作。這種寫作通常是為了趕在截止日期前完成，但這可能會變得成效不彰且令人筋疲力盡。雖然 15 分鐘的 snacking 無法進行複雜的深思熟慮，但她建議將較長的時間段與較短的 30 分鐘時間段結合起來可能會有所幫助。正如 Zerubavel 建議的，每週安排定期的寫作時間（請參見習題 3.3）已被許多作家（包括學者和小說家）發現有助於提高生產力。

如果你是以作為第二語言的英語進行寫作，那麼及早開始寫作並定期寫作是最重要的。寫作最困難的部分是生成文本，如果你以新的方式將想法和語言結合在一起，這確實需要更長的時間。你花在這上面的時間越多，重寫和編輯的時間越多，你的寫作就會越進步（參見圖 3.1 和 3.2）。在我們看來，學生寫作的最大障礙之一就是「寫起來」(writing up) 這個短語——這會導致學生一直推遲寫作，直到他們認為研究就快「完成」為止。你需要把寫作視為研究過程中必備的部分，並從早期開始寫作，不管起初是靠筆記與反思、日誌與日記，還是文獻回顧的初稿。這一點至關重要，因為寫作技巧是隨著時間推移而逐步養成的，語言能力也在不斷地發展。

習題 3.3 ▶ 將寫作融入我的生活

根據 Zerubavel (1999) 的建議，我們列出了在你開始制定寫作計畫時，必須問自己的關鍵問題：

1　我每週想花多少時間來寫作（就是每週幾小時）？
2　我希望每次的寫作時間要多長？
3　一天中什麼時候對我來說最適合寫作（例如早上、下午、晚上）？
4　對我來說最適合寫作的地方是哪裡？
5　我的 A 時段和 B 時段是什麼時候？A 時段是一天中你感覺狀態「最佳」的時候。這些時間應該用於寫作和思考；用於產生想法和文本。B 時段是你可能有點疲倦的時候；可能有點吵鬧；或者你可能在公車或火車上，但仍然可以做一些工作，例如檢查參考文獻、更新目錄或校對。兩者都可以有效地運用（詳情另參見 Zerubavel, 1999）。

> **然後根據這些問題的答案制定一個寫作計畫**
>
> 　　用行事曆來規劃你的寫作日和時間。要不然就到這裡來下載列印現成的全年行事曆（可以的話就用 A3 的紙張）：https://student.unsw.edu.au/sites/all/files/uploads/group40/2019_A4.pdf。填寫整年的所有重要截止日期和活動，並保持更新。然後看看在哪裡可以安排你的寫作時間，以幫助你趕得上寫作截止期限。在這個階段，切換到每週計畫：你可以在這個連結中下載每週的計畫：https://student.unsw.edu.au/sites/all/files/uploads/group40/A4_Weekly.pdf，在那裡也會找到可編輯的 Word 版。你的計畫可能會每週不同。重要的是，你要在行事曆中確定每週專屬的寫作時間，並且不要讓其他活動占用這段時間。依 Zerubavel (1999) 建議一定要經常和規律地寫作，這樣才不會失去動力。隨著時間的推移，當你體驗到其中的好處後，就會變得更容易做到並堅持下去。

寫作作為一個過程

　　我們在前面提過，寫作的障礙之一可能是將寫作推遲到論文截止日期前幾個月才坐下來「寫出來」。到現在應該很清楚的是，我們堅信你應該從一開始就寫作，並在論文的整個過程中使用寫作來理清你的思路和理解。安排定期的寫作可以幫助防止在不切實際的截止日期前臨時抱佛腳。寫作是一個不斷修訂和完善的過程，有助於我們釐清思緒。如果將這一過程推遲到最後，我們就會失去進行修訂和重寫所需的重要時間。理想情況下，我們希望看到學生寫的每章至少有兩份完整的草稿，然後在提交或口試之前至少有兩個完整的最終論文草稿。

　　圖 3.1 顯示了早期研究如何將寫作概念化為一個過程，包括寫作前的準備或規劃、草擬、取得反饋、修改，然後在「提交」之前進行編輯。這些研究幫助我們改變了對寫作的理解，不再僅是簡單地想出一個想法或計畫，然後坐下來寫作，而不花時間去尋求反饋並根據反饋進行修改。

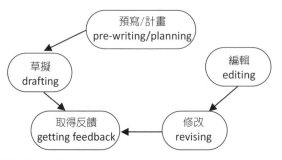

圖 3.1 寫作過程的簡化模型 (Atkinson & Curtis, 1998, p. 15)

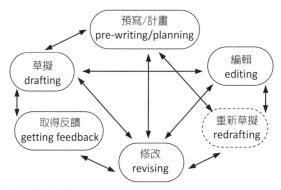

圖 3.2 更真實的寫作過程模型 (Atkinson & Curtis, 1998, p. 16)

　　然而，更近期的研究表明，我們在寫作時所經歷的過程更加複雜（參見圖 3.2），其凸顯了寫作的非線性 (non-linear) 本質和所涉及的多次迭代 (multiple iterations)。這項研究對於使用第二語言之論文作者的用處在於，它有助於把一套高度複雜的過程分解成一系列更簡單的階段或子任務，使你能「開始」並隨著這些較小的任務完成而得到成就感。示意圖闡述了反饋的關鍵作用和修改的重要性，並顯示有些時候你或許需要重新起草（回到更接近開始的地方）而不僅僅是進行修訂。廣泛的改寫和反饋也會有效地減少潛在的抄襲，因為你將不斷地獲得反饋。

思考

在我寫下文字之前，我怎麼知道我在想什麼？

在我理清思考之前，能如何改進我寫的文字？

Text

寫作

圖 3.3 寫作與思考的相互關係 (Huff, 1999, p. 7)

　　因此，學術寫作不僅僅是「把想法寫在紙上」，而是要確定寫的是「好英文」(Atkinson & Curtis, 1998, p. 17)。研究生作者需要掌握的是，思考與寫作之間存在一種相互關係（參見圖 3.3）。寫作是理清我們思考的重要手段，這就是為什麼延遲寫作可能成為發展理解的障礙，反之，定期寫作則會促進對某個主題的理解。

生成文本

　　Biggs 等 (1999) 指出，以第二語言寫作者可能在所謂的寫作技巧上花費了過多的時間——在句子、語法和單字層面的特徵上——而不是在更高層次上生成意義，然後將其組織成句子並找到合適的詞語。然後，寫作的主題可能會丟失且得不到支持，即使在句子層面上寫得很好，文本部分也會變得無關緊要。他們鼓勵學生先生成文本並稍後再進行修改和編輯，這可能會減少阻礙。

　　Murray (2017) 推薦了一個非常有用的策略來鼓勵論文作者生成文本，特別是在博士學位的早期階段。她建議使用以下這組提示能幫助學生寫出有關他們主題背景的文章。當你在建立或改變你的研究焦點時，可以重複使用這些提示。使用這些提示生成的文本可以由你擴展、修改和編輯。通過寫這 325 個詞，你已經開始寫論文了！

我可以寫什麼？我的研究背景/背景資料

My research question is …. (50 words)

Researchers who have looked at this subject are …. (50 words)

They argue that …. (25 words)

Smith argues that …. (25 words)

Brown argues that …. (25 words)

Debate centres on the issue of …. (25 words)

There is still work to be done on …. (25 words)

My research is closest to that of X in that …. (50 words)

My contribution will be …. (50 words)

(Murray, 2017, p. 118–119)

修辭問題

修辭是說服的藝術，源於古希臘的哲人，像是亞里斯多德便擅長說服聽眾接受並相信他的論點。如今我們在談論文作者所面對的修辭問題時，我們指的是思考誰在閱讀你的論文，以及你將如何在論文中發展論點以說服讀者（們）你的研究是有效的、有趣的，並對你的學科領域做出重要的貢獻。一篇完成的碩博士論文絕不僅僅是對你讀過的內容和你做了什麼的描述，它是整個論文中持續發展的論點，有證據支持，通常來自你的研究，並得到你所閱讀的資料之支持，你試圖說服讀者——你的指導教授和口試委員——相信你所提出的主張或論點之有效性。

> 對很多學生來說，寫碩博士論文將是他們第一次在管理和建構如此大量的文本時考慮這類修辭問題。對許多研究生來說，這是一個非常艱鉅的任務。不僅因為論文的文字量令人望而生畏，還因為論文被要求達到的高標準。寫作的挑戰不僅在於要展示與研究相關的知識，還要利用該知識「合乎邏輯又有意義地論述研究結果的含義」。
>
> (Dong, 1998, p. 369. Our emphasis)

Biggs 等 (1999) 及 Torrance 與 Thomas (1994) 發現所有的作者都受益於如何構成論文及其組成部分的明確指導。這些發現得到了對學術寫作廣泛研究的支持，該研究強調了對特定書面體裁結構的明確教學之重要性，特別是對於以英文為第二語言的作者而言。然而，許多指導教授對寫作的知識都是內隱的 (tacit)，儘管他們看得出「好的寫作」，但通常很難向他們的學生解釋如何產生這種寫作。本書的主要目標之一即是幫助研究生對碩博士論文在英語中的結構和組織有更加明確的理解。

成為負責任的作者

正如 Tardy (2005) 所指出的，在研究生所需要的學術素養當中，不僅要有語言能力，對於其「學科社群建立和傳播資訊的方式」也要有「修辭洞

察力」(p. 326)。了解受眾（即讀者）的期望是成功的論文寫作之一個重要部分。他們的期望是由其所屬的學科以及使特定文本成功的歷史所塑造的。

Dunleavy（2003）強調了論文作者管理讀者期望並始終以讀者為中心進行寫作的重要性。來自不同語言背景的學生可能會在學術英文對讀者的明確引導程度方面感到困惑。英語（和其他一些源自日爾曼語系的語言）被描述為「作者負責」(writer responsible)，因為「大體而言，說英語的人要求作者或演講者有責任做出清晰且組織良好的陳述」（Hinds, 1987, p. 143）。相形之下，那些傾向於「由讀者負責」(reader responsible) 的語言，例如法語、波蘭語或一些亞洲語言的作者或許就會感覺到，在一篇冗長的論文中所要求的方向、信號和標誌是對讀者智力的一種侮辱。我們發現，對於我們的學生來說，由作者負責的概念在構成寫作上非常有幫助（另參見第 1 章）。

來自拉丁美洲、在英國留學的博士生 Nuria 起初難以去適應學術英文對於偏向由作者負責的期待：

> 在拉丁美洲，它的描述性更強一點，所以在這裡你所用的每個句子都必須非常精確、非常簡短，但在拉丁美洲，我們所用的句子則非常長，會在一個想法上打轉。我第一年很難理解必須到怎樣的程度……我花了很多時間閱讀、很多反饋、長時間的與指導教授討論，長時間的審視我的寫作，以了解人們對我的期望。
>
> （Nuria，第三年博士生，引自 Odena & Burgess, 2017, p. 584）

要知道一個句子或段落該有多長很難。一般來說，學術英文更偏好較短的句子，而不是我們前面討論的更「讀者負責」的語言。Hartley 和 Cabanac (2016) 提供了他們稱之為使學術文本更容易閱讀的三條簡單規則：

- 規則一：如果一個段落太長，就拆成兩段。
- 規則二：長句可以拆成兩句（或更多句）……
- 規則三：逐句檢查看看是否可從每個句子中刪除兩個（或更多）單詞。

你應該只在編輯作品時才遵循他們的建議，而不是在擬稿時，因為這會拖慢你的速度。不過，他們的方法可以作為一種有用的編輯工具。在嘗試之前，請查看他們在以下連結中編輯的句子和段落示例：
https://doctoralwriting.wordpress.com//?s=long+sentences&search=Go。

　　作者承擔責任的關鍵方式是透過運用後設論述 (metadiscourse)，它可被描述為作者對讀者的公開陳述 (Dahl, 2004)。後設論述主要扮演為讀者組織文本的角色，並被作者用來與讀者就文本內容進行互動。以第二語言寫作者需要熟悉後設論述在學術英文中的運作方式，特別是長篇論文需要預覽、回顧和概述，以幫助讀者理解結構和論點。以下摘錄說明了一位關於環境政策的博士論文作者如何在論文的第 2 章開始時以簡要概述，針對本章範圍為讀者提供有用的指引：

> 本章回顧了環境政策在分配影響上的實證證據。回顧範圍所針對的政策則是旨在減少跟能源消耗有關的環境問題。其中包含了例如溫室氣體的排放和車用燃料使用所造成的污染。碳稅或能源稅是主要研究的政策。
> (Yusuf, 2007, p. 12)

後設論述的概念將在後續章節中有更詳盡的討論，並在本書後續章節的許多註解例子中進行說明（另參見第 1 章）。

　　Johnston 從她對 51 篇博士論文評審報告的研究中得出的結果進一步證明了讀者/口試委員對論文的期望以及論文中指引的重要性。她的一些主要發現總結如下：

- 口試委員閱讀論文時一般都是懷著期待甚至熱切的心情，但假如論文並非對讀者友善，這種心情就會消失。
- 論文的整體印象和總體呈現對口試委員來說尤其重要。
- 讀者需要藉由使用摘要、合乎邏輯的順序、提示和刪除過多的重複來得到協助。
- 所有讀者都必須靠協助來理解作品；成果呈現不佳會使他們感到分心與惱

怒；他們欣賞寫得好、有趣的、邏輯性強的論點 (Johnston, 1997, p. 340)。

與此相關的是，Shaw (1991) 所探究的第二語言生在訴求對象的概念上感到困惑——論文是為誰而寫？在寫作時，他們心中的讀者是怎樣的形象？大學生清楚地知道自己是為了被評估而寫作，因此需要展現出對主題的知識，而不管評分者對於主題了解多少。但論文作者與讀者之間的關係則較為複雜，實際上是處於「展現知識和傳遞資訊」之間的困境 (Shaw, 1991, p. 193)。事實上，論文真正和最直接的讀者（或訴求對象）就是對研究主題已經有很多了解的指導教授和外部審查人員。在某種程度上，論文作者必須用比大學生更複雜和詳細的方式來展示他們對該領域的知識。他們不僅僅是作為專家與另一位專家交流，或與具有一定背景知識的非專家溝通，而是透過寫作來說服專家他們有資格加入學術圈（另參見第 1 章）。

這種潛在的角色混淆可能會影響論文作者對自我身分的認同感，因為他們跨越了學生和同儕之間的界線。假如你是同時在寫要發表的期刊文章和論文，在期刊文章中將需要採用聽起來更「專家」的聲音，而在論文中可能需要「聽起來」更像學生，儘管是一個「老練」的學生。要如何聽起來既權威又謙恭是個挑戰，尤其當語言並非你的第一語言時。從作者責任的角度及論文的具體修辭（說服性）目標兩方面來考慮你的訴求對象和讀者是誰，這點是非常重要的。

此外，論文作者必須明白，他們的讀者（口試委員）將按照自己的方式（根據論點中提出的主張）對其進行評估。Mullins 與 Kiley (2002) 發現，有經驗的口試委員會仔細檢查學生陳述意圖的引言和「意圖應該實現的地方」的結論之間的關聯 (p. 385)。調節自己的主張變得非重要；你既不應該過度強烈地「宣揚」你的主張，也不應該未能以適切的力度來說服讀者信服你所提出的主張之價值。這就是被稱為「模糊限制語」(hedges) 的語言資源對第二語言論文作者來說變得極其重要的地方，因為他們學習如何根據受眾和溝通目的調整其主張的強度。模糊限制語在第 9 和第 10 章會有更詳細的討論。

Tardy (2005) 研究了一名第二語言碩士研究生如何發展成為一名成功的

論文作者，她展示了保羅（學生）在意識到需要明確說服讀者其論點邏輯的必要性時，如何修改他的文字。她引用了他的話：

> 我從中學到了一件事，當我寫很長的東西時，必須明白我試圖表達的內容對讀者來說是有趣的。我不能只是在文章中放入許多實驗結果卻不解釋這個結果的重要性，以及我們為什麼該關心這樣的實驗。
>
> （Tardy, 2005, p. 332. 　按原文所強調）

「微調」你的學術語言

Flowerdew (1999) 指出，香港的華人學者嘗試以英文來發表文章時，在許多方面都遇到了困難。其中包含用英文寫作所花費的時間長度；以英文來表達自己的想法；詞彙量的廣度和豐富性，以及為他們的研究提出具有必要力度的主張。他們覺得，語言技能使自己受限於簡單的寫作風格；他們認為寫質化研究 (qualitative research) 比量化研究 (quantitative research) 更具挑戰性，並發現研究文章的緒論和各節討論特別難寫。雖然 Flowerdew 所訪談的是已完成博士學位並且是為發表而寫作的學者，但他所探討的問題同樣適用於那些正在寫博士或碩士論文的非英語母語者。

在 Shaw (1991, pp.195–196) 的研究中，學生提到說，使用半技術性的詞彙和找到適合上下文的正確用字是他們最困難的領域。不過，他發現許多學生已經發展出一種策略，在他們的專業領域進行廣泛閱讀，然後記下他們可以在自己的寫作中使用的有用術語。例如像 the foregoing indicates「前述指出」、highlighted the fact that「強調了這一事實」，以及 such tests are still useful but it is now recognised that...「此類測試仍然有用，但現在人們已經認識到⋯⋯」這樣的短語將被記錄下來並重新使用。Angelova 與 Riazantseva (1999) 所訪談的一位俄羅斯學生列出了她可以用來介紹主題、建立論點、贊同或反對立場以及結束討論的詞語和短語清單。在她感到無法寫作時，這種策略對她很有幫助。

當你在閱讀時，應該要試著不只是閱讀內容，還要注意書籍和文章的專家作者如何像 Shaw 的學生那樣組織文本。這可以幫助你擴展語言資源。

許多寫作專家則是推薦所謂的「語言重用」(language re-use) 策略 (Flowerdew & Li, 2007)。在此先講明，我們絕不是建議學生去抄襲他人的文字；不過倒是要建議，學術英文中有許多常用的字詞和短語在跨學科內外都能重新利用，而獨立於特定的內容外。這些是可以在線上「學術短語庫」(*Academic Phrasebank*)（參見下方）中找到的詞彙和短語。應該注意的是，這些通常是相當短的短語，不超過五、六個單字。

我們的學生發現，在第 1 章提到過的學術短語庫 (www.phrasebank.manch ester.ac.uk/) 非常有幫助。這個網站是一個可搜尋的大型資料庫，內含來自發表過的研究文章和博士論文中的學術語言基本構成要素 (building blocks)。與本書一樣，短語庫也是圍繞期刊文章和論文中常見的組織模式而組織的：介紹研究工作 (introducing your work)、參考資料來源 (referring to sources)、描述方法 (describing methods)、報告結果 (reporting results)、討論發現 (discussing findings)、寫結論 (writing the conclusion)。點擊這些標題將帶你到如何在英語中表達這些模式的一般範例列表。所有學科或主題內容都已刪除，因此若使用這些語言模式來構建和發展你的學術寫作，就不能被說是抄襲了。在網站的左側有一個常用學術語言功能列表，例如解釋因果關係、謹慎、批判等等。例如，如果你想擴展語言資源以使用後設論述並標記你的論文（見上文），點擊連接到 signalling transition「標記轉換」將找到數百個不同短語的例子來幫助讀者理解你的文字。你可以試試看。

印尼學生 Danu 在他的文獻回顧中努力進行更批判性的寫作，他發現學術短語庫中的 being critical 部分幫助很大。以下比較他起初草稿中的兩個短節錄，說明他如何透過整合學術短語庫中的語言來加強他的批判聲音：

Danu 起初的版本：

However, a closer look at the study shows that some items which are supposed to measure reading enjoyment such as **"Reading is boring."** and **"Reading is a waste of tim**e**"** were categorized into reading anxiety. (…)

然而，對研究的仔細觀察顯示，一些應該衡量閱讀樂趣的項目，比如「閱讀很無聊」和「閱讀是浪費時間」被歸類為閱讀焦慮。（……）

（按原文所強調）

修訂版：

One question that needs to be asked, however, is why some items which are supposed to measure reading enjoyment such as "Reading is boring" and "Reading is a waste of time" were clustered into reading anxiety. **A serious weakness with** the clustering of the items is that… **Another major drawback of this study is**… (Emphasis added).

然而，有個需要問的問題是，為什麼一些應該是要衡量閱讀樂趣的項目，例如「閱讀很無聊」和「閱讀是浪費時間」，被歸類為閱讀焦慮。這些項目歸類的一個嚴重缺陷是……這項研究的另一個主要缺失是……（添加強調）

（引自 Mochizuki, 2019。粗體遣詞出自 *Academic Phrasebank*）

「句子骨架」(sentence skeleton) 或模板 (template) 是由 Swales 與 Feak (2012)、Cargill 與 O'Connor (2009) 以及 Thomson 與 Kamler (2016) 所推薦的一個寫作相關策略。句子骨架背後的觀念是，對於你想要用來當成寫作模型的段落骨頭，把上面的肉（就是內容）去掉，留下一個骨架，你可以在這個骨架中加入自己的學科內容來構建自己的段落。Pat Thomson 在她的部落格 *Patter* 中提供了她開發的一些段落骨架的例子：

https://patthomson.net/2011/07/11/writing-skeletons/

要檢查這些短語和表達方式是否在你的領域中使用以及如何使用，最直截了當的方法是用 Google 學術搜索 (*Google Scholar*) 來查看常見用法的範例。這也可以幫助你擴展學術詞彙。Swales 與 Feak (2012) 提供了如何使用 Google 學術搜索常用詞語及它們通常與其他詞語（如介詞和形容詞）一起使用的說明。所以，例如，如果搜尋常用短語 "recent research has…"（必須使用雙引號），就會找到超過五十萬個例子，並顯示如 witnessed「見證」、led to「導致」、revealed「揭露」、been carried out「執行」、investigated「調查」、has mainly focussed on「主要是聚焦於」、established「確立」等的動詞都被使用過，你可以看看哪些用在你的句子和段落中效果最好。Chen 與 Flowerdew (2018) 報導了一位來自香港的電腦科學博士生發現，使用這種 Google 學術搜索在撰寫出版文章時非常有幫助。

運用文書處理程式的功能，例如線上同義詞詞典，也可以幫助擴展你的詞彙。線上學術詞彙表（academic word list）：www.victoria.ac.nz/lals/resources/academicwordlist/publications/AWLmostfreqsublists.pdf 內含 570 個最常用的學術詞族（例如 analyse 的詞族包括 15 個 analyse 的變體，其中 analysis 是最常用的）。當你開始寫論文時，你至少應該熟悉清單上所有的字詞家族。

習題 3.4 ▶ 成為更負責的作者

思考一下你的第一語言可能位於以下「讀者負責/作者負責」連續體中的什麼位置。這對你的英文論文寫作可能會有什麼影響？

根據你在本章所閱讀的內容、你閱讀英文學術文章的經驗以及對寫作的任何反饋，是否覺得自己的寫作風格有哪些方面需要微調？請查看相關領域內最近的三篇論文。問問自己：

- 它們是否「對讀者友善」？如果是，是哪些特徵使它們如此？
- 作者使用了什麼類型的標記？查看標題和副標題，也要查看章節的開始和結尾。
- 你能從目錄中清楚地了解論文的結構和組織嗎？
- 檢查作者在緒論中說明將要做的事情與結論中展示他們如何做到這一點之間的關聯程度。還要檢查研究問題及論文的討論和結論部分如何處理每個問題。
- 你是否清楚每篇論文的「知識貢獻」是什麼？你能用一、兩句話把它寫下來嗎？

如果你想了解更多關於論文讀者（口試委員）期望的資訊，Clinton Golding (2017) 根據對口試委員在論文中尋找的內容進行了一篇有用的文章。他的建議可以在這裡公開取得：

www.tandfonline.com/doi/pdf/10.1080/23265507.2017.1300862?needAccess=true

寫出權威性並發展出自己的「聲音」

在紐西蘭攻讀博士學位的學生 Morena 描述了她在研究開始時的感受：

> 我不覺得自己有立場來論斷任何事，對於所讀到的一切，我幾乎都贊同⋯⋯連看不懂所讀到的東西時，我的第一個反應也總是認為問題是出在我身上──作為讀者，缺乏理解複雜想法所需的知識。
>
> (Botelho de Magalhäes et al., 2019)

這種缺乏權威性去批判性評價他人成果的感覺並不罕見。當我們討論成為一個負責任的作者時，我們已經提到了在論文中發聲的複雜性；更加深化這個問題的是，在英文中找到適當的「聲音」。許多攻讀研究生課程的國際學生已經是他們第一語言中成功的寫作者，在該語言中已建立了強烈的作家自我意識，事實上，甚至在多種語言中都是如此 (Hirvela & Belcher, 2001)。然而，有限的語言資源可能意味著用英文撰寫論文並且「聽起來像」他們想要的那種人，這可能會變得令人沮喪。論文作者在母國已是知名的專業人士或學術人員時，可能會體驗到「極為難以⋯⋯從在本國擔任受到專業敬重的職位，轉變為在國外過著不知名且相對無權無勢的研究生生活」(Hirvela & Belcher, 2001, p. 99)。對於來自政治高壓政權的學生來說，找到合適的學術「聲音」也很困難，他們可能難以表達批判性觀點或自己的意見，而這在西方講英語的大學裡卻是標準期望 (Angelova & Riazantseva, 1999)。更一般地說，研究顯示「找到自己的聲音」是學術寫作發展的關鍵因素（另參見圖 3.4）。

Shen (1989) 從中國移居到北美攻讀，他深刻地捕捉到學生在努力尋找學術英語「聲音」時可能經歷的衝突程度，以及對他們自我意識的影響。他最終提出一個創新的解決方案，解決了用英文寫作時必須成為另一個人的感覺：

> 首先，我列出了與我的舊身分（中國自我）相關的（簡化的）寫作特徵，[⋯⋯] 然後，在第一份列表旁添加一個欄位，就是跟新身分（英

文自我）相關的寫作特徵。在此之後，我想像自己擺脫了舊身分，那個怯懦、謙虛、溫和的華人之「我」，並潛入了新身分（通常以新的皮膚或面具的形式），自信、強勢、進取的英文之「我」。

(Shen, 1989, p. 462)

同樣地，以西班牙語為第一語言的 Diego 描述自己發展更強烈「批判性」聲音的過程：「我的指導教授一直指出我需要學會批判，因為我看文章偏向說明與解釋而非批判，這使我花了一些時間去理解，因為我覺得自己不是可以批判別人作品的人。」（引自 Botelho de Magalhäes et al., 2019, p. 10）Diego 交代了他朝向較為批判的進展是從「把其他研究人員的觀點做成描述性的總結」，轉變為「模仿知名作者採取批判性觀點」的方式。指導教授建議他，停止採取把其他作者的聲音純然再現出來的逐字引用 (verbatim quotes)，而要改用釋義 (paraphrase)。他發現在這些早期階段自己都是用 stated「陳述」作為主要報告動詞，這導致只是對其他作家觀點做總結而沒有進行評價。他花了將近三年時間和大量的閱讀才對文獻發展出較為批判性的方法：

> 當我開始閱讀文獻時，我傾向於贊同所有的觀點，因為一切乍看之下都有合理。由於沒有採取立場，所以大多數的觀點在我看來都很好……只有等我找到了能認同的理論框架時，我才得以表達對他人作品的批判看法。　　　（Diego，引自 Botelho de Magalhäes et al., 2019, p. 10）

為了發展更具批判性的聲音，Diego 所採取的策略是使用由 although 或 even though 等片語，以及 yet 和 however 等連接詞所引導的「讓步」子句。他覺得這讓他能夠「尊重地承認」被引用作家的想法，然後表達他自己的觀點。

改變引用模式可使你的寫作聽起來更具權威。如果你的文獻回顧中每個句子或段落都是以你正在評論的作者的名字開頭，就是將自己的一些「聲音」交給了他們。Rudestam 與 Newton (2007) 提出了幾種相當簡單但不立即明顯的方法，可以讓文獻回顧開始聽起來更像是你對該主題的「看法」，以便讓你自己的「聲音」開始出現：

- 試著避免以「Jones 說……」、「Smith 發現……」來為句子開頭，這會將評論的焦點從你自己的論點轉移到他人的成果上。
- 試著「發展論題，然後引用相關作者的成果」(p. 65) 來支持你的論點，或是為你的觀點提供正反例。
- 盡量限制過度引用。這也可能會降低你的權威性和掌控度。
- 盡量避免什麼都報告。要有選擇性，即「建立論點而非圖書館」(p. 66)。

使用第一人稱

常有學生詢問，在論文寫作中能使用第一人稱的單數代名詞「I」嗎？這些學生念的都是教育、社會科學和人文學科。似乎情況仍然是，在科學、醫學和工程領域一般避免使用第一人稱。在寫作論文時，要如何決定何時以及是否使用「I」？關於這一點肯定沒有共識，你將做出的決定通常取決於你所採用的研究範例、學科的慣例以及你正在進行的研究類型。然而，事情正在改變，你絕對應該跟指導教授討論自己的選擇，並在閱讀所屬領域的期刊文章和近期論文時，注意它們是否使用「I」，以及是如何使用的（另參見第 1 章）。

在一項對歷史和社會學博士論文緒論的研究中，Starfield 與 Ravelli (2006) 認為，「I」在緒論中的不同位置傳達了不同的含義，取決於作者的目的。在他們檢查的 20 個緒論中，他們確定「I」有五種不同的使用方式：

- I 是引導者或勾勒者——構成論述並陳述目的
- 方法論的 I——解釋研究者在研究過程中所做/考量的事情
- I 作為意見持有者——我認為/相信/假設
- I 作為發起者——作者是「聲明提出者」
- 反思的 I

「I」作為引導者或勾勒者被認為是最不具權威性的用法，「I」被用來引導讀者透過諸如 I want to explore「我想要探討」和 I want to investigate「我想要調查」等短語來閱讀文本。方法論的 I 也類似，因為第一人稱用於組織

研究過程的描述：例如 A small number of interviewees insisted on confidentiality, and I have taken such ethical considerations into account in how I have utilised the interview material throughout the thesis「少數的受訪者堅持保密，我已在整個論文中考慮到這些道德議題，以此為基礎運用了訪談材料」(p. 232)。

作為意見持有者的 I 和作為發起者的 I 聽起來更具權威性，因為作者表達了觀點並提出了主張：

- But it is also related, I think, to deeper, long-held assumptions about the relationship between work and modernisation that have informed the sociological imagination (p. 232)
  「但我認為，這也與關於工作與現代化之間關係的更深層次、長期持有的假設有關，這些假設影響了社會學想象」(「I」作為意見持有者)。
- I argue that Foucault's rigorous critique of the repressive hypothesis can be read as a comprehensive account of power's complex ontology (p. 233)
  「我主張，Foucault 對壓抑假設的嚴厲批評可以被理解為對權力複雜本質的全面描述」(「I」作為發起者)。

(Starfield & Ravelli, 2006)

Starfield 與 Ravelli (2006) 所稱的反思 I 出現在一些論文中，其中作者明確地定位自己為研究者並反思自己的角色，賦予自己強烈的個人「聲音」。這可能是 I 最「棘手」的用法，但正在成為質化研究寫作的一個被接受的部分，並且在下面的例子中使用：

The writing of this thesis was a process that I could not explore with the positivistic detachment of the classical sociologist. After all I was affected by the repression, the exile and the mutations within Chilean society as much as anyone else in the country. (p. 234)
「這篇論文的寫作是我無法以古典社會學者的實證主義超然態度來探討的過程。畢竟，我受到了壓抑、流亡和智利社會內部變化的影響，就像該國的任何其他人一樣。」

雖然這裡展示的例子來自歷史和社會學論文，但在一些科學論文中也使用

了第一人稱。例如，在研究生活於都市地區的蝙蝠時，Caragh Threlfall (2011)
便在引言中廣泛使用了第一人稱，主要是使用了當成引導者和方法論 I：

> The aim of this thesis is to help fill this knowledge gap. I firstly establish a
> trait-based response of the bat community, where biogeographical factors
> including landscape productivity, the level of urbanisation and habitat loss are
> used to explore the overall bat response and community structure. I then
> explore these mechanisms using mensurative and manipulative studies at a
> landscape and local scale…. In this way, I have used a combination of
> approaches which are typically used in isolation….
>
> 「本論文的目的是要幫忙填補這塊知識空白。我首先會確立蝙蝠群落
> 的特性反應，用包含地景生產力、都市化程度和棲地喪失的生物地理
> 因素來探討蝙蝠的整體反應與群落結構。然後我會根據地景與本地的
> 規模，運用測量和操控性研究來探索這些機制，……如此一來，我結
> 合了通常單獨使用的多種方法……

習題 3.5 ▶ 我可以使用第一人稱嗎？

閱讀以下引述自學生 Lina 和 Diego 的兩句話，並思考你更喜歡在論文
中如何談論自己（當然，前提是你已讀過本書關於作者聲音的小節！）。

> 在修課之前，我總是會用 one，而不是 you 或 I，我以為自己受到的
> 期待是如此。我不知道還有其他選擇。（Lina Ru，文科碩士生，UG
> 工程學位，引自 Badenhorst et al., 2015, p. 7）

> 我偏好使用 I argue that…「我認為……」和 I maintain that…「我堅
> 持……」。然而，我的一位來自量化研究的評估者鼓勵我避免用
> 「I」……我在論文裡沒有使用它……我確實感覺受到限制，因為
> 我沒辦法更自在地使用「I」來表達某些想法。我強烈認為「I」是
> 質化研究語言的一部分。（Diego，博士生，引自 Botelho de Magalhaes
> et al., 2019 p. 10）

社交議題

　　寫論文的孤單本質和潛在孤立眾所皆知。國際學生在這方面可能特別脆弱，尤其是假如孤立會影響到他們在寫作期間獲得和受惠於反饋的能力。Shaw (1991, p. 193) 發現，他所訪談的第二語言論文作者並未利用「同事的反饋來作為寫作過程中的資源」，無論是在修改還是編輯上。正如我們在本章中一直強調的，你和指導教授的關係對於成功完成論文非常重要，但越來越多人認知到同儕支持在碩博士生學習方面所發揮的重要作用（另參見圖 3.4）。

　　研究表明，同儕支持小組和小組反饋確實可能不僅有助於克服潛在的孤立感，還有助於寫作發展 (Aitchison & Guerin, 2014)。同儕支持可採取多種形式，從有助於對抗冒牌者症候群影響的定期電子郵件互動 (Watson & Betts, 2010)，到每個月以電子郵件和電話為補充的面對面會議 (Devenish et al., 2009)。Devenish 等人發現，「協作式的同儕支持 (collaborative peer support) 是促進（他們）進步的最有價值的因素之一」(p. 61)。當然，對寫作與寫作相關的焦慮進行公開討論也被發現可以減少學生的孤立感和不足感。

　　隨著學生體驗到給予和接受同儕反饋的好處，論文寫作小組變得越來越受歡迎。大學的研究所辦公室或寫作中心大多都設有論文寫作小組，小組通常由幾個學生組成，他們在幾週的時間內每週與輔導員會面幾個小時，閱讀彼此的寫作摘錄並在小組會議過程中提供反饋。研究顯示，學生發現談論寫作、給予和接受反饋以及與他人建立社交聯繫是非常有益的（參見例如 Aitchison & Guerin, 2014; Mochizuki, 2019）。

　　在一項針對 45 名博士生進行的研究中，Caffarella 與 Barnett (2000) 發現，為同儕準備評論及接受教授和同儕的評論是幫助他們理解學術寫作過程並改善其學術寫作的最重要因素。他們得出的結論是，儘管學習給予和接受反饋的過程可能會帶來壓力，但參與持續寫作發展計畫所帶來的好處超越了挫折感，該計畫包括如何提供明確反饋的指導，以及從教師和同學那裡接受反饋。你就讀的大學可能還提供論文寫作課程或研討會，我們強烈建議你去參加這樣的課程。除了提供論文寫作的有用資訊，這些計畫也讓你有機會結識來自

不同學科或學校的學生並談論自己的研究與寫作。這類型的教學所提供的社交維度 (social dimension) 幾乎與寫作教學一樣重要。

除了寫作小組和寫作課程外,現在許多大學還定期舉辦寫作訓練營 (Starfield & Aitchison, 2015)。這些通常是由寫作專家主持的週末活動,眾多處於論文寫作不同階段的學生聚集在一起,坐下來寫個兩、三天。令人訝異的是,學生們表示訓練營的經驗有助於寫作,因此他們反覆報名參加未來的訓練營。可能是因為沒有干擾,加上有其他人專注於寫作,所以鼓勵了每個人都變得更有成效。

其他像 *Shut up and Write!* 這樣的社交型寫作活動也在許多大學校園受到歡迎。*Shut up and Write!* 是援引番茄鐘工作法(www.lifehacker.com.au/2014/07/productivity-101-a-primer-to-the-pomodoro-technique/),鼓勵定期、按時的「點心式」寫作;其目的是讓寫作更加可管理,提高生產效率。在學校或系所組織 *Shut Up and Write!* 寫作小組的好方法是每週在咖啡店聚會一次,用筆電寫 25 分鐘,然後休息 10 分鐘,喝杯咖啡聊聊天,然後在自由活動前再寫 25 分鐘。你會訝異於自己可以多有產能 (Mewburn et al., 2014)。

對於與他人一起參加研究寫作活動,Starfield 與 Aitchison (2015) 列出了五點好處:

- 提高效率——無庸置疑,你會寫得更多!
- 惺惺相惜——結識新朋友,享受樂趣,拋開獨自寫作的憂慮和苦悶。
- 建立能長年維繫的本地與國際人脈。
- 認清自己是作者——了解要如何克服拖延,甚至熬過最艱困的階段。
- 學習寫作技巧——透過連結到相關的社群媒體支援上,以善用豐富的資源與支援。

上述類型的同儕寫作活動可能在你的校園裡也有提供:不要害怕嘗試。虛擬世界中也有很多支援,我們在第 13 章中提供了一些相關資源的資訊。正如我們在本章和第 2 章中所討論的,與他人建立聯繫對於成功的論文寫作非常重要。

結語

　　本章探討了影響第二語言寫作者成功完成論文的四個關鍵問題。圖 3.4 提供了本章以及學術寫作更廣泛的關鍵因素概述。雖然並非所有因素都與寫作直接相關，但現在已經有大量的研究（其中一些在本章中有所提及）表明，情感、行為和社交問題以及在新語言和文化中的身分問題可能會大幅影響學生參與和持續長時間寫作的能力。此外，關於作者和讀者之間關係的期望可能在不同語言和文化中存在差異，這部分需要明確討論。重要的是，你必須意識到這些問題可能會影響你的論文寫作。

圖 3.4　學術寫作發展的關鍵因素（改編自 Odena& Burgess, 2017, p. 577）

Chapter 4

Writing a research proposal

撰寫研究計畫

導言

　　研究計畫是 Swales (1996) 所謂的「閉塞」(occluded) 類型的例子；也就是說，這些體裁對學生來說很難接觸到，但在他們的生活中卻發揮著重要作用。Madsen 在 *Successful Dissertations and Theses* (1992, p. 51) 這本書裡寫到：「研究計畫通常是論文成功的關鍵要素，因此是整個過程中最重要的步驟」。Meloy (1994, p. 31) 提出了類似的觀點，認為「研究計畫寫作似乎不是一件天生就能做好的事情」，我們不但要透過實例來學習，也要仰賴指導教授和論文委員的反饋與建議。因此，本章將詳細探討撰寫研究計畫的過程。涵蓋的主題將包括碩士論文與博士論文之間的差異、選擇和聚焦研究主題、優秀研究項目的特點、制訂研究計畫，以及跨學科的差異。

碩士與博士論文的差異

　　在撰寫研究計畫前，所要考量的重點是你所攻讀的學位及該學位對你的要求是什麼。許多作者已經討論過碩士與博士論文之間的期望差異及其特徵（例如，Elphinstone & Schweitzer, 1998; Madsen, 1992; Tinkler & Jackson, 2000）。在你開始研究項目時理解這些差異是很重要的，因為它們將影響你計畫進行的項目之重點和規模，進而影響你撰寫的研究計畫。

　　正如 Madsen (1992) 所指出，一般而言，博士論文比碩士論文具有更大的廣度、深度和目的。以下是他概述的碩士論文和博士論文之間的差異：

碩士論文應包含：

- 對觀點的原創性分析或檢驗
- 獨立工作或實驗的能力
- 對技術及其局限性的理解
- 對所研究主題的已發表文獻的專業知識
- 能對發表過的成果和來源素材加以批判運用的證據
- 對研究主題與更廣泛知識領域之間關係的認識
- 以適當的寫作水準呈現論文的能力

博士論文要包含：

- 以上所有，再加上：
- 對知識的獨特貢獻，顯示在所研究的主題、所採用的方法論、新事實的發現或研究結果的解釋

　　在範圍上，博士論文與碩士研究學位有所不同，其對所研究的主題進行了更深入、更全面的處理 (Elphinstone & Schweitzer, 1998)。博士論文還必須展示在研究領域具有權威性。也就是說，你被期望對與你特定主題相關的研究領域和研究具有專業且最新的知識。論文還需要以簡潔、清晰、毫無錯誤的英文撰寫。

　　在博士的層次上，審查者常被問到，論文中是否包含某些值得出版的素材。「對知識的獨特貢獻」是博士階段的一個重要考慮因素。簡言之，你是否完成了一項工作，證明你的研究學徒階段已經完成，並且你「應該被接納進入該學科的學者社群」？

　　一項由 Tinkler 與 Jackson (2000) 在英國進行的研究發現，儘管大學對於定義博士論文所使用的標準存在著大量的一致性，但實際審查論文的方式往往有所不同。因此，了解你所屬大學用於評估論文的標準，以及與此相關的機構和部門規定是很重要的 (Murray, 2017)。

習題 4.1 ▶ 論文審查的準則

查找你所屬大學的論文審查指南以及將用於評估論文的標準。在撰寫研究計畫時就要考量到這些準則，並自問你的項目在哪些方面符合大學的標準。

習題 4.2 ▶ 碩士論文與博士論文的差異

檢視 Madsen (1992) 在上面提到的碩士與博士論文的差異。在撰寫完你的計畫書後回顧這些標準，並問自己：我的計畫書在多大程度上符合這些標準？

什麼是好的研究項目？

好的研究計畫其關鍵特徵在於所提項目的品質。好的研究議題要以前從未進行過，在某種意義上是原創的，意思是它並非旨在發現領域中已經人人皆知的事情。該議題還需要是值得做的，所以考慮你的議題之價值和相關性非常重要，因為有許多可能可以做但不值得做的事情。好的研究議題還需要在可用的時間框架內是可執行的，使用可用的資源，由將進行研究的人（或人們）執行。因此，若只有一年的時間進行和完成研究，一個可能需要三到四年的項目（例如博士論文議題）將會難以實現。你的項目可能還需要財務資源，例如機票和飯店費用，如果沒有這些資源，你可能無法繼續進行。此外，考慮你是否具備自己所提出的研究所需之理論背景和方法論技能也很重要。例如，如果研究的是一個對話分析議題，你需要知道如何進行對話分析；如果研究需要某種統計處理，你就需要能夠做到這一點。此外，研究的主題是否讓廣大的讀者群感興趣也很重要，例如期刊的國際讀者群，因為進行研究的目的之一就是將其傳播給更廣大的讀者。與此相關的是完成的研究項目是否可能會做成某種出版物，例如期刊文章或書籍（參見第 12 章），從而使你的研究能夠為所在學科的發展做出貢獻。

制訂研究計畫

　　在制定研究計畫時，需要進行一系列重要的步驟。列出可能值得調查之主題的簡短清單會是個好的開始。然後，你可以將清單交給一位曾經進行過研究的人（諸如同事或指導教授）幫忙看，以便從他們的看法中得到指點，看哪個主題繼續下去會最好。接下來要做的是構思一個研究將回答的一般問題，並從中聚焦問題。這個階段通常會給新研究者帶來最大的困擾，所以如果你是新手研究者，在此階段就不該著急，應該花足夠的時間來進行。對於縝密地制定研究問題的方式，表 4.1 提供了更詳細的建議。

表 4.1　改進研究問題的方法

- 廣泛閱讀以找到你感興趣的主題。沉浸於文獻中，利用圖書館，閱讀其他近期碩博士論文的摘要，在網路上查看論文。
- 將你的焦點集中在單一問題上：不要過於雄心勃勃。
- 如果必要，準備好更改或修改你的問題。
- 能回答「我為什麼要做這個議題（而非不同議題）？」的提問。
- 閱讀最新的資料──確保你的想法是可行的，而且沒有別人已經做過或正在做。
- 理解你的研究問題的含義：考慮它所基於的現有資料和思維，檢查議題的邏輯，詳細說明要使用的方法。
- 將你的研究問題濃縮成兩句話：寫下來，帶著自豪感放在你的工作區中。如果需要的話持續更改問題。
- 問自己：我們到最後會知道什麼是我們之前還不知道的？

資料來源：取自 Stevens 與 Asmar (1999, p. 17)

　　一旦研究問題確定下來，就必須決定需要收集哪些資料來回答你的問題、可能在哪裡收集、如何收集，以及如何分析這些資料。初步的研究計畫可由此制訂出來。重要的是，於此同時要進行足夠的閱讀以便確定所提出的議題是否在正軌上。為了做到這點，你需要去審視題目的過往研究，看看在你所提的主題方面已經進行過的研究，還有先前的研究是如何進行的。此外，還需要考慮你的研究在倫理上的影響，包括需要獲得哪些權限來進行研究，以及你能給予參與研究的人（如果有的話）哪些匿名保證。

表 4.2 顯示了一位中國學生作為研究新手，是如何從一個非常普遍的主題開始，並由此轉向聚焦較狹窄而有價值及可回答的研究問題。在他的個案中，他是在中國境外的一所大學就讀，但他對於如何在他的國家的大學課堂上實施特定的語言教學方法很感興趣。由於他不住在中國，因此無法獲得任何他可以用於研究的第一手資料。不過，他帶著一套在他的大學教英語會使用的教科書。他對聽力教學特別感興趣，因此他結合自己擁有的資源和興趣，研究了中國大學教科書中的聽力教學方法，並將其與英語國家出版的教科書進行比較。因此，他從一個值得提問但在當前情況下無法回答的問題轉移到了一個同樣值得提問且可以實現的問題。

表 4.2　選擇和聚焦研究主題：範例

選擇主題 ▶	中國的溝通式語言教學
選擇問題 ▶	溝通式語言教學在中國的大學：真有可能嗎？
聚焦問題 ▶	聽力在溝通式教學中的位置：東西方的比較
縮小問題的焦點 ▶	聚焦於 EFL（以英語為外語）教材中的聽力：東西方的比較

制訂研究計畫的工具

習題 4.3 ▶ 四個問題框架

作為制訂研究計畫的起點，以下是你需要簡短回答的四個問題：
1 我試圖回答的問題是什麼？
2 它為什麼值得回答？
3 其他人是如何嘗試回答它的？
4 我該如何回答這個問題？

習題 4.3 中的四個問題是你研究計畫的核心，透過試圖回答它們，你可以開始產生關於研究項目的思考和寫作。「我試圖回答的問題是什麼？」指的是你項目的目標及需要清楚表述的潛在研究問題。「為什麼值得問？」指的是你所提出的研究的「重要性和原創性」，或者也被稱為「那又怎樣」(so what) 或「何必麻煩」(why bother) 的問題。換句話說，你的研究將對你正在研究的領域有何貢獻？接下來的問題是「其他人是如何嘗試回答它的？」該問題提醒我們，對重要性和原創性的主張源於該領域的先前研究成果，並且必須進行論證。第四個且最後一個問題讓你思考你想採用的研究方法，以及為什麼它是分析你特定問題最適合的方法。在接下來的章節中，我們將更詳細地討論這些問題。

我試圖回答的問題是什麼？

研究問題並非僅在人的腦袋裡完全成形：它們是經過大量思考、寫作和反覆查閱文獻的結果。因此，去查看成功的研究計畫或論文成品可能會有點誤導，因為它們沒有傳達問題是經過了多次迭代，才在最終的計畫或論文裡提出一系列的問題。隨著思考和閱讀的進展，持續運用上面所列出的四個問題可以幫助你更接近提案的最終版本。

你或許還想嘗試在第 3 章提到過的寫作提示（我可以寫什麼？我的研究背景/背景資料），依 Murray (2017) 所建議，從研究背景來寫起。寫作提示是對於生成思考與寫作非常有幫助的方式，尤其是在提供清楚的字數限制下。透過運用這些提示，你可以理解自己的貢獻，思考在該領域的爭論和仍需完成的工作，這有助於框定你的研究貢獻。

另一項有助於概念化「研究空間」(Feak & Swales, 2011) 的活動是使用視覺化活動。圖 4.1 是一個簡單的文氏圖 (Venn diagram)，以三個交會的圓圈要求你將關鍵的文獻或作者分組到三個圓圈的其中一個，三個圓圈的交集就是論文主題的所在位置，Swales (2004) 稱之為研究「利基」(niche)。

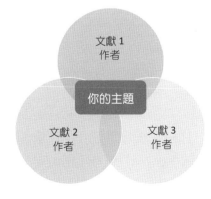

圖 4.1
文獻回顧的視覺提示

重要的是，你要理解你的文獻回顧部分不僅僅是列舉或總結你閱讀過的一切，也不是試圖說服讀者你對他人的工作很了解。正如 Rudestam 與 Newton (2015) 所指出的那樣，你使用文獻來發展一個連貫的論點和一個你研究的概念框架，因此你的讀者應該能夠得出結論：「當然，這正是此時應該進行的確切研究，以推動該領域的知識稍微向前推進」(pp. 71–72)。

在進行文獻回顧的早期階段，你所寫的可能看起來會像是清單或摘錄——在閱讀你的主題領域時整理的帶註釋的參考書目 (annotated bibliographies)。這是完全可以預料的，實際上，我們建議使用像 Martin 與 Adams 提出的那種格式（參見圖 4.2），無論是紙本格式還是更有用的電子檔，把你正在閱讀的任何文章、書的章節或書籍進行簡要筆記。現在許多研究人員都使用 *EndNote* 和其他類似軟體進行同樣的任務。從研究生涯的早期開始，發展出適合你的註釋閱讀和筆記方法會很有幫助，因為你將會進行大量閱讀。

Relationship of theoretical perspective, argument and evidence		
Title of article and authors:		
Evidence or data	Theoretical Perspective	Argument
Summary:	Summary:	Summary:
Significance of the article:		
Relationship to my own work:		
Relationship to work in the area:		

圖 4.2 作筆記的工具。
資料來源：Martin 與 Adams (2007, p. 221)。經澳洲教育研究委員會 (Australian Council for Educational Research) 許可轉載。

隨著時間的推移，你的文獻回顧必須從清單/摘錄階段，轉向支持你的提案的論點。Rudestam 與 Newton (2015) 提出了幾種相當簡單但並不立即顯

而易見的方法，透過這些方法，文獻回顧可以開始聽起來更像是你對該主題的「看法」，使你自己的「聲音」開始出現：

- 試著避免以「Jones 說……」、「Smith 發現……」來為句子開頭，這會把焦點從你自己的論點轉移到其他人的研究工作上。
- 嘗試「發展一個主題，然後引用相關作者的研究」(p. 73) 來支持你的論點，或是為你的論點提供例子或反例。
- 試著去限制過度引用。這也可能會降低你的權威性和掌控度。
- 避免所有事皆報告。要有選擇性，「構建論點，而不是圖書館。」(p. 74)。

它為什麼值得回答？

四個問題中的第二個要求你思考為什麼你的研究值得進行。當然，這是必要的，但我們不總是能成功地說服他人這是值得的。有時候，這是因為執行重要且原創性研究的想法似乎是不可能的。「我，一個博士生，該如何進行這種研究？」這種想法並不罕見。下列引述是出自有經驗的論文審查者，「這是博士學位，而不是諾貝爾獎」(Mullins & Kiley, 2002, p. 386)，承認許多學生所經歷的焦慮，即他們的貢獻可能不會被認為具有足夠的獨創性，即不值得諾貝爾獎！

Murray (2017) 提供了一系列我們可以思考獨創性的方式。她認為，這不僅僅是說出別人之前沒有說過的話。她的清單所做的是為我們提供思考議題的獨創性可能在哪裡，以及如何最好地表達這一點的方法。重要的是，也是研究生學習初期會覺得困難的是，開始思考他們的研究要如何展示出原創性或重要的貢獻。以下清單讓你思考自己的提案，此外，還提供了一些工具，可以與你的指導老師討論此問題。

- 你說出了別人之前沒有說過的話。
- 你進行了之前未曾進行過的實證研究。
- 你將之前未曾結合過的東西進行了綜合。
- 你對他人的資料/想法進行了新的解釋。

- 你在這個國家進行了之前只在其他地方進行過的研究。
- 你將現有技術應用於新領域。
- 你跨學科研究，並使用不同的方法。
- 你研究的是所屬學科中人們未曾研究過的主題。
- 你以一種原創的方式測試現有知識。
- 你以一種之前未曾使用過的方式增加了知識。
- 你第一次將新資訊與發現寫下來。
- 你對別人的想法進行了良好的闡述。
- 你繼續了一項原創性的研究。 (Murray, 2017, p. 69)

　　表 4.3 中的活動旨在幫助你思考自己研究的貢獻。很多人都知道，論文審查者被要求考慮的標準之一是該研究在領域中的重要貢獻程度。所以重要的是要思考你的研究可能在哪些具體方面做出貢獻。當然，你的提案中應該把這些整理出來，並且如上所述，將你的貢獻與該領域先前的研究連繫起來。表 4.3 中你被要求撰寫的第一個提示專注於你的研究的重要性，而下面的方框要求你考慮貢獻的性質並寫下一些理由來支持你的主張。你的研究不必在所有四個領域都做出貢獻：它可能只在其中一個領域做出貢獻，或者其重要貢獻可能在其他領域。例如，如果你的工作是在教育領域，你可能希望為教學法做出貢獻，而不是為四個方框中的任何一個。在起草研究提案的各個版本時，使用表 4.3 的工作表來集思廣益，討論有關研究的重要性和貢獻的想法。

表 4.3　我的研究有何貢獻？

為什麼這個問題值得回答？何必呢？	
我的主題/問題很重要，因為…… 我的主題/問題貢獻的是……［從底下四項中挑選一項或多項，並簡短解釋你的研究將在哪些方面對你的領域做出貢獻］	
理論上	實證上
社會/政治方面	實務/政策

我該如何回答這個問題？

這個問題是關係到要用來回答研究問題的分析方法。就像其他人如何回答這個問題一樣，對這個問題的回答會發展成為一個論點，說明為什麼你選擇的方法最適合回答你的問題。你需要為提案的方法論和方法部分提出一個合理的理由，證明你選擇的研究方法能夠使你的提案在你進行研究的可用時間內既切實又可行。

對於你所選擇的調查方法，就是如何回答你的研究問題，在一定程度上將受到這些事項的影響，但也受到你的主題性質、與同儕的討論以及你所在領域研究的普遍認知所影響。Casanave (2014, p.59) 建議博士生不要「採取一種你可能會討厭的方法論」，並建議尋找一位「在議題上與你相容的指導老師」和「可以指導你發展論文的指導老師」。重要的是，好好思考方法論選擇上的這些課題非常重要，因為你選擇為論文採用了特定的方法，就等於要以這個方法置身研究若干年，甚至是一輩子。

對於方法論和方法之間的重要區別，你必須特別注意（參見第 8 章）；雖然這兩個術語經常被認為可以互換使用，但實際上它們指的是研究過程中完全不同的方面。方法論指的是研究範式與思維——形塑可以幫助你發現知識的研究方法類型的認識論或認識的方式，而方法指的是你將在研究中採用的研究技術（參見第 8 章，另外則是 Paltridge & Phakiti, 2015 對研究範式的進一步討論）。

習題 4.4 ▶ **你的「兩頁篇章 (TWO-PAGER)」**

當完成本章中的活動和寫作提示時，建議你嘗試按照 Punch (2012, p. 80) 的建議寫一篇「兩頁篇章」。這個指示非常簡單：

· 　使用單行間距來寫，不超過兩頁。盡可能清楚和直接地描述你的提案試圖發現的內容以及如何做到這一點。

多聚焦於

· 　我試圖找出什麼？我將如何做到？

少涉及研究背景與文獻。

你的兩頁篇章是一份正在進行的文件，但它是起草研究計畫時重要的第一步。我們總是要求學生，在攻讀到第一學期的大約一半時製作兩頁篇章，然後與另一位學生交換，並對彼此的草稿提供反饋。

研究計畫的結構

到目前為止，我們一直在建議你如何思考和撰寫研究計畫的不同組成部分。本節中，我們希望在你準備將提案提交給指導教授進行審查之前，為其賦予更加可識別的形式和結構。表 4.4 列出了論文提案中最常用的章節標題，並總結了每個章節的目的。

因此，研究計畫預期應該包括一個具有價值且可回答的重點研究問題。它還應該包含問題中的關鍵術語及其定義，以便在研究過程中可以觀察到這些項目。提案應該要包含在特有的主題上已經進行過的重要研究。應討論圍繞該問題的主要問題或爭議，以及先前研究中的任何闕漏。同時，展示先前的研究如何與提議的研究相關也很重要。

表 4.4　研究計畫的典型結構

節次 (Section)	目的 (Purpose)
標題　Title	以幾個字總結出研究是要做什麼
相關背景文獻 Relevant background literature	展示所提研究與特定領域中已做過的研究之間的關係；亦即指明研究所要填補的「空缺」
研究問題 Research question(s)	明確陳述研究將分析的內容，也就是研究將回答的問題或將檢驗的假設
術語定義 Definitions of terms	提供研究問題中所用到之重要術語的意思
研究方法論 Research methodology	概述將在研究中採用的研究方法、所要蒐集的數據資料、要如何來分析等等
預見問題與限制 Anticipated problems and limitations	顯示對研究限制的認識，研究進行中可能遇到的問題，以及如何解決這些問題
研究的重要性 Significance of the research	說明為什麼值得進行該研究

節次 (Section)	目的 (Purpose)
所需資源/預算 Resources required/Budget	說明研究將需要什麼資源，以及執行研究可能預期的花費/成本
倫理 Ethics	提供一份關於參與者將如何獲得有關研究的整體性質的聲明，以及如何從他們那裡獲得知情同意書
時間表 Timetable	訂出執行與完成研究的工作計畫
參考文獻 References	為提案提供詳細的參考文獻與書目
附錄 Appendix	提供可能在研究中使用或改編的資料示例

　　此外，研究還需要選擇一種適合所要分析之具體問題的研究方法。為了在進行研究時有所依循，對於程序的明確清單也需要加以描述。這包括資料收集方法及其分析方法，應該說明如何選擇研究的參與者（或資料）。規劃一項試驗研究也很有幫助，以便試用和評估你的研究儀器。

　　你還需要說明研究的重要性；也就是為何這個研究是值得進行的。如果存在倫理問題，則須討論這些問題。這包括是否需要為研究獲得知情同意，以及若是這樣，將如何進行。提供研究的時間表也很有幫助，因為這將表明你的提案實際上有多切實。預算報表也很重要，因為這將表明提案在財務要求方面的現實程度，以及研究是否需要根據這些情況進行調整。

　　Nunan 與 Bailey (2009) 提供了一套用於指導研究計畫設計的問題。在提案的開發和完善過程中，每個問題都需要考慮到，問題如表 4.5 所示。

表 4.5　研究計畫設計評估檢查清單

範疇	評估問題
問題	・我的問題是否值得分析？ ・回答我的問題是否可行？ ・問題背後的架構是什麼？ ・能如何使這些架構可操作與執行？
設計	・研究問題是否顯示兩個或更多變數間的因果關係，或者它是否在表示其他的研究重點？ ・提問表示出的設計是實驗性還是非實驗性的證據？

範疇	評估問題
方法	・有哪些方法可用於分析問題？ ・考慮到現有資源和專業知識，其中哪些是可行的？ ・使用多種方法來蒐集數據資料是否合宜與可能？ ・我的研究在信度 (reliability) 與效度 (validity) 上的可能威脅是什麼？我該如何應對這些威脅？
分析	・我的研究是否涉及統計分析 (statistical analyses)、解釋性分析 (interpretive analyses)，還是兩者都有？ ・質化蒐集的研究資料是否必須加以量化？我該如何做到這一點？ ・我有哪些技術可以進行分析？我還需要什麼技能？

資料來源：Nunan 與 Bailey (2009, p. 75)。

評估研究計畫的標準

在 English for academic possibilities: the research proposal as a contested site 〈學術可能性的英文：研究計畫的角逐場〉這篇文章中，Cadman (2002) 對指導教授進行了調查與訪談，請他們將他們期望在研究計畫中看到的特定特徵進行優先排序。她發現指導教授最重視的是：

* 學生論點的邏輯
* 一個明確的研究問題、研究目標或假設
* 學生閱讀的廣度與深度
* 學生的研究項目可行性
* 對文獻的批判性觀點
* 透過文獻對研究議題進行論證
* 理解學生研究的主題在當前的問題
* 方法論和方法與研究問題的匹配

習題 4.5 ▶ 研究計畫的品質

* 根據 Cadman 的一套標準來考慮你的研究計畫。哪些部分可以改進？如何改進？

學科之間選擇研究主題的差異

　　許多學生並沒有意識到自然科學、人文和社會科學等不同學科，在他們可以選擇的研究主題類型、選擇主題方面的自由程度、撰寫研究計畫方面獲得的指導程度以及何時需要提出研究計畫等方面其實存在差異。以自然科學領域為例，學生為提案所選擇的主題常會受到多方侷限，尤其是如果該主題與研究資金相關。在人文學科中，學生通常需要自行提出自己的主題，並把指導教授的興趣和資料的可用性納入考慮。在社會科學領域的研究中，主題和研究問題通常來自學生自己的專業實踐。在自然科學領域，學生的研究問題通常在早期就確定了，而在社會科學中，隨著學生在學科和方法論知識上的成長，特定研究問題的確定可能需要一些時間，最終他們會制定出自己的研究問題 (Parry & Hayden, 1996)。

　　Swales (2004) 指出了不同學術部門在研究計畫期望方面的其他差異。例如有的系所可能要求包含資料收集和分析的 100 頁研究計畫；有的可能要求進行文獻回顧，指出一個可行且值得做的項目；有的系所可能要求提出符合特定外部資助機構要求的提案。不過，寫論文所在的國家似乎是不會有所差別的。Swales 表示，碩博士論文似乎不怎麼受到不同的國別傳統所影響，並且似乎沒有任何獨特的國家特徵，與口頭考試或論文答辯形成鮮明對比，後者在不同國家之間可能存在顯著差異。

習題 4.6 ▶ 選擇主題

　　在你的研究領域中，你有多大程度的自由可以選擇你的主題？在選擇和完善你的主題方面，你將獲得多少指導？你何時需要決定你的研究計畫？你的研究計畫預期應該要多詳盡？

一個範例研究

Nakane (2003) 針對日本學生在英語授課的大學課堂交流中的沉默進行了研究（發表於 Nakane, 2007），該大學同時有英語母語和非英語母語的學生，是一個具有本章先前描述的良好研究項目特徵的研究示例。在研究中，Nakane 觀察了大學課堂中日本學生的口語交流，以及其他學生和講師對日本學生交流的感知。她結合了會話分析技術和人種誌的 (ethnographic) 數據以獲得對她想探索的問題的多重觀點。

研究問題

Nakane 的研究目的是去探究日本學生在課堂上所面臨的溝通問題。她也想看看是否有一些獨特的話語模式可能是他們溝通問題的根源。這樣的提問是源自她本身在日本擔任英文教師的經驗，使她開始去思索在說英語的國家裡，日本學生會怎樣應付學術上的交流互動。透過閱讀研究文獻，她發現大家對這些學生遇到的溝通問題和造成這些溝通問題的原因知之甚少。因此，這個研究是值得進行的、可行的，並且以前尚未進行過，它將填補先前研究中關於第二語言學生在大學課堂環境中的互動模式以及其意義的重要闕漏。

方法論

Nakane 提出的問題表明，她提出的是一種非實驗性的，而不是實驗性的設計，因為她想探索的是一個開放性問題，而不是一個她想要檢驗的假設。她在研究中使用了多種資料收集方法，以使研究更加深入。Nakane 記錄了包括日本學生在內的課堂互動，進行了個別訪談、焦點小組討論，並進行了問卷調查。這些資料收集方法都在她的專業範疇內，並且獲得了她所在機構的許可。Nakane 把這些資料與三個案例研究相結合，這些案例研究利用了錄影和錄音、實地觀察的筆記。案例研究使用了刺激回憶訪談和對日本學生、其他以英語交流的學生和他們的老師的後續訪談。還使用了在另一所大學獨立進行的大規模調查作為研究的資料來源。Nakane 還收集

了日本課堂的數據，以便比較她對英語授課課堂的觀察和日本學生在類似的日本語境中可能的行為。日本的資料包括了日本教室的錄影、實地筆記。

資料分析

Nakane 的研究涉及對資料的解釋性分析。她對英語課堂資料進行了會話分析，還對訪談和刺激回憶資料進行了內容分析，這使得類別和子類別從資料中自然浮現，而不是使用一組預先確定的類別作為分析的起點。這對她的研究很重要，因為她不想基於她之前對學生在課堂上溝通困難的任何先前概念進行分析。影音素材在編碼時，所依照的形態是來自學生和教師在刺激回憶訪談與後續訪談中的自我報告。資料中的會話分析要件，則是由另一位熟悉會話分析的分析人員來反向檢查，以增加她研究的信度。

Nakane 還將她的研究結果與其他問題進行了考慮，諸如師生的互動模式、教師對課堂發言的掌控、輪流進行的時機、日本學生對禮貌的感知，尤其是在日本與教師互動時所習慣的階級導向禮貌體制。她還就研究結果與日本學生的語言能力以及他們對課堂互動的不同模式或解釋框架等問題之關連進行了考慮。

研究結果

日本學生的沉默是課堂上的一大問題。Nakane 也發現在她的三個案例中，日本學生、其他以英語交流的學生和他們的教師之間對課堂溝通的假設存在著差距，這導致了學生的沉默。她認為，日本學生在課堂上的沉默似乎阻礙了他們與教師之間建立融洽的關係。她還發現，講師對日本學生性格的看法（例如，認為他們害羞）可能與這些學生在課堂外的表現有所衝突。她發現，學生在課堂上的沉默被解釋為一種消極的態度和缺乏對學業的投入，而實際上，對於她所研究的一名學生來說，這並不是真的。因此，她對這些學生在課堂上可能遇到的問題的最初看法在一定程度上是正確的，儘管她需要進行研究才能證實這一點。

研究的局限性

Nakane 很清楚根據她的研究得出的結論存在局限性，並主張需要累積更多的資料和她所進行的分析。特別是，她指出有必要進一步探索她觀察到的不同類型和面向的沉默。她主張這些分析需要在個體和總體兩個層面進行；即對實際互動進行詳細分析，以及對環境和情況進行更廣泛的分析。她還建議對不同類型的研究情境中之學生互動進行考察，以查看學生在這些情境中的互動與她觀察到的互動在多大程度上相似或不同。她建議也要考察相反的情境，也就是說，觀察日本大學課堂中說英語的學生的互動，以查看在日本大學課堂中以英語交流的學生的經歷與她在研究中觀察到的日本學生的互動相似或不同。

評論

Nakane 研究的一個特別優勢在於她對研究問題採取的多角度觀點，以確保她的研究結果既有效又深入。這些多重的資料來源為研究問題的詳細與細緻分析提供了基礎。該項目透過結合對她所研究的問題之不同觀點，展示了在這類研究中三角驗證的重要性。她的人種誌數據提供了對研究發現的洞察，這是單純透過觀察口頭交流無法實現的。Nakane 的研究是一個設計良好、實施良好的典範。此外，它對大學教學人員和學生都有價值的問題提供了答案，這可能有助於在未來為她研究的學生所遇到的各種溝通問題提供解決方案。

結語

本章旨在概述良好研究項目的一些重要特徵，並以一個範例研究來說明這些特徵。它還就撰寫研究計畫時需要考慮的事項提供了一些建議。當然，關於這個主題還有更多的內容可以討論，而不僅僅是本章所概述的部分。例如 Bell 與 Water (2014) 的 *Doing Your Research Project* 就是一本對初學者非常有幫助的書籍，提供了開展研究項目的建議。他們在書中的第 2 章討論了規劃研究項目、挑選主題、專注於研究以及提供項目大綱。在 Elphinstone

與 Schweitzer (1998) 的 *How to Get a Research Degree* 中，第 1 章對撰寫研究計畫尤其有幫助。該章節的標題包括「選擇論文主題」、「定義論文主題」、「方法論與研究設計」、「研究計畫」、「評估研究計畫的標準」和「對研究計畫發出提問的檢查清單」。在撰寫研究計畫方面，Punch (2012) 的 *Developing Effective Research Proposals* 也是非常好的指南。他在書的最後一章內含了量化與質化的研究計畫範例。學生們基於混合方法的研究來擬訂研究計畫時，DeCuir-Gunby 與 Schutz (2017) 的 *Developing a Mixed Methods Proposal* 是一本實用的指南。對於規劃研究案和撰寫研究提案的過程，Paltridge 與 Phakiti (2015) 在〈制定研究項目〉的章節中比本章更詳細地描述了規劃研究項目和撰寫研究計畫的過程。其他值得一看的書籍還包括 Creswell (2014) 的 *Research Design* 和 Tracy (2013) 的 *Qualitative Research Methods: Collecting Evidence, Crafting Analysis, & Communicating Impact*。

Chapter 5

The overall shape of theses and dissertations
碩博士論文的整體形態

導言

　　許多學生並不清楚碩博士論文類型的最新演變，以及這為他們提供的選擇。例如，與過去相比，撰寫質化與「非傳統」碩博士論文的數量便有所增加。有些學生還撰寫「著作彙編學位論文」(theses by publication)，這與傳統論文不同，就像實踐型博士學位一樣。本章提供了碩博士論文類型的範例，並就其整體結構及章節大綱的撰寫提供建議。另外，也會介紹後設論述（或者說「關於文本的文本」）的概念，這是管理長文本和幫助讀者理解文本組織的關鍵組織工具。

碩博士論文的類型回顧

　　幾乎所有有關學位論文寫作的文獻都是手冊或指南，除了少數例外，很少有對實際文本進行分析。這可能有幾個原因。首先是碩博士論文作為分析文本的龐大規模，這通常限制了研究人員可以觀察到的內容，以及他們能夠分析的文本數量。此外，跨學科、研究領域（以及確切地說，指導教授）對於論文的期望往往存在相當大的差異。另一個問題是，某些研究領域的論文正在發生變化。例如，現在某些研究領域的碩博士論文與 10 年前或更多年前撰寫的論文非常不同，特別是受到 Hodge (1998, p. 113) 所說的「新人文科學」(new humanities) 和社會科學的「後現代轉折」(postmodern turn) 所影響。因而在某些研究領域中，碩博士論文的理論化、研究和撰寫方式可能會與過去大不相同。

　　儘管碩博士論文在某些方面與其他研究寫作（例如研究文章）相似，但在許多方面也有很大不同。除了寫作的規模外，在目的、讀者群、所需展示和展現的技能和知識類型、需滿足的要求及評估方式等也有所不同。

碩博士論文的結構

　　近年來，學術寫作研究中，論文的結構越來越受到關注。但顯然，論文不僅僅是其組織結構，有很多因素同樣會影響學生對其論文形式的決定。這些因素包括研究中採用的研究觀點、文本的目的，以及學生是否接受過有關文本定位和組織的建議 (Prior, 1995)。

　　碩博士論文的形式也會受到所屬學術科別的價值觀和期望所影響。儘管如此，文本的結構仍然是文本處理和生產的核心問題 (Johns, 1995)，了解這一點很重要，這樣你就可以從與特定文類實例相關的文本組織模式範圍中做出選擇。

　　許多研究人員已經討論了不同類型論文的組織。Dudley-Evans (1999) 將典型的 IMRAD（introduction 緒論 – methods 方法 – results 結果 – discussion 討論）類型論文稱為「傳統」論文。Thompson (1999) 進一步將傳統論文分為具有「簡單」和具有「複雜」組織模式的論文。「簡單」傳統模式的論文是指呈現單一研究，具有典型的「緒論」(introduction)、「文獻回顧」(review of the literature)、「資料與方法」(materials and methods)、「結果」(results)、「討論」(discussion)、「結論」(conclusion) 等總體結構的論文。典型「簡單」傳統論文的目錄表如 BOX 5.1 所示。該論文是關於評分者在評估第二語言寫作一致性方面的研究。

BOX 5.1　「簡單」傳統論文

Degree: Med（教育碩士）　　　　　　　　　　Study area: Education

Title: Rater consistency and judgement in the direct assessment of second language writing ability

Chapter 1: Introduction
The nature of the problem
Origins of the study
Focus and structure of the thesis

Chapter 2: Literature review
Introduction
Performance assessment
Performance assessment and reliability
Conclusion

Chapter 3: Methodology
Introduction
Selection of research design, setting, informants and texts
Data collection and analysis
Conclusion

Chapter 4: Results
Introduction
Degree of rater consistency
Interpretation and application of performance criteria
Raters' reading strategies
Influences on rater judgements of writing ability
Conclusion

Chapter 5: Discussion
Introduction
Degree of rater consistency
Interpretation and application of performance criteria
Raters' reading strategies
Influences on rater judgements of writing ability
Conclusion

Chapter 6: Conclusions and recommendations

Source: Paltridge (2002, pp. 138–139)

　　組織結構「複雜」的論文則是報告多於一項研究的論文。它通常以「緒論」和「文獻回顧」部分開始，與簡單的傳統論文相似。然後它可能會有「通用方法」(general methods) 的部分，接著是一系列報告每項單獨研究的部分。論文最後以一個綜合的結論部分作結。

　　BOX 5.2 顯示了一個「複雜」傳統論文的範例。該論文是在研究澳洲的一個濱海小鎮對於城鎮特徵概念的看法。儘管論文標題是「個案研究」，實際上它報告了多個個案研究（共五個），每個都與其主題相關。論文從一般性緒論章節開始，介紹了與研究相關的重要概念、研究策略的概述以及論文的概覽。接下來的兩章，進一步提供了研究背景，然後展示了五個個案研究。最後，論文以一個綜合討論章節結束，總結了研究的發現，提出了未來應用這些發現的建議，並討論了這些發現的局限性。

BOX 5.2　「複雜」傳統論文

Degree: PhD（博士）　　　　　　Study area: Architecture, Building, and Planning

Title: Community perceptions of town character: a case study of Byron Bay

Chapter 1: Introduction
The concept of town character
Research strategy
Thesis structure

Chapter 2: Byron Bay: from sacred sites to tourist attraction
Regional setting, natural history and cultural history
Concern with maintaining town character

Chapter 3: Place character: a theoretical framework
Spirit and concept of place
Models of place
Dimensions of place character

Chapter 4: Methodological considerations
Community involvement in assessing town character
Landscape assessment paradigms and methods
Research design

Chapter 5: A threat to town character
Club Med development proposal
Research questions
Method
Results
Conclusions
Limitations of the study and future research

Chapter 6: Community description of town character
Survey aims and research questions
Method
Results
Discussion

Chapter 7: Identifying town character features
Research questions
Method
Results
Discussion

Chapter 8: Relating landscape features to town character
Research questions
Inventory of town character features
Randomly selected landscape scenes
Part one: respondents and rating scales
Analysis and results
Part two: respondents and rating scales
Analysis and results
Discussion and further research
Conclusion

Chapter 9: General discussion
Addressing the research questions
Concluding remarks

Source: Paltridge (2002, pp. 139–140)

Dudley-Evans (1999) 提到了一種他稱之為「基於主題」的論文。這種論文通常以緒論章開始，隨後是一系列以所研究主題的子主題為標題的章節，最後以「結論」章結束。BOX 5.3 展示了一個基於主題的碩士論文範例，這篇論文屬於文化研究領域，研究了 19 世紀晚期被火山爆發掩埋的紐西蘭粉紅和白色大理石露台，現在它們已成為了歷史遺跡和「博物館化」的旅遊景點。

BOX 5.3 基於主題的論文

Degree: MA（文學碩士）   Study area: Cultural Studies

Title: Unworldly places: myth, memory and the Pink and White Terraces

Chapter 1: Introduction
Disappearing wonders

Chapter 2: Plotting
Travels of colonial science
Plotting destinations

Chapter 3: Sightseeing
Topophilic tourism
Site specifics
Painting the place and myth
Souveniring the site

Chapter 4: Astral travel
Mnemonic tours in the 'new wonderland'
Memory tours
The buried village: Embalmed history
Living out the past
Sanctioned memory

Chapter 5: Postscript

Source: Paltridge (2002, p. 140)

　　另一種論文形式是基於研究文章的彙編，通常稱之為「著作彙編學位論文」。這類論文所需的文章數量因學校和學科而異。在提交論文進行審查時，這些文章是否需要已經發表或被接受發表也可能有所不同。論文中包括的文章可以是研究文章、書籍章節和經過審查的會議論文。有些情況下，這些文章可能是由學生與其指導教授共同署名，但通常會有規定說必須有多少篇文章由學生作為主要作者。學生可能會選擇這種形式的論文，以便在進行研究的同時積累發表紀錄，這將有助於他們在完成學位後找到工作 (Thomson, 2013a)；或者大學（或指導老師）鼓勵學生採用這種形式以增加學校的發表量 (Guerin, 2016)。然而，著作彙編學位論文的一個複雜之處在

於，如果要求所有文章必須被接受發表，學生可能會依賴同儕評審過程的結果來完成其論文，這也會增加完成論文所需時間 (Freeman, 2018)。此外，學生可能沒有經歷過同儕評審的過程，會感覺這是一個困難且具有挑戰性的過程 (Guerin, 2018; Kamler & Thomson, 2014; Thomson, 2013a)。

　　因此，著作彙編學位論文與其他類型論文有很大不同。研究文章章節比典型的論文章節更為簡潔，較少出現碩博士論文中常見的「知識展示」。進一步來說，在訴求對象方面，這些章節更多是「專家寫給專家看」，而不是新手「為進入學術界而寫」。從這個意義上來說，它與上述的「傳統：複雜型」論文大不相同。BOX 5.4 中所總結的著作彙編學位論文是基於五篇獨立但相關的出版物，其中兩篇在提交時已經發表，其餘三篇在提交審查時已被接受發表並「即將刊登」。論文的第 4 和第 7 章是書籍章節，第 5、6、8 章是期刊文章。雖然第 6 章具有最典型的研究文章「形狀」，但其他章節有時會使用題目式標題，例如「學生遇到了哪些寫作經歷？」、「參與者敘述中的情感片段」（用於結果部分），以及「學生的寫作經驗如何衡量？」（用於討論部分），來代替更傳統的標題（參閱參考文獻部分的 Cotterall (2011)，取得完整論文和目錄鏈結）。

BOX 5.4 著作彙編學位論文

Degree: PhD　　　　　　　　　　　　　　Study area: Applied Linguistics

Title: Stories within stories: a narrative study of six international PhD researchers' experiences of doctoral learning in Australia

Chapter 1: Introduction
Background to the study
Focus of the study
Contribution of the study
Structure of the thesis

Chapter 2: Literature review
International doctoral students in Australia
Learning practices
Learning contexts
Scholarly identity

Chapter 3: Methodology
Methodological rationale
Implementation of the study
Phase One – Online survey and focus group
Phase Two – Longitudinal narrative study
From field texts to research texts

Chapter 4: Identity and learner autonomy in doctoral study
Introduction
Previous research
What the participants said
Discussion
Conclusion

Chapter 5: Doctoral students writing
Abstract
Introduction
Doctoral writing as a site of learning
Study context and participants
What writing experiences do the students encounter?
How do the students' writing experiences measure up?
Conclusion

Chapter 6: Student perspectives on doctoral pedagogy
Abstract
Introduction
Previous research
Background
Results
Discussion
Conclusion

Chapter 7: Six outsiders and a pseudo-insider
Introduction
Background
Being an international doctoral student in Australia
Discussion
Conclusion

Chapter 8: More than just a brain
Abstract
Introduction
Emotions and the doctoral experience

Conceptual framework
Research design and methods
Emotion episodes in participants' narratives
Discussion
Conclusion

Chapter 9: Discussion
Major findings
Evaluation of the study
Implications of the study

Chapter 10: Conclusion
The affordances of narrative
Limitations of the study
Significance of the findings
Future research
Coda   Source: Cotterall (2011, pp. ii–vii)

除此之外，還有藝術、建築、音樂和設計等實踐性學科的論文，又是不同於上面所描述的論文。這些領域博士論文的一個關鍵特點是它們包含兩個組成部分：實踐部分和隨附的書面文本。這與傳統的博士論文不同，因為這兩部分論文都是博士考核過程的一部分。學生為這些博士學位撰寫的文本通常是上述論文類型的混合體。例如 BOX 5.5 中顯示的兩個視覺和表演藝術博士論文的章節標題，分別展示了一個主題型論文和一個結合了主題型和簡單傳統章節標題的論文。名為 *Ambivalent Belonging* (van Niele, 2005) 的論文反映了學生作為移民的經歷。她將她的章節描述為「旅程地圖」，每個章節都與她的總體主題相關。博士項目 *UnstableActs* (Fenton, 2007) 是在探討後戲劇劇場或者在別處稱為「表演藝術」的實踐與詩學。學生的實踐部分是一個劇場作品的開發，最終表演則在他的書面文本中被描述和理論化。這些領域的論文通常是一個連續體，從明確指出它是伴隨實踐部分的文本，到獨立存在並且很少或根本不提及實踐部分的文本 (Paltridge et al., 2012a, 2012b)。

BOX 5.5　基於實踐的博士學位範例

Topic-based 主題式
Title: *Ambivalent belonging*

Chapters:

Introduction
1　Far from solid
2　Merged memories
3　Emotional geographies
4　Wandering words
Conclusion: Chora

Mixed simple traditional and topic-based 混合簡單傳統與主題式
Title: *UnstableActs: A practitioner's case study of the poetics of postdramatic theatre and intermediality*

Chapters:

1　Introduction
2　Literature review
3　Methodology
4　A summary of the studies
5　The stylistic qualities of postdramatic theatre and intermediality
6　The poetics of postdramatic theatre: findings and conclusion

Source: Paltridge et al. (2012b, p. 337)

　　BOX 5.6 總結了本章所討論的論文類型及其典型結構。這是以非常一般的術語來呈現，說明在這些論文類型裡通常會出現的情況。括號中的部分表示其可能會出現在某些論文中，但不一定總是出現。就某種意義來說，傳統的複雜型論文和著作彙編型論文都是傳統簡單型論文的變體。不過，這兩類論文的差異似乎在於文獻回顧的位置，在傳統複雜型論文裡是更詳細、更早地呈現，而在著作彙編論文中則更多地體現在每篇文章中。在著作彙編論文中，研究文章的章節也比傳統複雜型論文的個別研究章節更具有「獨立性」，可能會使用基於主題的標題和副標題，而不是更傳統的標題。此外，如上所述，這兩種類型論文的目標讀者、細節水準和知識展示也有很大不同。然而，基於主題的格式則完全不同。這類論文通常不會有被認為是資料和方法類型的部分，並且通常沒有單獨的結果和討論部分。

BOX 5.6 總結論文類型及其典型組織結構

Traditional: simple 傳統型：簡單

Introduction 緒論
Literature review 文獻回顧
Materials and methods 資料與方法
Results 結果
Discussion 討論
Conclusions 結論

Traditional: complex 傳統型：複雜

Introduction 緒論
Background to the study and review of the literature 研究背景與文獻回顧
（Background theory 背景理論）
（General methods 總方法）
Study 1 研究 1
    Introduction 緒論
    Methods 方法
    Results 結果
    Discussion and conclusions 討論與結論
Study 2 研究 2
    Introduction 緒論
    Methods 方法
    Results 結果
    Discussion and conclusions 討論與結論
Study 3 etc 研究 3
    Introduction 緒論
    Methods 方法
    Results 結果
    Discussion and conclusions 討論與結論
Discussion 討論
Conclusions 結論

Topic-based 基於主題型

Introduction 緒論
    Topic 1 主題 1
    Topic 2 主題 2
    Topic 3 etc 主題 3
Conclusions 結論

Thesis by publication　著作彙編型

Background to the study　研究背景
Literature review　文獻回顧
Methodology　方法論
Research article 1　研究文章 1
　　　Literature review　文獻回顧
　　　Method　方法
　　　Results　結果
　　　Discussion　討論
　　　Conclusions　結論
Research article 2　研究文章 2
　　　Literature review　文獻回顧
　　　Method　方法
　　　Results　結果
　　　Discussion　討論
　　　Conclusions　結論
Research article 3　研究文章 3
　　　Literature review　文獻回顧
　　　Method　方法
　　　Results　結果
　　　Discussion　討論
　　　Conclusions　結論
Discussion 討論
Conclusions 結論

Source: Paltridge (2002, p. 130)

　　已經閱讀或指導過許多學位論文的人可能會覺得這些很平常。但是即將開始撰寫論文的學生很可能之前並沒有見過這些類型的文本。因此，對於經驗豐富的研究人員和指導老師來說可能是常識的東西，對於許多學生來說，或許並不是。

習題 5.1 ▶ 論文類型

檢視 BOX 5.6 所總結的論文類型。其中何者最適合你的論文？為什麼？

分析範例論文

　　查看一系列範例論文作為寫作的可能範本是很有用的。可以選擇一篇與自己的主題和研究觀點相似的論文，並進行範例文本的組織結構分析，這類分析我們在本章中已有所展示。許多大學在其圖書館中保存了電子版的碩博士論文，你可以利用這些資源進行分析。這些論文也存放在線上資料庫當中（參見第 13 章），對此項工作非常有幫助。

習題 5.2 ▶　**論文的章節**

從大學的圖書館裡或透過線上的論文館藏，去找一篇與你的研究觀點相似之論文。審視論文劃分章節的方式，並考量每個章節在論文整體結構中的功能。

個別章節的內容

　　個別章節的內容在本書隨後會詳細討論。BOX 5.7 總結了撰寫碩博士論文的「傳統結構」，並列出每個章節中通常包含的內容。對於博士論文來說，根據研究的進行方式，可能會有更多的章節，但如果它在某種程度上是「傳統的」，則很可能會遵循這種組織形式或其某種變體。

BOX 5.7　各個章節的典型內容

Chapter 1: Introduction　緒論
General background information on the project　研究的一般背景資訊
The research problem　研究問題
Purpose of the study　研究目的
Hypotheses or research questions　假設或研究問題
Scope of the study　研究範圍
Significance of the study　研究的重要性
Definitions of key terms　關鍵術語的定義
Organisation of the thesis　論文的組織結構

Chapter 2: Literature review　文獻回顧

General review of relevant literature　相關文獻的一般性回顧

Specific topics directly relating to the issue under investigation　與研究問題直接相關的具體主題

How previous research suggests the study is important to do　以前的研究如何表明該研究的重要性

The gap in the research that the study will fill　這項研究將填補的研究闕漏

Chapter 3: Conceptual framework and/or methodology 概念框架和/或方法論

Research design　研究設計

Methods used to collect data　資料數據收集方法

Research instruments　研究工具

Methods used to analyse the data　資料數據分析方法

Details about who, how, when and why　關於誰、如何、何時以及為什麼的詳細資訊

For ethnography, description of the setting and participants.　對於民族誌，描述背景和參與者

Issues of ethics and consent　倫理和同意問題

Chapter 4: Results　結果

The findings of the study, described under themes that emerged from the data, under the research questions or under the data collection techniques that were used　研究的發現，根據資料中出現的主題、研究問題或使用的資料收集技術進行描述

Chapter 5: Discussion and conclusions　討論和結論

A re-statement of the research problem　研究問題的重新陳述

A re-statement of results　結果的重新陳述

Discussion of what was found in relation to previous research on the topic　討論與該主題的先前研究相關的發現

Limitations of the study　研究的局限性

Implications for future research　對未來研究的影響

目錄

論文的目錄極為重要，因為這是口試委員首先會檢視的內容之一，藉此了解論文所涵蓋的內容。我們常要求學生在研究早期撰寫一份目錄草稿，因為這是一種規劃論文結構和內容的有效方法。隨著撰寫論文以及進一步出現了論文將討論和包含的內容細節，他們會不斷修訂目錄。接下來的活動就是這個過程的起點。

習題 5.3 ▶ **目錄草稿**

準備一份論文目錄草稿，使用你檢查過的論文作為起點，並參考 BOX 5.7 中列出的章節內容。將它展示給你的指導老師，並解釋你為什麼以這種方式組織目錄。

連結部分

碩博士論文寫作的一個典型特徵是如何藉由使用連結部分將文本的各個部分連接起來。這通常是透過使用後設論述 (metadiscourse) 來完成，即「談論文本的文本」。以下範例來自應用語言學博士論文的第 1 章結尾，是論文中常見的後設論述類型。這篇論文是對科學寫作的分析，而這段摘錄中的每一句話都是在「談論文本」。

This chapter has presented the background to the study which will be described in the chapters which follow. It has examined the concepts of genre and English for Specific Purposes as well as described and provided examples of a number of approaches to genre analysis. It has also provided arguments in support of the concept of genre as an organizing principle for language programme development. It has outlined the purpose and design of the study, including a brief discussion of the process of selection and analysis of the texts used. The chapter which follows will present the theoretical framework for the study.

本章介紹了將在後續章節中描述的研究背景。它探討了體裁和特定用

途英語的概念，並描述和提供多種體裁分析方法的範例。它還提供了支持將體裁作為語言課程開發組織原則的論據。它概述了研究的目的和設計，包括對所用文本的選擇和分析過程的簡要討論。接下來的章節將介紹本研究的理論框架。

習題 5.4 ▶ 後設論述

查看你的範例論文，找出上述類型的後設論述例子。論文作者還有哪些方式可以做到這一點？

Bunton (1999) 進一步討論了碩博士論文的寫作者談論其文本組織的方式。他將這些分為預覽 (previews)、概述 (overviews) 和回顧 (reviews)。預覽是指向論文中的後續。它們預示了論文中將要出現的內容，可能會總結或提及文本的後續階段。預覽可以涉及論文全文、一章、一節、一段或文本中的一句話。以下是從前面的摘錄中摘錄的一個預覽例子，它提及了文本中即將出現的一章。

The chapter which follows will present the theoretical framework for the study.

概述可能同時向前和向後看，還可能就總體上提及當前階段的文本。它們可能涉及整個章節或論文的一部分。以下是前面摘錄中的概述例子。它總體上描述了本章的內容。

This chapter has presented the background to the study which will be described in the chapters which follow. It has examined the concepts of genre and English for Specific Purposes as well as described and provided examples of a number of approaches to genre analysis. It has also provided arguments in support of the concept of genre as an organizing principle for language programme development. It has outlined the purpose and design of the study, including a brief discussion of the process of selection and analysis of the texts used.

回顧是在回頭看、重述、總結或指稱前面階段的文本。以下是一篇關於律師與客戶互動的論文第 2 章中的一個回顧例子，隨後是一個預覽。

The previous chapter of this study described the background to the study, including reference to other research in legal settings. It also described the aspects of conversation analysis which will be drawn on for this study. Those aspects of investigation, further, were placed within an ethnomethodological framework. The chapter also described the focus of the research and its conceptual framework. Finally it defined the scope, design and limitations of the study and the concepts and terminology employed.

This chapter presents information relating to the method of data collection and analysis of that data. It describes the physical setting of the interactions, the participants in the interactions and, further, the purpose of the interaction.

前一章介紹了本研究的背景，包括對法律環境中其他研究的參考。它還描述將在本研究中使用的對話分析的各個方面。此外，這些分析面向被置於民族方法論框架內。該章節還描述了研究的重點及其概念框架。最後，它定義了研究的範圍、設計與局限性以及所使用的概念和術語。

本章介紹了與資料數據收集方法和資料分析相關的資訊。它描述了互動的實際環境、互動的參與者以及互動的目的。

(O'Shannessy, 1995, p. 19)

因此，章節通常以預覽部分開始，該部分告訴讀者他們可以期待找到什麼以及你將在該章中包含什麼內容，也就是介紹該章。章節結尾通常有一個總結部分，概述該章的內容並指出後續章節的內容。

習題 5.5 ▶ 預覽

以下是撰寫著作彙編型論文的學生如何介紹其論文第 1 章。請找出她用來預覽章節內容的表達方式。

This chapter introduces the study by first locating it in the context of important challenges facing Australia's higher education sector and providing relevant background on the topic. It then discusses previous research in the area before identifying an important issue which has received little systematic attention from doctoral education researchers in the Australian context. The chapter then outlines the focus and methodology of the study and the research questions which it seeks to address before identifying the ways in which it contributes to existing research on doctoral education in Australia. The final section of the chapter outlines the structure of the thesis.

(Cotterall, 2011, p. 1)

本章介紹了這項研究，首先提及澳洲高等教育部門面臨的重要挑戰背景，並提供相關的背景資訊。然後討論該領域的先前研究，並指出一個在澳洲博士教育研究中很少受到系統性關注的重要問題。接著，本章概述了本研究的重點和方法論，以及其旨在解決的研究問題，並整理出本研究對現有澳洲博士教育研究的貢獻。最後一節則概述了論文的結構。

你會看到在這段摘錄裡，儘管學生是在談論未來的內容，她使用的是現在式來表達。她還使用 then 來表示章節中事物發生的順序。在整篇論文中，該學生還在各章末尾提供摘要總結，以提醒讀者該章節涵蓋的內容。接下來習題中的摘要來自她討論章節的末尾。

習題 5.6 ▶ **回顧**

請看以下在學生討論章節末尾出現的總結。找出她用來回顧章節內容的表達方式。

This chapter has discussed the study's principal findings in relation to its three research questions and [has] identified limitations experienced by the participants in relation to their learning experiences, opportunities to participate in the practices of their disciplinary communities and the quality of the support they received. It also considered the extent to which these findings have confirmed, extended or disconfirmed the findings of previous studies. It then evaluated the study's research design and methodology, considered the contribution of the different analytical tools applied to the data and acknowledged a number of limitations. The final section of the chapter identified four implications of the study findings. The next chapter will conclude the thesis by suggesting practical applications of the study's findings and making a number of recommendations for further research.

(Cotterall, 2011, pp. 238–239)

本章探討了研究的主要發現，並將其與三個研究問題相關聯，指出參與者在學習經歷、參與學科社群實踐的機會以及他們所獲得的支持品質方面的限制。它還考慮了這些發現在多大程度上確認、擴展或推翻了之前研究的發現。接著，本章評估了研究設計和方法論，考慮了不同分析工具對資料的貢獻，並提及了一些限制。章節的最後部分指出研究發現的四個影響。下一章將通過提出研究發現的實際應用並提出一些進一步研究的建議來結束論文。

　　如你所見，學生在描述章節內容時使用了現在完成式（has discussed, [has] identified）和過去式（considered, evaluated, identified）的混合形式。然而在段落結尾，她使用了 will 來告訴讀者在隨後的結論章節中可以期待什麼。與她的介紹部分一樣，她使用「then」來呈現章節中事物發生的順序。

習題 5.7 ▶ 預覽、概述和回顧

查看你的範例論文，尋找上述描述的預覽、概述和回顧的例子。該論文作者使用了哪些方法來進行這些？

論文概述

　　後設論述的另一個例子經常出現在論文的第 1 章，即作者設置了一個標題為「論文概述」（或研究概述等）的部分。這部分同時是預覽、概述和回顧的例子。論文作者撰寫此部分是為了幫助讀者理解文本，也就是說，作

為信號告訴讀者論文的走向，以及可以在哪裡找到其項目的關鍵信息。正如 Manalo 與 Trafford (2004, p.93) 所指出的，論文「不是懸疑小說」。你需要為論文提供清晰的「路線圖」，解釋它包含的內容以及可以在哪裡找到這些內容。

　　以下的概述部分來自一篇碩士論文，該論文比較了三組中國學生（漢族學生、藏族學生和蒙古族學生）用英文寫作的情況。

Organisation of the thesis

　　This thesis consists of five chapters. Chapter one presents an overview of the study in which the purpose, design, research questions, significance, and definitions of several frequent terms are briefly described.

　　Chapter two reviews and critiques the background information of related theories. It then elaborates on the origins, developments and controversies of contrastive rhetoric. It summarises findings in Chinese EFL writing research as well as research into Chinese ethnic minorities' EFL writing so as to set up a theoretical framework for the study.

　　Chapter three elaborates on the research methodology as a whole. In this chapter, the context of the research, and the procedure of the data collection are described in detail. The chapter also presents an analytical framework for composition analysis using tools from genre analysis, systemic functional grammar, and text analysis.

　　In chapter four, the results of the text analyses are presented, categorized, and synthesized to present the characteristics of the ethnic student's writing.

　　Chapter five discusses the findings of the research. It compares these findings with previous studies of Chinese EFL writing and Chinese writing more broadly at the macro and micro levels to decide whether they are identical, similar or different. The limitations of the study in terms of design, methodology and other factors are also discussed. Suggestions for further research are also made.

(Liu, 2004, p. 5)

　　本論文分為五章。第一章概述了這項研究，其中簡要描述了研究的目的、設計、研究問題、重要性和幾個常見術語的定義。

　　第二章回顧並批判了相關理論的背景資訊。然後詳細說明了對比

修辭的起源、發展和爭議。總結了中國英語作為外語 (EFL) 寫作研究以及中國少數民族英語作為外語寫作研究的發現，以建立本研究的理論框架。

第三章詳細說明了整體研究方法。在本章中，詳細描述了研究的背景和數據資料收集程序。本章還提出了一個使用體裁分析、系統功能語法和文本分析工具的分析框架。

第四章對文本分析的結果進行展示、分類和綜述，以呈現出族裔學生在寫作上的特徵。

第五章討論了研究的發現。它將這些發現與以前對中國英語作為外語寫作和更廣泛的中國寫作研究進行比較，從總體和個體層面決定它們是否相同、相似或不同。還討論了該研究在設計、方法論和其他因素方面的局限性。同時也提出了進一步研究的建議。

習題 5.8 ▶ **論文概述**

在大學的圖書館尋找一篇包含論文概述部分的論文。使用這篇論文、上面所舉的例子和你的草擬目錄來寫出你的論文概述草稿，以放入第一章當中。

學科的特定期望

碩博士論文的寫作固然有一般性的期望（參見第 1 章），但對於碩博士論文的組織也有學科特定的期望。這些學科的慣例和期望往往是不易察覺的。正如 Parry (1998, p. 273) 所說：

［這些慣例］對於有經驗的學者來說可能並不易於識別，但博士生卻被期望學習並掌握它們，這表明學科特定的寫作規範和慣例主要是在博士學習期間通過隱性方式學到的。

　　本書所提出的一個主張是，這些規範與慣例越明確，學生就能學得越好（與越容易）。本書的習題正是以此為目標。

　　Parry 列舉的學科特定慣例包括學術論證的結構、在文本中連接想法的方式以及引用和批判的慣例。在論文的組織方面，各學科往往有其偏好的方式。當然，這可能會根據你撰寫的論文類型和所採取的研究視角而有所不同。例如 Belcher 與 Hirvela (2005) 認為，質化論文在許多方面是一種「模糊的體裁」。也就是說，在質性論文中，寫作方式、應該處理的問題、可以提出的主張以及如何做到這一點，往往比量化論文有更多的變化。質化論文對於（特別是第二語言的）學生來說也往往更難撰寫 (Belcher & Hirvela, 2005)。

習題 5.9　學科的特定期望

查看多篇你所在研究領域撰寫的碩博士論文，以了解組織論文的學科特定期望。列出這些內容以供你在撰寫論文時使用。

結語

　　思考碩博士論文的形式與組織結構以及組織目錄的各種方式，可能看起來像是一件相當技術性的事。然而，目錄通常是口試委員首先會閱讀的內容之一。目錄和論文標題都很重要，是作者開始使自己符合研究傳統的「身分協商場所」(Starfield & Ravelli, 2006, p. 226)。目錄頁提供了論文的概述，因此，作為論文讀者閱讀時的初步指引。它們還開始顯示出學生已將自己的工作定位於特定的學科和研究文化中。正如 Starfield 與 Ravelli (2006, p. 226) 所觀察到的：

　　　所有博士候選人所進行的閱讀、研究和寫作……開始在目錄頁上呈現，供讀者（口試委員）認可，並接受或拒絕作為對於研究領域的有效貢獻。

Chapter 6

Writing the introduction

撰寫緒論

緒論章節

Bunton (2002) 與 Paltridge (2002) 發現，儘管碩博士論文的整體結構隨著新的「混合型」論文出現而有所變化，但他們研究的所有論文都有一個緒論章節。我們對論文緒論結構和組織的理解主要基於 Swales (1990) 對期刊文章緒論的研究，讀者可能對他的創造研究空間 (Create a Research Space, CARS) 框架很熟悉。緒論章節可能比論文類型中的其他部分受到更多的研究 (Bunton, 2002; Dudley-Evans, 1986; Samraj, 2008; Soler Monreal et al., 2011)，這可能是因為它們本身較短，因此比其他部分（通常更長的部分）更容易分析。但無論原因如何，當我們查看論文緒論時，可以借鑒更多的研究，這使我們能夠提出一個論文緒論典型結構的框架（參見表 6.1）。

正如 Swales 與 Feak (2012) 在文章中所指出，論文緒論具有策略上的重要性：其關鍵作用是為作者創建一個研究空間。作者在緒論中提出該研究的重要性或意義，並開始概述論文的整體論點。在激烈的學術競爭中，想要讓論文能於著名學術期刊上發表，緒論對於將作者定位為有值得發表的內容而言非常重要。這對於尋求進入學者社群的論文或學位論文作者來說並不完全適用，但正如 Bunton (2002) 說的，「由於許多大學授予博士學位的標準之一是論文必須對知識做出原創性貢獻」(p. 58)，博士生需要在緒論中說明論文如何與該領域的先前研究相關並建立在該領域的基礎上（另參見第 4 章關於研究計畫的討論）。Allison 等 (1998, p. 212) 在香港進行的一項研究發現，「未能創造『研究空間』」是該大學非英語母語者論文寫作中的一個主要缺陷。

表 6.1 寫作論文緒論的語步 (Move)

Move 1	**建立研究領域**
	a. 透過展示該研究領域的重要性、核心地位、有趣之處、問題性或某種程度上的相關性（可選）
	b. 提供關於該主題的背景資訊（可選）
	c. 介紹和回顧該領域的先前研究內容（必要）
	d. 定義術語（可選）
Move 2	**建立研究利基**
	a. 指出先前研究中的闕漏、提出相關問題或以某種方式擴展先前知識（必要）
	b. 確認問題/需求（可選）
Move 3	**占有研究利基**
	a. 概述目的/目標或說明當前研究的性質或研究問題/假設（必要）
	b. 提出主要發現/說明研究的價值（可選）
	c. 概述理論立場（可選）
	d. 描述研究中使用的方法（可選）
	e. 指出論文的結構並提供每個後續章節的小綱要（預覽）（必要）

取自 Bunton (2002, p.67) 以及 Swales 與 Feak (2012, p.331)。摘自 *Academic Writing for Graduate Students* 第三版，John M. Swales 與 Christine B. Feak 著，p. 331。Copyright © 2012 University of Michigan Press。經獲准使用。

本章討論緒論在整篇論文中的角色、緒論的典型結構以及論文緒論的一些語言特徵。根據表 6.1 所列的框架，將對來自多個學科的緒論範例進行分析。

緒論章節在論文中的角色：創造研究空間

儘管在宏觀層面上，論文結構和組織的變化越來越大（見第 5 章），但首先考慮緒論在整篇論文中的角色和功能是非常有用的。論文常被比喻為一個上下開口的沙漏（見圖 6.1）。緒論位於沙漏的上開口處，這表明在緒論中，研究者須清楚地表明論文主題與所要貢獻的學科或領域之間的關係。

本書第 4 章（撰寫研究計畫）說明了將擬議的研究置於研究領域中的重要性，這在很大程度上是緒論章節的角色。由於所有的研究都在以某種方

式與過往的研究進行對話並在此基礎上發展，沙漏的頂部是開放的，而且沙漏的「球體」部分是寬廣的。隨著碩博士論文逐漸發展而聚焦於研究的特定主題，並採用特有的方法論，沙漏就會縮窄，要等到檢查發現/結果，然後從它會如何為領域中現存的知識體系加分的方面來討論時才會變寬。

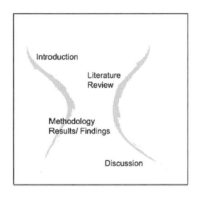

圖 6.1　論文沙漏（改編自 Atkinson & Curtis, undated, p. 52）

　　在許多期刊文章中，緒論部分會包含相關文獻的回顧，但在碩博士論文中，文獻回顧幾乎總是被放在一個單獨的章節中，有時甚至在多個章節中回顧。這實際上是碩博士論文的一個顯著特徵，因為論文的篇幅允許進行廣泛的文獻回顧和明確的理論框架發展。話雖如此，緒論章節通常會回顧該領域的一些關鍵文獻，以將研究置於先前研究的背景中，並為當前的研究提供合理性。對於學位論文的作者來說尤為重要，因為他們既是學生又是研究界新手，需要充分定位自己的工作與該領域的關係，並明確承認他們的智力「債務」(intellectual debt)。

　　在 Starfield 與 Ravelli (2006) 所審視的 20 篇博士論文緒論中，只有 2 篇是編號為第 1 章。另外 18 篇均在編號系統外，並位於第 1 章之前，這強調了緒論的概述功能及學生作者在緒論章節中預覽整個論文結構的重要性，因為這將是論文口試委員所期望的。

習題 6.1 ▶ 緒論章節的整體結構

以下是從兩篇論文的目錄中摘錄的緒論章節大綱。第一個是碩士論文，第二個是博士論文。它們有哪些相似或不同之處？你打算如何構建你的緒論？檢查你所屬領域中最近提交的兩三篇論文之緒論，並思考你偏好的結構可能是什麼樣的。為你的章節主要標題草擬一個大綱。

碩士論文的章節大綱

Chapter 1 Introduction
1.1 Background: internal migrant children in China
1.2 Migrant children in the media
1.3 Research aim and scope
1.4 Significance and originality
1.5 Overview of subsequent chapters

(From Tao, 2015, p. iv)

博士論文的章節大綱

Chapter 1
1.1 Background to project
1.2 Problem Statement
1.3 Research Approach
1.4 Project Aims
1.5 Thesis Overview

(From Coman, 2015, p. xii)

　　在訪談經驗豐富的論文口試委員時，Mullins 與 Kiley（2002）發現這些委員往往會先閱讀摘要、緒論和結論，然後瀏覽參考文獻，之後才會在稍後階段坐下來從頭到尾地閱讀論文，就像讀一本書一樣。他們得出的結論是，第一印象對於口試委員看待論文的方式極為重要。由於「經驗豐富的口試委員在過程的早期階段就會決定對某篇論文的評估可能是『辛苦的工作』或『令人愉快的閱讀』」(p. 377)，所以很重要的是，緒論要說服讀者你的研究是值得進行的，理解相關文獻，並將為你所在領域的知識做出貢獻（另參見第 1 章）。

　　緒論也是你和讀者（口試委員）首次互動的地方；你有機會展現你的研究，還有你是什麼樣的研究者、你在所屬領域傳統中是把自己定位在哪裡，以及你進行研究所採取的方法。顯然，你展示的方式會受到自己所屬

領域慣例的影響，但你可以做出選擇，例如，是否使用第一人稱（關於這個話題的更多內容請見第 3 章，以及本章的 BOX 6.2 和 6.3）。

緒論應該要多長？

通常，緒論章會是整份論文中較短的一章。Bunton (2002) 檢視了 45 篇論文緒論，平均篇幅為 17.4 頁，其中學科差異相當大。他發現醫學類緒論特別長（29～45 頁），這是因為包含大量的文獻回顧。而若是社會科學和藝術類的緒論也包含文獻回顧，其篇幅也超過了 40 頁。從 Bunton (2002) 的研究和我們自己的觀察中可以看出，某些人文學科的論文可能沒有單獨的文獻回顧章節，而是在緒論中進行了文獻回顧。不過在 Bunton 所檢視的 32 篇緒論中，引用文獻的數量並沒有比論文的其他章節多。這項發現強調了上面提到的期刊文章與論文之間的一個主要區別——幾乎必不可少的單獨文獻回顧章節。

習題 6.2 ▶ **比較研究文章緒論與論文緒論**

選擇一篇你最近讀過的期刊文章和一篇來自你領域的論文緒論。比較這兩個緒論的組織和結構。該期刊文章是否有單獨的文獻回顧部分？該碩博士論文是否有單獨的文獻回顧章節？如果該論文有單獨的文獻回顧章節，那麼在緒論章節中回顧了多少文獻？

創造研究空間

如前所述，對於碩博士論文緒論的通用結構，近期的研究提供了更詳細的分析 (Bunton, 2002; Dudley-Evans, 1986; Samraj, 2008)。緒論的組織結構可說是從對研究領域相當一般性的概述，到所分析的特定問題 (Feak & Swales, 2011)，透過三個關鍵的「語步」(Move) 來抓住緒論的溝通目的。「語步」被定義為一個文本單位，其功能是將作者的意圖傳達給讀者 (Feak & Swales, 2011)。這三個語步是：

- 建立研究領域；
- 確立領域中的利基或缺口；
- 表明該研究主題如何占據該利基。

表 6.1 是 Swales 與 Feak 語步結構的修改版（借鑒 Bunton, 2002），我們在論文寫作課程中使用這個版本，並且可以有效應用於緒論章節。在表 6.1 中，對每個語步的子語步（用小寫的 a., b., 等標示）進行了詳細說明。值得注意的是，並非所有的子語步都會出現：這些都被標記為選擇性的。

建立研究領域

　　在「Move 1：建立研究領域」中，作者通常藉由表明研究在某種程度上具有重要意義來開始「開拓」自己的研究空間。作者透過「聲稱中心性」(claiming centrality) 的修辭策略（見下例），然後透過回顧該領域的先前研究來實現這一點。此外，作者還可以選擇提供所研究之特定主題的背景資訊，並可以定義對研究至關重要的關鍵術語。

　　緒論中的不同語步往往使用不同的時態。Move 1a，表示一般研究領域的重要性，通常在聲稱中心性的句子中使用現在式或現在完成式的動詞。在下面這些近期碩博士論文的簡短摘錄中，取自 Move 1a 的句子中之動詞已被劃底線。使用現在式很常見，這表明所做的陳述是一個普遍接受的事實。使用現在完成式（例如，has been, has grown）的功能類似於描述持續到目前狀態的狀況。這一子語步還經常包含強調主題重要性的詞語，如斜體所示（例如，increasingly, essential, critical）。另外有趣的是，中心性聲明出現在緒論非常初期的地方。

- As people, especially young people, <u>are</u> *increasingly* connected to digital technologies, these <u>must be considered</u> *essential* sites for learning and literacy. (Tran, 2018, p. 1)
- Physical activity <u>is</u> *integral to* promoting a healthy lifestyle, particularly during childhood and adolescence—*a critical period* for establishing health-related behaviours. (Aske, 2018, pp. 1–2)
- Aluminium <u>is</u> a *very versatile* engineering material and there <u>has been</u> *an increasing demand* for aluminium and its alloys for *vital* structural components in the aerospace

and transportation industries. The *increasing popularity* of aluminium is attributed to its *excellent* mechanical, thermal, and electrical properties, good corrosion-resistance coupled with its low density, ease of recycling, and ease in coating. (Koshy, 2009, pp. 1–2)

- Population growth and urbanisation are *major threats to the sustainability* of water resources systems. The urban population of the world has grown *rapidly* since 1950, from 746 million to 3.9 billion in 2014 and it is projected to reach 6.4 billion people by 2050 (Heilig, 2014). (Zarezadeh, 2017, p. vi)
- Robert Louis Stevenson has recently been recognised as *one of the most important writers* in English fiction of the second half of the nineteenth century. (Alexander, 2015, p. 1)

建立研究利基

　　「Move 2：建立研究利基」指出先前研究中的「缺口」或利基，該研究將會「填補」這一闕漏。對 Swales 與 Feak (2012) 而言，利基或研究空間的比喻是基於生態學中的競爭概念——尋求發表論文的學術作者必須像植物和動物一樣爭奪「光和空間」。在其他地方，當描述撰寫會議摘要時，Swales 與 Feak (2000) 使用行銷的比喻來談論「推銷」自己的研究，而利基的比喻可以延伸到利基行銷 (niche marketing) 的概念——識別市場中的特定空際，讓新產品可以填補這一空缺。雖然將自己的論文與可銷售的產品進行比較最初可能會令人反感，但我們發現以這種方式與學生討論是有用的；畢竟，論文必須對該領域做出原創性貢獻。市場利基的比喻在理解緒論的作用時也很有幫助，它使作者能夠相對於該領域中其他人的作品，將自己定位在思想的市場位置。在論文中，這個空缺有時也被認為是需要進一步研究的問題或需求。

　　在架構的 Move 2 中，作者通常透過指出先前研究中的缺口或將當前研究方法擴展到新領域來建立利基。缺口是通過回顧先前研究來確立的，而「缺口陳述」(gap statements) 的語言通常是負面的評價性語言。在以下所舉的例子中，來自碩博士論文緒論章節的缺口陳述詞語和短語用斜體標示：

- *There is little recognition of* the diversity of immigrant children's experiences, and *little attempt has been made to understand* the issues from their perspective. (Tao, 2015, p. 6)

- Neurotensin (NT) is a neuropeptide that strongly interacts with DA [dopamine] signaling (Binder et al., 2001a), and *although* NT has also been linked to disorders associated with communication deficits (Boules et al., 2014; Schroeder and Leinninger, 2018), *nothing is known about* the relationship between NT and vocal communication. (Merullo, 2018, p. 1)

- *However, our understanding of* the exact association between fog and temperature inversions *remains limited*, which complicates our ability to quantify their influence on the surface energy balance, which is particularly important for glacier and sea ice studies (Norris, 1998; Mernild et al., 2008; Hulth et al., 2010). (Gilson, 2018, p. 22).

- In the context of Indonesia, *very little is known about* the inter-marriages of migrants, although migration has been part of Indonesia's history. (Rangkuti, 2016, p. 4)

習題 6.3 ▶ 整理出利基

利基可以透過單句、短語或段落來確立。閱讀以下出自一篇研究城市地區蝙蝠的博士論文之段落。雖然可能對這個主題不甚了解，但你能識別出作者用來確立研究利基的詞語和短語嗎？你打算如何在自己的論文中描述研究利基？如果你覺得這很有挑戰性，可以嘗試使用寫作骨架來幫助你開始（參見第 3 章）。Pat Thomson 的部落格中有些例子可能會有幫助：https://patthomson.net/2011/07/11/writing-skeletons/。

博士論文的緒論摘錄

> Multi-scaled investigations are required in order to provide detailed information about urban biodiversity (Clergeau et al., 2006). To date, urban ecologists have focused on few taxa, examining the response of conspicuous species to an urbanisation gradient (McDonell and Hahs, 2008). Unfortunately, our understanding of how other wildlife respond to the complex process of urbanisation is lacking, but is still needed in order to develop sound conservation planning practices that account[s] for a variety of taxa. One such example are insectivorous bats (order Chiroptera, suborder Yangochiroptera, formerly Microchiroptera), which comprise a diverse group of insectivorous mammals still remaining in urban areas (Jung and Kalko, 2011), that have received little research attention (Barclay and Hardar, 2003). Research conducted to date provides a general indication that many bats may be declining due to urbanisation, however an understanding of the processes driving these patterns is lacking.

> (From Threlfall, 2011, p. 2)

正如 Swales 與 Feak (2012) 所言，必須謹慎使用指出他人作品中弱點的語言。這對於碩博士論文的作者特別重要，因為他們是尋求被學術社群接受的學生。以下列出了一些典型的「缺口陳述」短語示例，這些對非英語母語者可能有用。更多示例可以在 *Academic Phrasebank* 中的 Introducing Work 部分找到：www.phrasebank.manchester.ac.uk/introducing-work/。

動詞

disregard 忽略	neglect to consider 忽略考慮
fail to consider 未能考慮	overestimate 高估
ignore 忽視	overlook 忽略
is limited to 僅限於	suffer from 受到⋯⋯的影響
misinterpret 誤解	underestimate 低估

形容詞

controversial 有爭議的	questionable 值得懷疑的
incomplete 不完整的	unconvincing 不令人信服的
inconclusive 無定論的	unsatisfactory 不令人滿意的
misguided 被誤導的	

名詞短語

Little information/attention/work/data/research
少量資訊/關注/分析/資料/研究

Few studies/investigations/researchers/attempts
很少研究/檢視/研究者/嘗試

No studies/data/calculations
沒有研究/資料/計算

None of these studies/findings/calculations
這些研究/發現/計算都沒有

其他形式

It would be of interest to 這將是有趣的
It remains unclear 仍不清楚
However 然而

改編自 Swales 與 Feak (2012, pp. 350–351)

最近的研究比較了西班牙文和英文的電腦科學博士論文緒論部分，發現並非所有西班牙論文都有 Move 2（建立研究利基），英文的論文則是全都有（Soler Monreal et al., 2011）。然而，所有西班牙論文，就像英文論文一樣，都使用了 Move 1（建立研究領域）和 Move 3（占據研究利基），這表明西班牙學術界在電腦科學領域的研究空間競爭較少，並且不太需要證明研究的原創性，因為研究的潛在受眾比英美少得多。因此，對於首次以英文撰寫論文的學生來說，意識到 Move 2 的重要性是很重要的，絕不可忽略。與此相關的是，西班牙論文的 Move 3 中，表明研究的價值及其對知識的貢獻的內容比較少，這可能與缺少 Move 2 有關（另見下文對 Move 3 的討論）。

占據研究利基

在「Move 3：占據研究利基」中，作者會藉由概述自己的研究目的，以指明擬議的研究會如何「填補」已確立的利基或研究缺口。在碩博士論文中，通常會預覽主要的研究結果，並概述使用的理論立場和方法。在這裡，作者還可以強調論文的價值、重要性和貢獻。Move 3 中的子語步 3e 在預告論文的整體結構時，通常會包含各章的小綱要，並且被認為是必須的。

這個子語步（3e）通常包含很多後設論述。後設論述是指關於論述內容的論述；當作者在談論他們的寫作和寫作結構，而不是寫作內容時，就是後設論述（Bunton, 1999; Vande Kopple, 1985)。在像論文這樣的長篇文本中，後設論述起著重要的作用，因為它幫助提供了一個總體的組織框架，並透過頻繁的前後參考和概述來引導讀者（即口試委員）瀏覽文本。事實上，期刊文章和論文之間的一個顯著差異就是論文更廣泛地使用了後設論述 (Swales, 1990)。

碩博士論文中的後設論述例子包括 Chapter 2 examines…「第 2 章是在檢視……」、this thesis argues that…「本論文主張……」、the following section reviews…「下一節會回顧……」之類的短語。緒論中的後設論述可能會以前瞻性參考的形式出現，涉及即將到來的內容和論文的整體結構，但也可能在作者對論文中心論點的發展當中找到。根據 Bunton (1999) 的說法，指涉章節或整篇論文的後設論述是碩博士論文的特徵，因為這類後設論述不會

出現在期刊文章中。Bunton 研究了 13 篇香港研究生的博士論文中如何使用後設論述來「定位和引導讀者」去瀏覽他們的論文 (p. S41)。除了一篇之外，所有的論文在其緒論中預覽了整篇論文，亦即使用諸如 the focus of this thesis is on「本論文的焦點是」、the plan for this thesis is...「本論文的規畫是……」(p. S48) 等表達方式來提及論文。然而，在 13 篇論文中只有 8 篇預覽了後續各章節。Bunton 的研究結果表明，非英語母語的學生應該在整篇論文中多加使用預覽策略，特別是在緒論中，他們應該確保預覽了後續的各個章節。

Move 3 通常會使用指涉論文或研究本身的名詞，並使用指涉研究過程的動詞，尤其是在預覽論文各個章節時。以 This thesis/study... 開頭的句子可以根據作者想要強調的內容或想要變化的語言使用以下動詞：

describes 描述	develops 發展	studies 研究	discusses 討論
examines 檢視	introduces 介紹	aims (to) 目標是	reports 報告
explores 探索	shows 展示	focusses 聚焦	presents 呈現

（改編自 Atkinson & Curtis, undated, p. 65）

這些動詞通常使用現在時態，這使得研究看起來具有相關性與即時性。

BOX 6.1 展示了 Move 3 中的子語步 3e，標題為「論文大綱」，摘自一篇博士論文（Bormann, 2013, pp. 18–19）。指涉論文本身並用來預覽論文後續部分的詞語或短語，以及指涉研究過程的動詞都用斜體標示。

BOX 6.1 Move 3e 的語言形態

1.3 Outline of the thesis

The thesis is presented across eight discrete *chapters*. *Chapter 2 provides* a background into snow layer interactions with land surface processes and describes the tools commonly used to observe and simulate snow cover. *The chapter focuses on* physical snow properties and the application of these common techniques in warm marginal snowfields. *Chapter 3 introduces* the primary study region in the Australian snowfields and *describes* the available snow and meteorological observation networks. *Chapter 4 considers* physical snow properties, in particular snow density, in a global context and *attempts to identify* both commonalities and unique features of

---

warm climate snow packs with those found in the northern hemisphere. *Chapter 5 aims to extend* the observational snow datasets for the region by assessing the accuracy of the global remote sensing snow cover products and developing a regionalised snow detection algorithm using daily retrievals to improve snow detection. *Chapter 6 presents* a temperature-index snow model operating at multiple in-situ observation sites across the Australian alpine region and which aims to test five different methods for parametrising snowmelt factors and in addition, provides a unique method for tracking snow density throughout the season. *Chapter 7 uses* relationships between snow pack dynamics and climate factors to spatially apply this modified temperature index model across the entire southeast Australian snowfields. The spatially distributed model is evaluated with remote sensing data and compared with simulations obtained from a fully-coupled regional climate model at multiple spatial scales. Finally, *Chapter 8 draws together* the research findings and highlights important features of warm, marginal snow pack dynamics in the mid-latitudes in the global context.

Source: Bormann (2013, pp. 18–19)

陳述研究的價值/做出貢獻

Move 2 透過建立研究利基，促進了 Move 3b「強調研究的價值」。研究的價值在於其對原創性和/或重要性的主張，這通常是使用 contribute 或 contribution 來表達（無論有沒有加上 significant）。下面的摘錄出自最近各學科博士論文的緒論章節，說明了作者如何明確強調其研究的貢獻：

- Therefore, with this dissertation, *I offer a significant contribution* to the field of geographic research by taking a Lefebvrian-inspired mixed methods approach to the study of neighbourhoods, and by applying those methods to the analysis of processes of change in neighbourhoods across the prime-subprime continuum.（Morrell, 2018, pp. 3–4）
- In using Indonesia as a case study and further using Central Java as the core of analysis, *this thesis adds to the cross-disciplinary literature* through a macro-examination of the directions of in- and out-migration flows over roughly a 40-year time period. Following this macro analysis, the thesis takes a micro approach by investigating the employment outcomes and marital assimilation of Central Javanese people in selected destinations. Specifically, *as a theoretical contribution to the literature*, the thesis underlines the importance of origin-destination-specific migration in studying internal migration.（Rangkuti, 2016, p. 3）

- Broadly, then, *this dissertation seeks to contribute to the literature* concerning the various historical processes by which the capitalist economy was made and enforced. （McQuarrie, 2016, p. 12）
- Urbanisation and the sustainability of water systems of the region are intrinsically interconnected and *the proposed dissertation is expected to contribute* with novel methodologies and understanding of the major impacts of urbanisation processes in water resources, which *can ultimately contribute* for enhancing planning and management of water systems of Texas and other parts of the world. （Zarezadeh, 2017, p. xiii）

語步的「再循環」

　　作者通常透過循環使用這三個語步來證明自己研究的相關性。這些語步不一定會按線性順序出現，並且可能在緒論的過程中多次重複 (Bunton, 2002)。Bunton (2002) 的研究發現，在分析的 45 篇緒論中除了 1 篇之外，所有緒論都包含與 Swales 研究文章緒論結構中的三個語步相對應之「文本序列」(sequences of text)(p. 65)。在他所研究的絕大多數緒論中，常見的組織模式包括 Move 1（建立研究領域），接著是 Move 2（建立研究利基），這種模式會多次重複。Move 3（占據研究利基）通常只出現在緒論的末尾，當作者在回顧文獻並指出其中的缺口或問題後，介紹自己的研究 (Bunton, 2002)。

　　來自各個領域的論文緒論似乎在不同程度上採用了創建研究空間的框架。然而，這個框架絕不是一個可以不加思索地應用的公式。雖然這些語步可能並不總是會被使用或按照建議的順序出現，但它們通常會被使用，並為學生提供了一套有用的工具以分析其學科領域的論文緒論章節，並思考自己緒論的潛在組織和結構。這個框架和沙漏形狀（論文的概念形狀）在某種程度上體現了論文的大部分交流目的。

　　BOX 6.2 包含了一篇博士論文緒論章節的開頭摘錄 (Walton, 2014)。「Move 2：建立研究利基」以斜體標出。有趣的是，這章節以「Move 3：占據研究利基」開頭，這為「並非所有緒論都遵循線性步驟結構」的理解提供了支持。第一段還陳述了研究的價值：The broad aim of this thesis is to therefore contribute knowledge to understandings of...「本論文的主要目標是為理解⋯⋯做出貢獻」。

　　緒論的開頭句子還包含了在 Move 3 中嵌入的核心主張（Move 1a）的證據：with particular attention given to risk-taking associated with this popular leisure activity「特別關注與這一受歡迎的休閒活動相關的風險承擔」（BOX 6.2 中的粗體字）。我們了解到，去海灘涉及風險，且這是一項「受歡迎的」活動。雖然在這段摘錄中沒有 Move 1b 的證據，但在副標題 1.2 下，作者提供了一個對「海灘」概念的延伸定義（Move 1d），借鑒他人的工作來構建他的定義。值得注意的是第 1.1 節，其副標題為「個人定位和動機」。這類子語步在人文和社會科學的論文和學位論文中越來越常見，因為質化研究者將自己定位於研究中（參見第 3 章關於使用第一人稱「我」的討論），可以說是 Move 3 的一個組成部分。Feak 與 Swales (2011) 將這稱為「主張你有填補缺口的權利」(p. 57)。

　　Move 1b 和 1c（關於主題的背景資訊和先前研究的回顧）不包括在這段摘錄中，但在下一個副標題 Beachgoing in Australia 下引入。它們可以在 Walton (2014, pp. 4–11) 中找到。

BOX 6.2　人文地理博士論文的引言摘錄識別語步

| Move 1a 粗體 |
| Move 3 |

This thesis investigates beachgoing in New South Wales, Australia with particular attention given **to risk-taking associated with this popular leisure activity**. It targets the risk-taking behaviour and decision-making processes of Australian beach users, *which to date have received little research attention*. The broad aim

| Move 2 斜體 |
| Move 3 |

of this thesis is to therefore contribute knowledge to understandings of risk-taking behaviours of Australian beach users, and ultimately provide a platform from which management decisions about beach safety can be made. This involves exploring aspects of beachgoing, as well as some of the physical attributes of Australian beaches, which re-produce and lure engagements with this often-hazardous, risk-filled environment. The physical landscape of the beach represents the space within which the risky behaviours under investigation occur. In sum, this thesis asks why people engage with hazards and take risks at the beach.

This chapter provides a framework from which the thesis research questions were established. First, I explain how beach space in Australia is defined and referenced in this thesis. I then provide an outline of Australian beach usage and identify the relevant stakeholders of

| Move 3 |

this investigation. Next, I explain the relevance of risk in this thesis, specifically within a research context of Australian culture and society. The chapter concludes with an explanation of the research questions, the conceptual framework within which the research was undertaken, and the structure of the thesis.

1.1 Personal positioning and motivation 個人定位與動機

Having lived within two kilometres of the beach my entire life I am personally vested in the concern of this thesis. As a beach user, swimmer, and surfer, I have developed an enduring love and appreciation for Australia's coastal environment, which is reflected in my early research career to date, including this thesis. I have been a member of a Surf Life Saving club since I was five years old, and am a competing surfboat rower at the Queenscliff Surf Lifesaving club where I hold long service standing. My motivation to undertake this particular research was derived from my many hours of beachgoing. This included observing and participating in behaviours that would appear excessively risky were they not being performed at the beach. My experience and connection with the Australian beach in combination with my training as a human geographer has afforded me the opportunity to address an area of research I know and care about in a manner that, I believe, best contributes to a more informed understanding of why, like so many others, I am a particular kind of beach risk-taker.

> Move 3

1.2 Defining the Australian beach 定義澳洲的海灘

The beach is defined in this thesis as the encompassing land and seascape of the immediate foreshore area. It is a space where land-space and oceanspace are bound, physically and theoretically (Fiske, 1989; Steinberg, 1999; Anderson and Peters, 2014). This area is referred to throughout as the beach landscape, the beachscape, the beach space, the beach environment, or simply 'the beach'. This is because the definition of the beach in Australia (and in this thesis) is not based on a set of concrete characteristics. It is a concept with spatial variability, and often, place specificity.

> Move 1d

Source: Walton (2014, pp. 1–2)

　　BOX 6.3 中的土木工程博士論文摘錄同樣來自緒論的開頭。它以 Move 1 中的核心主張開始，聲明藥品的重要性（它們徹底改變了世界），然後透過引用先前的研究和提供背景資訊來支持這一主張，接著再確定研究利基並提供缺口陳述。

BOX 6.3　土木工程博士論文的引言摘錄識別語步

Chapter 1: Introduction

Pharmaceuticals were first introduced in the early 1800s[1-2], since their conception they have revolutionized the world. Different classes of pharmaceuticals have evolved to form hundreds of medicinal drugs readily available for prescription use.[3] Common types of pharmaceuticals include antibiotics, statins, steroids, anaesthetics, hypertension, anticonvulsants, antidepressants, anti-inflammatory, anticoagulants, and vaccines.[3]

> **Move 1**
> 宣稱中心性主張

When pharmaceuticals were first introduced the quality of life improved and mortality rates sharply declined, thanks in part to the introduction of antibiotics and vaccines.[2] Pharmaceuticals continue to improve public health efforts around the world. In 1980, the World Health Organization announced the global eradication of smallpox in humans.[4] In 2010, thanks in large part to the Food and Agriculture Organization of the United Nations, rinderpest (a viral disease largely infecting cattle) was announced to have been completely eradicated.[5] This is currently the only disease of livestock to be eradicated by human efforts.[5]

> **Move 1**
> 背景和文獻回顧

Before the 1800s, pharmaceuticals were plant-based and could be found at the local apothecary shop. Nowadays, some pharmaceuticals may be derived from plant-based substances but all retain some form of chemical activity.[2] The pharmaceutical industry has continued to grow and evolve to be on the forefront of the latest technologies, clinical trials, and groundbreaking discoveries in pharmacological sciences. With the vast improvements that have been made to human and animal health it can be easy to ignore the decline in environmental efforts that has resulted.

While the effects of most environmental pharmaceuticals on human health are unclear, some classes such as antibiotics have been linked to human health concerns. With the insurgence of pharmacological compounds into our environment through improper disposal or excretion, it is not a far stretch to see how antimicrobial resistance is of paramount global concern.[6,7]

> **Move 2**
> 確定研究利基

One significant concern is the role healthcare systems play in the load of pharmaceuticals to solid waste and wastewater. Though their disposal methods may be widely known by those in the field, their compliance is of more concern. *To date, there have not been many studies that were able to grasp* the amount of disposal accumulated and compliance of disposal by a variety of healthcare providers.[8-12] Responsible disposal options for major hospital systems, especially in urban areas, are more readily available. Areas of interest as well are smaller and private healthcare institutions especially in rural areas.

> **Move 2**
> 研究缺口（斜體）

Source: Kennedy Neth (2018, pp. 1–2)

習題 6.4 ▶ 運用 CARS 框架

在檢視了 BOX 6.2 和 6.3 中兩個博士論文的註解摘錄之後，從你所屬領域的最新論文中選擇一個緒論章節。使用創造研究空間 (CARS) 框架，分析作者對語步和子語步的使用。你認為作者為什麼選擇以這種方式組織他們的章節？作為讀者，你對這種組織方式有何反應？你選擇的章節組織方式或 BOX 中的摘錄能幫助你構建自己的緒論嗎？你是否對作者是什麼樣的研究者有了印象？如果要針對你所選擇的章節提供一些改進建議給作者，你會建議什麼？

結語

CARS 框架被認為是能夠幫助學位論文作者構建緒論結構的一種有用方法，使他們能夠清楚地向讀者表明論文相對於該領域先前研究的意義。然而，它不應被視為僵化和不靈活的框架：它是一種工具，用於理解不同學科的作者如何試圖說服讀者其論點的有效性，以支持他們所創造的研究空間。

許多已完成論文的作者經常報告說，緒論是他們最後寫的章節，許多經驗豐富的期刊文章作者也有類似的報告。對某些人來說，緒論章節是最難寫的章節之一。雖然可以說只有在到達目的地後才知道自己要去哪裡，這也是為什麼緒論只能在論文主要內容完成時才寫的原因，但重要的是要有一個緒論的草稿，這樣隨著論文的發展，它可以被重新編寫，直到論文的整體意義出現。正如 Levine (2002) 所說，緒論需要根據起草完整論文後獲得的見解來「重寫」。緒論有助於「整理」研究過程中有些混亂、循環的過程，使其顯得更加線性和邏輯化。基於這些原因，你不會希望在提交論文的前一天晚上才寫緒論的初稿！

同樣重要的是要記住，經驗豐富的口試委員在 Mullins 與 Kiley (2002) 的研究中表示，他們在初次閱讀緒論後，經常會直接查看結論，看看緒論中提出的問題在結論中如何得到解決。緒論和結論是論文的兩個書擋，它們

需要「對話」。這需要在論文寫作的後期階段多花些工夫——這也是不能留到最後一刻的事情。

　　最後一點是關於著作彙編論文（參見第 5 章）——以緒論和結論章節開頭的發表論文集合——在科學和工程領域很常見。Dong (1998) 的研究發現，這種格式改變了學生作者和讀者之間的關係，因為（已發表論文的）讀者群此時成了更廣泛的科學界，而不僅僅是指導教授和口試委員，這可能會影響作者決定在緒論中如何展示自己，因而是寫作這類博士論文的學生需要思考並與指導教授和委員討論的問題。

Chapter 7

Writing the background chapters

撰寫背景章節

導言

本章涵蓋撰寫碩博士論文的背景章節，包括文獻回顧和描述研究理論框架的章節。具體的寫作技巧包括總結和評論先前的研究、採取立場以及使用報告和評估的動詞。本章還會關注抄襲問題，並就如何避免抄襲提供建議。

撰寫文獻回顧

撰寫碩博士論文時，查閱文獻有許多目的。文獻回顧的一個重要目的是將你的研究放在背景中進行說明。這邊的回顧可能著重在該主題的先前研究上，或者著重於與項目相關的背景理論，或者兩者兼有。

文獻回顧應該描述和綜合與你的研究主題相關之主要研究。它還應該呈現你的研究與該領域其他研究之間的關係。許多學生不知道的一個重要特點是，文獻回顧需要對先前的研究進行廣泛的回顧，直到他們的口試日。這在博士階段尤為重要，因為文獻回顧應該達到「最先進」的程度。也就是說，你需要證明自己了解一直到提交論文審查為止，與你的項目相關之所有研究。

Phillips 與 Pugh (2010) 在他們的 *How to get a PhD* 這本書中列出了一篇研究需要關注的關鍵之處，包括背景、焦點、資料數據和研究的貢獻，總結如下。

研究背景	對研究領域的最先進回顧，包括當前發展、爭議和突破、先前研究和相關的背景理論。
研究焦點	正在研究什麼以及為什麼。
研究中使用的資料/數據	選擇該資料/數據的理由。
研究的貢獻	該項目對研究領域的重要性。

　　其中第一項的背景，在文獻回顧章節中有最詳細的介紹。這部分內容應該導引出研究的內容和原因，也就是說，背景章節應該導引出你的論文所要填補的領域空白。

　　這些項目將根據你所撰寫的學位論文級別而有所不同。表 7.1 摘自 Hart (1998) 的著作 *Doing a Literature Review*，總結了這些差異。從表中可以看出，研究的層次愈高，文獻回顧的深度和廣度要求就越高。

表 7.1　學位與文獻回顧的性質

學位與研究成果	文獻回顧在這些學位的研究中之功能與格式
學士項目： 文學 (BA)、 理學 (BSc)、 教育學 (BEd)	以描述為本質，聚焦在主題，多半是在指明該主題主要的當前研究。對主題的分析在於其合理性。
碩士論文： 文學碩士 (MA)、 理學碩士 (MSc)、 哲學碩士 (MPhil)	分析與總結，涵蓋方法論問題、研究技術和主題。文獻回顧相關章節可能有兩部分，一篇談方法論的課題來呈現方法優缺點的背景知識，另一篇談與題目/問題相關的理論課題。
博士論文： 博士 (PhD)、 哲學博士 (DPhil)、 文學博士 (DLitt)	分析式併陳，涵蓋該問題的所有已知文獻，包含來自其他語言的文獻。在理論內部和跨理論之間的高層次概念連結。對該問題先前工作的總結性和形成性評價。對相關哲學傳統及其與該問題的關係進行深入和廣泛的討論。

資料來源：Hart (1998. P. 15)

文獻回顧需要包括哪些內容

　　文獻回顧需要聚焦於你所報告的研究的主要發現、研究的時間以及研究人員。與你的項目直接相關的研究報告應詳細討論，包括所用的方法論、收集的數據資料以及研究中使用的分析程序。文獻回顧還需要對這些研究進行批判性評論，告訴讀者哪項研究是最好的以及為什麼，而不是僅僅呈現有關所評論研究的事實資訊。這是許多學生覺得特別困難的事情。

　　簡而言之，你的文獻回顧應該要聚焦於：

- 研究項目背後的關鍵議題
- 研究主題的主要發現，由誰進行以及何時進行
- 圍繞該議題的主要觀點和爭議
- 對這些觀點的批判性評價，指出該主題先前研究的優缺點
- 對寫作時該領域的整體結論，包括仍需進行的研究，即你的研究將要填補的缺口

　　文獻回顧需要對該領域進行廣泛的回顧，參照許多來源和先前的研究。可以按以下方式安排：

- 根據需要提出的各種問題
- 根據與你的研究核心相關的各個主題和子題
- 根據研究中的變數
- 按時間順序從最早的研究到最新的研究
- 根據不同的觀點
- 或這些方法的組合

組織文獻回顧並沒有單一的「正確方式」，通常研究問題的性質將決定論文這部分的組織方式。

回顧文獻：一個例子

　　BOX 7.1 所顯示的文獻回顧章節標題出自一篇中國學生用英文寫作的博士論文 (Cahill, 1999)。在這個案例中，學生的文獻回顧有兩章，一章提供研究的背景資訊，另一章概述他所使用的理論架構。第 1 章探討了中國大學生寫作的背景，第 2 章則探討關於中國和日本寫作方式對學生撰寫英文文本影響的觀點。

BOX 7.1 文獻回顧章節範例

Chapter 2: English majors in China: An ethnographic mosaic

A　Introduction: Ethnography in China
B　The college
　　The campus and facilities
　　The chinese teacher
　　The foreign teacher in China
　　Strategies of resistance
　　Traditional, modern, and independent students
　　Silence
　　Apathy
　　The personnel file
　　Conclusion
C　The production of English writing
　　Phillipson and linguistic imperialism
　　Attitudes towards English in China
　　The curriculum and informal English study
　　The traditional essay
　　The writing classroom
　　Conclusion

Chapter 3: The myth of the "turn" in Asian text structure

A　Kaplan and contrastive rhetoric
　　Kaplan's "cultural thought patterns" article
　　Hinds' and Mohan and Lo's critiques of Kaplan
　　Kaplan's "contrastive grammar" article
B　Qi cheng zhuan he in contrastive rhetoric
C　Hinds on ki sho ten ketsu
D　The qi cheng zhuan he/ki sho ten ketsu/ki sung chon kyu trope
E　Qi cheng zhuan he in Chinese scholarship

Early historical accounts of qi cheng zhuan he
The relationship of qi cheng zhuan he to the eight-legged essay
The eight-legged essay in contrastive rhetoric
Modern theories of qi cheng zhuan he in Chinese scholarship
F   Ki sho ten ketsu in Japanese scholarship
Chinese origins
Kubota's critique of contrastive rhetoric
Japanese multi-part essay formats
Multiple interpretations of ten
A critique of Maynard's Principles of Japanese Discourse
G   Conclusion: Contrastive and non-contrastive rhetoric

Source: Cahill (1999, pp. vii–viii)

習題 7.1 ▶ 安排文獻回顧

列出你在文獻回顧中需要涵蓋的主題。然後以本章在前面所列出的一
種（或多種）方式來排列清單。

文獻回顧的閱讀策略

Cone 與 Foster (2006) 在他們的 *Dissertations and Theses: From Start to Finish* 這
本書中提供了關於撰寫文獻回顧的步驟和策略建議。這些步驟與策略總結
在表 7.2 中。

習題 7.2 ▶ 研究文獻中的缺口

按照表 7.2 中關於閱讀文獻回顧的建議，寫一篇關於你的主題的研究文
獻缺口摘要。用這篇摘要為你的研究項目提出一個論點，這個論點來
自你對文獻的閱讀。

表 7.2　撰寫文獻回顧的步驟與策略

步驟	策略
查找相關文獻	確定主要作者和期刊
	使用書目參考來源
	使用電腦化檢索
	獲取複印和預印本
	查看其他學科的文獻
	瀏覽關鍵期刊的目錄
	使用文章、章節和書籍的參考文獻列表
	閱讀原始資料
	避免使用大眾媒體
批判性地閱讀文獻	確定主題
	確定個別文章的優勢和劣勢
	確定整個領域的優勢和劣勢
	獲取複印本
準備撰寫	了解長度和格式規定
	做一個初步的大綱
	限制你的回顧範圍
	組織你要涵蓋的文獻
	安排頁面分配
撰寫回顧	撰寫前言
	撰寫小節
	使用過渡和綜合短語
	綜合和批判性分析文獻
	介紹你的研究和假設
	注意不要抄襲
	修訂與重寫

資料來源：Cone 與 Foster (2006, pp. 124–125)

提供背景資訊

　　在文獻回顧中提供足夠的背景資訊很重要，這樣可以使你的研究脈絡清晰，亦即文獻回顧應該要描述過往的相關研究和該研究的結果，以藉此來指明你的研究是「定位」在哪。

　　在描述先前的研究時，有一些問題是值得考慮的，其中包括：

- 誰進行了這項研究？
- 誰是這項研究的對象？
- 為什麼進行這項研究？
- 這項研究在哪裡進行的？
- 這項研究是如何進行的？
- 這項研究是什麼時候發表的？
- 這項研究的結果是什麼？

習題 7.3 ▶ 提供背景資訊（一）

請看以下出自一位學生所寫論文的摘錄，該篇論文研究了國際學生的語言和學習需求，並回答後面的問題。

Burke (1986) 對新南威爾斯大學海外本科生經歷的調查發現，這些學生指出的最常見困難是無法在課堂討論中發言。

- 誰進行了這項研究？
- 為什麼進行這項研究？
- 這項研究是如何進行的？
- 這項研究的結果是什麼？
- 誰是這項研究的對象？
- 這項研究在哪裡進行的？
- 這項研究是什麼時候發表的？

習題 7.4 ▶ 提供背景資訊（二）

現在，查看你自己學科領域的碩博士論文，找到一個引用先前研究的例子，並回答以下「背景資訊提問」。

- 誰進行了這項研究？
- 為什麼進行這項研究？
- 這項研究是如何進行的？
- 這項研究的結果是什麼？
- 誰是這項研究的對象？
- 這項研究在哪裡進行的？
- 這項研究是什麼時候發表的？

閱讀、總結和批判過往的研究

在閱讀與你的研究主題相關之先前研究時，辨識該研究中的研究問題以及思考該研究與你自己的研究有何關係是很重要的。您還需要尋找研究中的論點，以解釋進行該研究的重要性。已發表的研究也是尋找有關你研究主題之其他研究總結的一個好管道。以下習題將重點放在先前研究的每一個層面。

習題 7.5 ▶ 摘要先前的研究

閱讀一篇與你的主題相關之重要研究，並回答以下問題：

- 這項研究的主要研究問題或假設是什麼？
- 研究的主要發現是什麼？
- 為什麼進行這項研究很重要？
- 這項研究與你自己的研究之間有什麼關係？

先前的研究對於了解研究設計、資料收集和分析程序也非常有用。以下習題要求你閱讀自己研究主題中的一項先前研究，並辨識其設計方式、資料收集及資料分析方式。

習題 7.6 ▶ 總結研究方法

重新閱讀你在先前習題中檢視的研究，並回答以下問題：

- 這項研究使用了什麼研究設計？
- 研究中的主要變數是什麼？
- 收集了什麼資料？
- 描述用於取得樣本的總體、抽樣和選擇程序。
- 描述研究中使用的資料收集程序

> ### 習題 7.7 ▶ 資料分析
>
> 重新閱讀你的樣本研究並回答以下問題：
>
> - 研究中的資料是如何分析的？
> - 分析程序是量化、質化，還是兩者兼有？
> - 你能否根據提供的分析程序相關資訊，將資料重新分析一次？

　　同樣重要的是，要確認研究中的主要發現，以便判斷這些發現與該主題其他研究之間的關係。習題 7.8 要求你閱讀一項研究，找出其主要發現以及這些發現與該主題的先前研究有何關係。這是你在撰寫論文討論部分時尤其需要知道的事情（參見第 10 章）

> ### 習題 7.8 ▶ 分析發現
>
> 回答以下關於你先前習題挑選的研究的問題：
>
> - 這項研究的主要發現是什麼？
> - 這些發現與先前在該主題上的研究有何關係？
> - 研究者基於其發現得出了什麼結論？
> - 這些發現有什麼影響？
> - 研究者根據這些發現提出了什麼建議？

呈現先前的研究

　　呈現先前研究的方法有多種。通常有三種主要的方式，稱為中心化呈現 (central reporting)、非中心化呈現 (non-central reporting) 和非直接呈現 (non-reporting) 風格 (Swales, 1990, 2004)。亦即：

- 作者被直接呈現為提出某一特定發現或論點的人，並在句子中置於主語位置（中心化呈現）；

- 作者被呈現為提出某一特定發現或論點的人，但其名字被放在相關陳述的末尾括號中，從而減少了其關注度（非中心化呈現）；
- 研究結果被呈現，但對作者或實際研究的關注較少，且未使用 claim「宣稱」或 shown「顯示」等「呈現動詞」（非直接呈現）。

以下是每種風格的示例：

- 中心化呈現：Richardson (2000) found that the men in her study used the traditional 'women only' discourse of gossip to create solidarity as a group。
- 非中心化呈現：Reviewers have been found to often be indirect when they ask authors to make changes to their submissions (Paltridge 2015)。
- 非直接呈現：The notion of genre as social action is especially important in rhetorical genre studies (Artemeva 2008)。

每種風格對研究者的關注度不同。有時它們被描述為：

- 對於作者本身有強烈的關注（中心化呈現）
- 對於作者本身的關注薄弱（非中心化呈現）
- 不關注作者本身（非直接呈現）

習題 7.9 ▶ 呈現先前的研究

查看你所屬研究領域內的文獻回顧，並找到中心化呈現、非中心化呈現和非直接呈現風格的範例。作者為什麼選擇使用每種報告風格？

呈現過去研究所用的動詞

可以使用許多不同的動詞來報告先前的研究，這些動詞有多種分類方式。建議將它們分成以下幾組：

- 表達陳述的動詞，如 report「報告」
- 以非常一般的方式表達作者個人判斷的動詞，如 explain「解釋」

- 表達作者意見的動詞，如 argue「主張」
- 提出作者建議的動詞，如 propose「建議、提出」
- 表達某種程度上不同意的動詞，如 doubt「懷疑、不確定」

習題 7.10 ▶ 呈現過去研究所用的動詞

查看以下動詞列表，並判定它們是表達陳述、判斷、陳述意見、建議還是不同意類型的動詞。其中一些動詞在分類上可能非常相似。然而，考慮它們之間的差異是有用的，因為這些動詞並非都具有相同的含義。

point out	argue	claim	state	doubt
propose	observe	identify	report	agree (with)
add	describe	say	explain	present
indicate	assert	believe	question	dispute
maintain	support	think	challenge	dismiss
recommend	say	urge	suggest	disagree (with)
claim	assert	affirm		

　　學生經常問應該在文獻回顧中使用哪種時態。文獻回顧中的動詞常是簡單現在式、簡單過去式或現在完成式。表 7.3 顯示了這方面的範例。表 7.4 則給出了一些時態選擇的建議和使用原因。

表 7.3　文獻回顧中常使用的動詞時態

時態	例子
簡單現在式	Brown (2015) **shows** that
簡單過去式	Brown (2015) **showed** that
現在完成式	Research **has shown** that

表 7.4　文獻回顧的時態選擇及其使用原因

時態選擇	使用原因
簡單現在式	正在進行概括說明
	引用當前的知識
	呈現/接受作為事實的先前發現
簡單過去式	引用單一研究
	指的是特定的研究及其發現
現在完成式	引用研究或分析的領域
	對先前研究進行概括性陳述

習題 7.11 ▶ 選擇動詞時態

查看你所屬領域內碩博士論文中的文獻回顧，並找到在動詞中使用上述每一種時態的範例。它們是否與表 7.4 中關於時態選擇的建議一致？

批判先前的研究

　　回顧先前研究的一個關鍵特徵是對先前研究進行批判。這是許多學生覺得困難的事情。以下是一些你在閱讀和批判先前研究時可能想要考慮的問題。

* 　研究問題是否清楚地陳述？
* 　變數是否清晰地描述和定義？
* 　研究設計是否適合該特定的研究問題？
* 　研究工具是否適合該特定的研究？
* 　資料數據分析程序是否適合該特定的研究？
* 　作者在分析結果的方式上是否一致？
* 　結論、影響和建議是否由結果所支持？

習題 7.12 ▶ 總結和批判先前的研究

閱讀、總結和批判你所屬領域內的一項重要研究，使用上面列出的問題進行評估。

Boote (2012) 建議制定一個表格（見表 7.5）來顯示先前研究的正面和負面層面，作為評估研究文獻的一個步驟。你可以使用這個表格來思考你在文獻回顧中對先前研究進行正面和負面評價的解釋。

表 7.5　識別先前研究的正/負層面

正面	負面
哪些研究結果是有共識的？	哪些研究結果具有爭議性？
研究了哪些主題？	研究尚未涉及哪些領域？
使用了哪些理論？	哪些主題是忌諱的？
哪些理論遭到了質疑？	哪些理論已經被質疑或推翻？
哪些重要概念被明確地定義或操作化？	哪些重要概念過於模糊或含糊不清？
哪些群體已經被徹底研究了？	哪些群體的研究不足或被忽視？
使用了哪些研究方法或學術方法？	哪些研究方法或學術方法未被使用？
	哪些理論尚未被考慮？

資料來源：Boote (2012, p. 36)

習題 7.13 ▶ 先前研究的正負層面

利用表 7.5 中所提的問題，辨識你正在閱讀的先前研究的正/負層面。

對先前的研究採取立場

在回顧和批判先前的研究時，你還需要展示你在與這些研究相關的立場或態度。論文作者通常透過使用評價性語言或後設論述來實現這一點。這是 Hyland（eg. 2000, 2004a, 2005a, 2005b；Hyland and Tse, 2004）詳細討論過的一個主題。後設論述是指「作者為了滿足其目標讀者的需求和期望而

使用的語言手段」(Hyland, 2004a, p. 134)，即他們對所閱讀內容的態度和承諾。
Hyland 列出了一組碩博士論文作者常常使用的語言策略來評論先前的研究，
並讓讀者參與到他們正在進行的論點中。這些策略概括如表 7.6 所示。

表 7.6　評論先前研究的語言策略

策略	功能	例子
模糊限制語 (Hedges)	保留作者對某個命題的全部承諾	Might/perhaps/possible/about
增強用語 (Boosters)	強調某個命題的力量或作者的確定性	In fact/definitely/it is clear that
態度標記 (Attitude markers)	表達作者對命題的態度	Unfortunately/ I agree/surprisingly
參與標記 (Engagement markers)	明確地指稱或建立與讀者的關係	Consider/note that/ you can see that
自我提及 (Self mentions)	明確提及作者	I/we/my/our

資料來源：Hyland (2004a, p. 139)

習題 7.14 ▶ 對先前研究進行評論

閱讀你所屬領域的一項研究，並找出更多模糊限制語、增強用語、態度
標記、參與標記和自我提及的例子。在進一步閱讀時列出這些例子。

改寫和摘要過去文獻

　　在回顧文獻時，你需要進一步發展的另一個重要策略是良好的改寫和
摘要寫作的技巧。有效的改寫對於學術寫作至關重要，其中一個原因是避
免抄襲的風險。Bailey (2003) 提出了三個學生可以使用的重要技巧。這些技
巧包括改變詞語、改變詞類和改變詞序。這些技巧在表 7.7 中總結如下。

表 7.7 改寫和摘要過去文獻的技巧

技巧	該技巧的例子	例句中的例子
改變詞語	studies > research society > civilisation mud > deposits	Sleep scientists have found that *traditional remedies* for insomnia, *such as* counting sheep, *are ineffective* > *Sleep researchers* have found that *established cures* for insomnia, *for instance* counting sheep, *do not work.*
改變詞類	Egypt (noun) > 　Egyptian (adjective) Mountainous regions (adjective + noun) > 　in the mountains (noun)	A third group was given *no special instructions* about going to sleep > A third group *was not specially instructed* about going to sleep
改變詞序	Ancient Egypt collapsed > 　the collapse of Egyptian society 　began	There are many practical applications to research into insomnia > Research into insomnia has many practical applications

資料來源：取自 Bailey (2003)

習題 7.15 ▶ 改寫

從閱讀中選取一小段文字，並使用改變詞語、改變詞類和改變詞序的技巧來進行改寫。

Swales 與 Feak (2012, p. 208) 提供了以下進一步的建議，用於撰寫其他人作品的摘要：

- 始終嘗試使用自己的詞語。
- 包含足夠的論述支持和細節，以便使你想傳達的訊息清晰。
- 不要嘗試改寫專業詞彙或技術術語。
- 確保過去文獻的摘要讀起來流暢；在摘要中從舊信息移動到新信息；在必要時使用過渡詞（如 thus, in addition 和 therefore）；並適度提供細節內容。你可不希望得到一系列不連貫的句子。
- 如果無法使用自己的詞語，則引用資料。

高品質文獻回顧的特性

Boote 與 Beile (2005) 根據對美國博士論文的大規模研究，討論了高品質文獻回顧的特點。他們將這些特點歸納為涵蓋範圍、綜合性、方法論、重要性和修辭等方面。依他們所言：

> 一個在這些標準上達到高標準的文獻回顧表明博士候選人對研究領域有透徹且深入的理解——這是進行重要且有用研究的先決條件。(p. 9)

他們的標準如表 7.8 所示。

表 7.8　博士文獻回顧的標準

類別	標準
涵蓋範圍	說明納入與排除文獻的合理性
綜合性	區分該領域已完成的研究與需要完成的研究 將主題或問題置於更廣泛的學術文獻中 將研究置於該領域的歷史背景中 掌握關鍵術語和概念，討論並解決定義的模糊性 闡明與主題相關的重要變數和現象 綜合文獻並獲得新的視角
方法論	整理出領域中所用過的主要方法論和研究技術，以及它們的優缺點 將該領域的思想和理論與研究方法連結起來
重要性	合理化研究問題的實際意義 合理化研究問題的學術意義
修辭	寫作有連貫、清楚的結構來支持文獻回顧

資料來源：取自 Boote 與 Beile (2005, p. 9)

結語

撰寫背景章節是碩博士論文寫作過程中的重要部分。在這裡，你可以「展示所知道的內容」以及你「對所讀內容的看法」。因此，你不僅需要了

解主題的文獻，還需要對其進行批判性評估。然而，批判性思維 (critical thinking) 的概念是一個特定於西方文化的觀念，儘管它通常在文獻中被視為普遍的標準。進一步來說，這一概念往往與一些第二語言學生的文化背景和過去的教育經歷直接衝突。例如，Angelova 與 Riazantseva (1999) 提到，一位俄羅斯學生表示在她的家鄉，批評權威人士是危險的，因為這會被視為顛覆行為，應該避免。他們的印尼學生也做出了類似的評論。Scott (1999) 指出，一位韓國學生將批判性思維的概念描述為一場持久的鬥爭。Jones (2001) 與 Canagarajah (2002) 等人則認為，第二語言學生與母語學生一樣具有批判性思維的能力，而且某些第二語言學習者被認為「被動且無法進行批判性思考」的刻板印象是有缺陷的 (Jones, 2001, p. 175)。我們同意這一觀點。問題不在於某人是否有能力批判性地評估他人的成果，而在於他們是否知道自己應該做什麼，以及如何去做。然而，重要的是，你必須學會改寫所評論的研究，而不是逐字複製它。現在許多大學在學生提交論文進行審查時使用像 *Turnitin* 這樣的抄襲檢測軟體，這肯定會檢測到任何被複製且未經適當重寫的文本。

當然，關於撰寫文獻回顧還有很多內容可以討論，不僅僅是我們在本章中涵蓋的部分。你可以參考一些書籍以獲得更多建議，例如 Feak 與 Swales (2009) 的 *Telling a Research Story: Writing a Literature Review*，以及 Ridley (2012) 的 *The Literature Review, A Step-by-Step Guide for Students*。在 Swales 與 Feak (2012) 的 *Academic Writing for Graduate Students* 書中，第 5 章內含了大量關於文獻回顧的實用建議。不過，我們要以 Ridley (2012) 的以下引文作結，該引用討論了文獻回顧的重要性：

> 你的研究只是一個很複雜的拼圖中的一小塊；它不是孤立存在。它依賴於之前他人的成果，你將為一個正在進行的故事或思辨做出貢獻。因此，你的讀者需要了解整個拼圖，而不僅僅是你特定部分的顏色和形狀。在文獻回顧裡，你將你的研究置於背景中；你是在描述一個更大的圖景，並為你的研究提供了背景、創造了空間或空缺。

(p. 6)

Chapter 8

Writing the methodology chapter

撰寫方法論章節

導言

　　本章討論了撰寫方法論章節或章節中的方法部分時需要考慮的問題，這些問題與英語作為第二語言的使用者特別相關。本章有時也被稱為「研究設計」章節。

　　儘管到目前為止我們所看到的所有論文幾乎都包含某種形式的緒論和文獻回顧，但方法論部分並不一定如此。雖然很難想像在沒有明確分析方法的情況下進行研究，但並非所有領域（特別是一些人文學科）都明確闡述其方法論取向。正如第 5 章所討論的，論文類型隨時間的演變意味著呈現研究的傳統格式，即「緒論 – 方法 – 結果 – 討論」，其中方法或方法論章節通常出現在緒論和/或文獻回顧之後，並且明顯可辨識，不再是強制性的，作者在布局和格式上有了更多的選擇，特別是關於質化研究（下面和第 5 章中將詳細討論）。事實上，對於以第二語言來寫碩博士論文的作者來說，質化研究可能會帶來特定的挑戰，本章將會考量其中一些挑戰，包括介紹研究人員在研究中的作用。

　　在本章中，我們展示了幾個方法論章節和部分的例子（見 BOX 8.1-8.5）以說明概念化研究方法的多樣性。對方法論和方法選擇影響最大的當然是學科和所採用的研究方式。這就是為什麼我們在整個章節中強調，當你尋找組織自己論文的範例時，參考你所屬領域中最新的論文是非常重要的。建議可以請你的指導教授幫忙從你所屬領域近期的論文中，找出一些他們認為組織良好的方法論/方法部分，這樣你就可以審視它們。它們可能會在

很多方面有所不同，但你會從這樣的練習中學到很多。

　　學生們往往不完全了解論文方法論部分的目的：它的主要作用之一是為讀者提供充分的資訊，以確保結果和發現的可信度與可靠性 (Smagorinsky, 2008; Cotos et al., 2017)。Thomson (https://patthomson.net/2014/08/14/the-audit-trail-a-too-common-omission-in-methods-chapters/) 解釋說，方法論章節需要提供查核追蹤 (audit trail) 來建立研究的可信度，以說服口試委員你有能力獨立進行研究。根據 Thomson 的說法，查核追蹤包括你實際生成的數據和你如何分析數據的資訊。為了「呈現你的工作過程」(Holliday, 2007, p. 42) 或提供明確的查核追蹤，需要明確地呈現、描述和討論數據收集和分析的方法，通常還需參考特定文獻來支持你的主張，亦即為什麼這些方法最適合你的研究。

　　了解與你的學科領域相關的方法論和方法之間的區別是很重要的，我們將在下面討論這個問題。不理解這一區別不僅會導致對你研究所採用的方法和框架描述不充分，還會導致你所選擇的方法缺乏論證和理由。本章還考慮了經驗豐富的博士論文口試委員所指出的常見問題，這些問題多數與對論文方法論扮演的角色和功能理解不足有關，並提出了在寫作中克服這些問題的方法。不過，本章並不是研究設計的指南，這方面有許多手冊可提供建議（例如，Punch, 2012; Creswell, 2014）。本章的焦點是撰寫方法論和方法章節。

　　此外，學生們須意識到，僅參考期刊文章來撰寫方法論章節可能是不夠的，因為當代科學研究文章中的方法部分往往「極為壓縮」，而在論文中則可能「更加從容和明確」(Swales, 2004, p. 86)。這表明需要花更多時間思考這一章節，並在你的論文中分配更多的篇幅。方法論章節的主要功能之一是使其他研究者能夠複製該研究；這可能解釋了研究論文中方法論部分比期刊文章更長的原因 (Swales, 2004)。

方法論章節的位置

　　論文中方法論章節的位置可能有所不同。在傳統的「簡單」論文中（參

見第 5 章），它通常是結果章節之前的一個單獨章節；而在「複雜」的傳統論文中，每個獨立的研究可能包含其各自的研究方法或方法章節，如 BOX 8.1 所示。

BOX 8.1 「複雜」傳統論文的目錄摘錄，顯示前三章：第 2 和第 3 章有其各自的方法章節

TABLE OF CONTENTS

Source: Inman (2018, pp. v–vii)

　　為進一步說明方法部分的組織選項，BOX 8.2 所包含的是著作彙編博士論文中的一章：所有三章都已發表或將提交發表。該章節的大綱看起來與 BOX 8.1 顯示的「複雜」傳統論文摘錄非常相似。值得注意的是，作者對章節副標題和次副標題使用了編號系統。編號系統可以幫助讀者遵循作者對方法節次的組織，也能協助作者組織自己的想法。為幫助你決定是否運用編號系統，請參閱自己所屬領域的最新論文，並跟指導教授討論他偏好的格式。

　　BOX 8.3 的章次摘錄出自「簡單」的傳統博士論文（參見第 5 章），該論文由四章組成：緒論、資料和方法、結果、結論 (Kennedy Neth, 2018)。根據所進行的研究類型，這可能是一個可以考慮的選擇，但它確實不如著作彙編論文或「複雜」的傳統論文那麼常見，特別是在科學和工程領域。

BOX 8.2　著作彙編論文的目錄摘錄

Source: Gilson (2018, pp. xi–xii)

BOX 8.3　「簡單」傳統論文的目錄摘錄

Source: Kennedy Neth (2018, p. vi)

　　BOX 8.4 包含了一篇博士論文目錄的摘錄，該論文透過對女拳擊手的看法研究，考察了女性參與運動的情況。其分析方法主要是質化研究，並且借鑑了女性主義的研究範式，但確實是有量化的組成，如 BOX 8.4 的摘錄所示。摘錄展示了第 3 章「方法」的大綱。該章節大綱不僅向讀者提供了不同數據收集方法的詳細資訊，還表明該章節將通過考慮本體論和認識論問題

來討論所採取的方法論方法。論文的整體章節結構是混合型、基於主題的：第 1 章是緒論，第 2 章是文獻回顧，第 3 章是方法（參見 BOX 8.4）。這些章節之後是三個以主題為基礎的章節和一個結論。

BOX 8.4 混合型、基於主題的論文目錄摘錄，顯示方法章節

Source: Aitken (2016, pp. vi–vii)

BOX 8.5 基於主題的博士論文目錄摘錄：緒論中包含方法論要件

Source: Jane (2012, p. 3)

在基於主題的論文中（這在社會科學和人文學科中更為常見），可能不會有一個單獨的標題為「方法論」的章節，或者該章節可能會有一個更具隱喻性的標題，甚至可能根本沒有方法論的部分。BOX 8.5 中包含了一篇媒體研究博士論文第一章的目錄大綱，其中的方法論部分被包含在緒論中。其餘章節（1-5）都是基於主題的。有趣的是，緒論和標題為結論的最後一章都不在編號系統之內。

習題 8.1　在你所屬領域中的論文找到方法論部分

檢查你所屬領域中三篇近期論文的目錄頁，並思考作者為何選擇該格式。考慮：

- 方法論章節或該部分的位置；
- 該章節或該部分的標題和副標題；
- 如果論文中沒有明顯的方法論部分，這可能是為什麼。
- 你可能會採用什麼格式進行研究，以及你這樣做的原因。

方法論 vs 方法

方法論 (Methodology) 指的是學生所採用的理論架構或框架，作為研究者所持的立場（例如，選擇量化還是質化架構），在文本中用以證明這些假設、理論框架和/或方法合理性所構建的論證，以及說明研究問題或假設的選擇理由。方法論解釋了為什麼選擇了正在討論的研究方法。這部分可能需要重述你的研究目標/問題，並向讀者解釋你選擇的研究方法如何幫助回答研究問題。圖 8.1 提供了一個區分方法論、方法和材料的「視覺化地圖」。

BOX 8.6 中的摘錄是取自論文在研究設計章節的開頭，作者首先概述了該章節，說明了研究設計如何結合量化和質化部分。他明確指出，該章節包含一個「方法論討論」，將分析前一章中涉及「概念化」的「實證困境」。換句話說，這章的一部分將在相當高的抽象層次上考慮理論問題（即方法論），儘管如作者所述，該章的大部分將集中在質化個案研究和量化數據（即方法）。

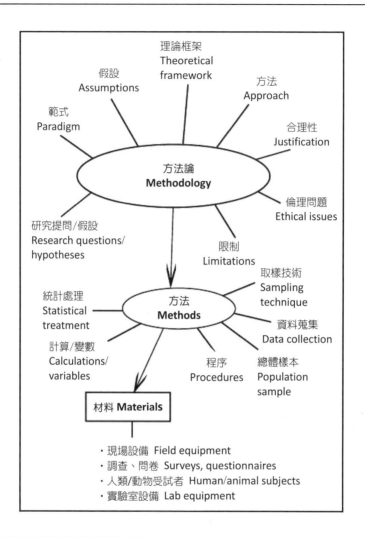

圖 8.1　方法論章節要件的視覺化地圖

在 BOX 8.6 中，我們在關鍵動詞下方劃了線，這些動詞說明了該章節將涵蓋的內容。該段落以簡單的描述開始，但很快轉向更高層次的活動，如提出更詳細的考慮 (present a more detailed consideration)、考慮 (consider) 再到論證 (argue)，強調在這一章中，作者正在為其研究設計和方法的選擇建立論證。

BOX 8.6 歷史學博士論文研究設計章節的開場段落摘錄
（ANDREWS, 1997, P. 64）

Chapter 3
RESEARCH DESIGN

留意章節標題

作者用了「I」

作者透過段落構
建論證，以證明
研究方法選擇的
合理性。

In this chapter, I *describe* the research strategy that I have used to study the impacts of the Mississippi civil rights movement. Building on the conceptualisation of movement outcomes presented in Chapter 2, I *present a more detailed consideration* of the empirical dilemmas for research on outcomes. This initial methodological discussion applies generally to studies of movement outcomes. In addition, I *consider* the Mississippi movement as a case study, in terms of its strengths and limitations. The majority of the chapter focusses on the two components of the research design: the qualitative case studies and the quantitative dataset of Mississippi counties. The analysis that flows from these two distinct research strategies is complementary. In fact, I *argue* that both are essential because each answers different types of questions about the relationship of movements to outcomes.

　　一些近期對方法部分的研究幫助我們思考方法論章節在碩博士論文中的作用和功能。儘管沒有研究專門針對論文的章節，但我們可以借鑑研究文章的模型，在遵循 CARS 模型（見第 6 章）之下，展示嚴謹性和可信性 (Demonstrating Rigour and Credibility, DRaC) (Cotos et al., 2017)。正如作者強調的，學科規範在確立何為嚴謹和可信的研究中起著關鍵作用。DRaC 有三個步驟（見下文），體現了方法論/方法章節的目的，主要是展示所選方法已被嚴謹地應用，從而為數據和分析的可信性提供論證：

步驟 1：透過提供參考以往研究和背景資訊來確定方法論方法。

步驟 2：透過提供研究的所有具體細節，以及進行方式來描述研究，包括「複製和完全理解研究如何得出新知識所需的關鍵資訊」。

步驟 3：建立可信度，旨在「說服讀者相信分析的品質，並聲明研究程序會得出有效和可信的結果。　　(Cotos et al., 2017, pp. 97–98)

　　方法指的是實際使用的研究工具和材料。選擇的方法論決定了方法的選擇以及哪些算作數據資料。例如訪談、參與觀察和話語分析是質化研究中常用的方法（參見例如 BOX 8.7），而在量化研究中，實驗室或其他實驗環境中使用的方法和材料可能是該領域常用的，但也可能是特定於該地點和正在進行的研究（參見例如 BOX 8.10）。作者需要討論為什麼選擇了某一特定方法而不是其他方法。作者應該參考該方法的文獻，並使用這些文獻來證明其選擇。論證應圍繞著所選研究方法的內在價值，即該方法不僅能使學生回答研究問題，還能解決諸如時間有限、這是一項初步研究、財務限制等問題。

BOX 8.7　質化博士論文的方法描述摘錄

Methods are the ways in which a researcher gathers, interacts with, and constructs data (Charmaz, 2006). In the approach for this study, methods are tools to help the researcher see the phenomenon being studied through the participants' perspectives. (…) For this research, primary methods for data collection included key informant and semi-structured interviews, focus group discussions (FGDs), health facility assessments, observation, field notes, and review of published and grey literature.

Source: Chynoweth (2015, pp. 38–39)

類似研究所用方法的回顧

　　一個好的方法論章節將回顧研究領域內其他研究（通常是開創性研究）所使用的方法，並就這些方法的優缺點進行評論。在 BOX 8.8 中，作者提供了三個主要理由來支持他對分析單位的選擇。最後一個理由是存在大量文獻，不僅為作者選擇的「分析單位」提供了支持，還能使作者將自己定位於一個傳統中，並使其結果能夠與「更廣泛的研究體系」進行比較。因此，我們可以清楚地看到，對所採用的方法之描述不應僅僅是一種描述，而應始終使其與作者欲達到的目標相關聯——也就是說服讀者這是一項嚴肅的學術研究，在使用可靠的分析方法的基礎上，既建基於傳統，又增添了新知識。

BOX 8.8 分析單位選擇的合理性摘錄

Unit of analysis

For the quantitative analysis and case studies I use counties as the unit of analysis. There are three major reasons for using counties rather than municipalities. *First*, the movement mobilised at the county level in Mississippi. There was often variation in the county in terms of which areas had greater levels of participation in the movement. Fortunately, the case studies allow me to examine this variation. Nevertheless, counties were a primary organisational unit because they were the most important political unit in Mississippi containing, for example, the County Board of Supervisors, the most significant political body in local Southern politics (see Black and Black 1987 and Krane and Shaffer 1992). This leads to a *second* reason for using counties as the unit of analysis – important outcomes can be measured at the county level. *Finally*, a

> 選擇該方法的理由。注意路標詞的使用：First, second, finally（斜體）。

> 參考先前研究作為進一步的論證，包括開創性研究。

large body of political research uses counties as the unit of analysis dating back (at least) to Matthews and Protho's classic study *Negroes and the New Southern Politics* (1966). Following in this tradition allows the results of this study to be compared to this broader body of research (see for example Alt 1994, 1995; Black and Black 1987; Colby 1986: Davis 1987: James 1988: Roscigno and Tomaskovic-Devey 1994: Salamon and Van Evera 1973: Stewart and Sheffield 1987: Timpone 1995 on electoral politics: Conlon and Kimenyi 1991 on schools: and Colby 1985 on poverty programs).

> 預期研究結果

Source: Andrews (1997, pp. 72–73)

習題 8.2 ▶ 方法部分

1　考慮與圖 8.1 視覺地圖相關聯的方法論章節之整體角色和功能。使用地圖結構生成自己的方法論章節及其關鍵組成部分的思維導圖。

2　查看你所屬領域中幾篇近期論文的研究方法章節：
- 是否有對方法論、理論框架或研究設計的選擇進行論證？
- 包括了哪些「視覺地圖」中的元素？
- 這些元素是如何排序的，是否提供了選擇它們的理由？
- 這個章節內容對讀者友善嗎？
- 作者是否討論了研究的局限性或在研究過程中遇到的問題？

研究如何進行以及資料數據如何獲取

　　此外，方法論章節應解釋研究是如何進行的以及資料、數據是如何獲取的——特定方法是如何使用的。這部分需要詳細描述研究過程和程序，並解釋這樣做的原因。作者應考慮所選方法對資料的影響程度。例如，在質化研究中，作者需要描述：

- 他們如何獲得資訊提供者或抽取樣本
- 訪談的地點/環境
- 訪談涵蓋的主題
- 試點測試、所做的調整及其原因
- 他們如何克服遇到的障礙

了解資料、數據的收集方式有助於讀者評估結果的有效性、可靠性以及從中得出的結論。研究的可重複性也是一個重要的考慮因素，這也是對方法和程序進行詳細描述的另一個原因。在 BOX 8.9 中，作者清楚地列出了他的四個資料來源，然後依次描述每個來源，同時強調每個來源的優缺點。

BOX 8.9　描述和評估資料來源

Data

The research for this study was derived from four major sources: (1) archival collections of participants, civil rights organisations, and government agencies, (2) informant interviews, (3) newspapers, and (4) reports and documentation of various organisations and agencies such as the United States Commission on Civil Rights. Let me describe each, in turn, highlighting the limitations and strengths of each.

> 解釋研究資料的來源。

> 參考不同方法的優缺點。

Archival Collections

By far, the most valuable source of data for this study was the archival collections that document mobilisation at the local level. The major collections consulted for this study are listed in Appendix B. Nevertheless, one limitation of the archival

> 作者開始評估資料來源。

collections is the almost exclusive documentation of major civil rights organisations (e.g., CORE and SNCC) and the early 1960s: this limitation is reflected in the historical scholarship.　　　　Source: Andrews（1997, pp. 88–89）

　　在對電腦科學碩士專案報告的研究中，Harwood (2005) 發現學生不僅討論所使用的程序，還討論了本可以使用但未使用的程序，以及嘗試過但失敗的程序。Swales 與 Feak (2000) 也注意到了論文的這一特點，這使得論文與發表的期刊文章有所區別，期刊文章中研究者可能不會提及「研究過程中不可避免的死胡同和錯誤起點」(Harwood, 2005, p. 254)。特別是在博士論文中，作者可能試圖提醒其他研究者注意潛在的問題，並為自己辯護，以避免他人對於作者沒有考慮所有可用的選項之批評。

　　在 BOX 8.10 中，來自海洋生物學論文的「材料與方法」部分，作者為我們提供了研究環境及魚類標記計畫中所使用之材料和方法的詳細描述。提供的資訊將使研究能夠在不同的背景下被複製或調整，換句話說，可供該領域的其他人使用 (Swales, 2004)。

BOX 8.10 海洋生物學博士論文的材料與方法部分的摘錄，描述研究環境以及所使用的方法和材料

2.2 Materials and Methods
2.2.1 *ERWDA cooperative tagging program*

詳細描述程序和材料，以便於重複研究。

研究地點和背景資訊。

使用客觀性的語言。研究者未被明確提及。

A cooperative tagging program was developed through the Environmental Research and Wildlife Development Agency (ERWDA) in Abu Dhabi to administer the deployment of conventional tags on sailfish in the southern Gulf. Recreational fishermen and charter fishing captains volunteered to tag and release sailfish to advance scientific knowledge and promote conservation of the species. Captures were accomplished using standard sportfishing techniques including trolling with lures, as well as dead and live baits. Both circle and "J" hooks were used, however circle hooks were nearly always used when live baiting. Tagging activities took place during private fishing excursions and fishing tournaments using FloyTM (Seattle, Washington) model FIM-96 small size billfish tags. Each tag consists of an 11 cm length of yellow coloured polyolefin tubing with a unique serial number, return address and telephone number and notice of reward printed along the tag. A medical grade nylon dart is affixed to the tag with a short length of monofilament line. Data cards having corresponding serial numbers along with information fields for date of release, latitude, longitude, weight, lower jaw – fork length, angler and captain address details and remarks were distributed with each tag (Figure 2-1). Tags were infixed approximately 4 cm into the epaxial muscle with a standard stainless steel applicator tipped tagging pole.

使用視覺圖像來說明所使用的材料。

Tagging was normally conducted while the sailfish were in the water, but in some instances when measurements were required the animal would be lifted onboard the vessel. Standard practice included removing the hook prior to release and using revival procedures (towing fish slowly behind the vessel), when necessary.

Billfisg tagging report Tag No: E03406

Figure 2-1 Billfish tagging data card (not to scale).

Source: Hoolihan (2005, pp. 17–18)

資料數據是如何處理的

在進入結果或發現的討論之前，還需要描述研究過程中獲得的資料是如何分析的。這部分的篇幅可能會根據具體研究領域所需的解釋量而有所不同。所需解釋的程度反映了該領域內的一致性或共同理解的程度；社會科學的方法章節通常比自然科學的篇幅更長，這表明在方法實踐方面的一致性較低 (Brett, 1994)。例如，在自然科學中，像「柏瑞圖曲線」(Pareto curves) 或「多變量分析」(multivariate analysis) 等統計處理方法可能不需要詳細說明，因為它們是該特定領域中公認的方法之一（見 BOX 8.11 中的例子）。為了專注於所涉及的資料處理，用語通常是客觀性的，動詞則使用被動語態（見 BOX 8.12）。這部分還應討論分析中遇到的任何問題或局限性。

BOX 8.11　海洋生物學博士資料的處理方式說明

2.2.3 Modelling analyses

詳細描述資料處理過程。請注意，Brownie 等人的模型類別未詳細描述，只是簡單提及。

所使用分析類型的合理性。

The "Brownie *et al.* Recoveries" model class in program MARK (White and Burnham, 1999) was used to estimate probabilities of sailfish survival (S) and tag-recovery rates (f) from the harvest of previously tagged fish. Survival rates are useful in that they often have the greatest impact on population growth rates; although in terrestrial species recruitment is the bigger force. The required input file for program MARK was constructed from individual encounter histories using a binary code of 1 or 0 to designate whether or not an animal was encountered on a particular occasion (Figure 2-2).

	Encounter history
Survives	10
Killed – recovered and reported	11
	10
Killed not recovered or reported	

Tagged and released

Figure 2-2. History coding for dead recoveries (redrawn from White and Burnham, 1999).

Source: Hoolihan (2005, pp. 20–21)

BOX 8.12　海洋生物學博士論文在資料分析部分運用客觀性語言

Tagging data *were placed* on a SQL server and accessed through a proprietary software program that included forms for issuing, deployment and recapture of tags. In addition to basic search facilities, specific report writing functions were available to monitor levels of angler/captain participation and the temporal and spatial aspects of sailfish movements. The tagging data *were analysed* to determine recapture rates, days at liberty, distance travelled (linear displacement), spatial pattern of recaptures and estimates of probability for survival and recovery. During the period of 19 November 1998 to 7 April 2004 a total of 2053 ERWDA tags *were deployed* on Gulf sailfish by 45 captains and 841 anglers participating in the program.

資料處理方式的描述。注意被動語態和客觀性風格的使用。數據由誰分析並不重要。以斜體顯示的動詞為被動語態的非個人化動詞。

Source: Hoolihan (2005, p. 19)

倫理課題

學生了解他們所在大學的倫理研究要求是至關重要的。如我們在第 2 章所述，一些國際學生在澳洲攻讀博士學位時，首次遇到倫理審查要求，這強調了學生必須熟悉新院校的期望。知情同意、匿名性、確保資訊提供者不受傷害以及權力關係問題是需要考慮的關鍵問題。無論你在哪裡進行研究，你所在大學的倫理要求都適用。

在撰寫方法論章節時，你需要解釋你已獲得大學的機構審查委員會 (Institutional Review Board, IRB) 或倫理委員會 (Ethics Committee) 的核准來進行研究。如果你進行訪談，應在附錄中附上知情同意書和訪談問題。BOX 8.13 包含對難民背景學生的質化研究「方法論與研究設計」章節之摘錄，其中作者詳細說明了她的研究是在符合倫理規範之下進行。

BOX 8.13 方法論與研究設計章節摘錄

4.6.2 Ethical considerations

Yet another crucial consideration for classroom-based researchers is that of maintaining ethical research practices. In this regard, I had to undergo a thorough university ethics' approval process, which included the submission of drafts of participant consent forms, interview protocols and methodological procedures. My ethics approval took eight months to complete due to the stringent nature of my university's recently formulated guidelines regarding participants from refugee backgrounds. These guidelines highlighted the specific linguistic and social needs of refugee participants, emphasising their vulnerability to mental distress and anxiety. For example, my participant consent forms had to include a section in which I undertook not to cause undue anxiety or stress to participants (see Appendix L). In addition, I had to provide the contact details of counselling services to which I could refer the participants should they have experienced any distress as a result of our interaction. Furthermore, I had to undertake to provide oral translations of the participant consent forms for all learner interview participants. This I effected with the assistance of the L1 interpreters. Only once participants had had the consent forms read to them in their L1 and thoroughly explained to them, were they asked to sign the forms. ... Although I found the ethics approval process time-consuming and sometimes tedious and stressful, I felt that it was a useful exercise in reinforcing my observation of key ethical principles throughout the study, including confidentiality and fair and accurate reporting of the findings.   Source: Ollerhead (2013, p. 72)

質化研究的特有挑戰

　　有證據表明，第二語言學生可能會避免進行和撰寫質化研究，因為他們認為這涉及語言上的挑戰。Belcher 與 Hirvela (2005, p. 188) 提到，他們觀察到同儕和學校老師都會建議第二語言生不要「走質化的路」。在對香港學者為發表論文而面臨問題的研究中，Flowerdew (1999, p. 257) 提到了幾位受訪者的看法，認為非英語母語者更適合撰寫科學和工程領域中的量化研究文章，因為這些文章使用的語言「相當簡單明瞭」。藝術和人文學科中常見的質化研究論文被認為需要更高階的語言技能，且缺乏固定格式。正如 Miles 與 Huberman 所指出的：

> 質化分析可能是最豐富的領域之一：沒有固定格式，資料分析和解釋的方法越來越多樣化。作為質性資料分析人員，我們對於如何呈現研究幾乎沒有共識。我們是否應該就此達成規範性共識？可能現在不需要，或者，有些人會說，永遠不需要。
>
> (Miles & Huberman, 1994, p. 299)

　　選擇相對「安全」的量化研究的論文作者很可能會成為量化研究論文的撰寫者，因而減少了他們本來可以帶給國際上獨特跨文化視角的可能性 (Flowerdew, 1999)。那些選擇更具挑戰性的質化研究的第二語言研究者，可能需要特別有說服力和表達能力，因為他們需要應對例如複雜的理論框架、方法論，以及非常質化領域論文的新穎呈現格式，如新的人文學科（見第 5 章）。正如 Richardson (2000) 所論，在質化研究中，寫作成為研究過程的組成部分。儘管如此，Belcher 與 Hirvela (2005) 表明，透過給予動機、鼓勵和支持，第二語言使用者仍可以成功應對撰寫質化論文的挑戰。然而，他們指出，質化研究過程對作者和語言使用者提出了特別高的要求 (Belcher & Hirvela, 2005, p. 189)，不僅在進行實地工作、訪談、觀察、反思和資料分析方面，還因為質化研究的體裁定義不明確且「模糊」。因此，正如 Turner (2003) 所建議，學生應意識到挑戰公認的論文寫作形式可能存在風險，且成功的

論文無論涉及何種方法論或方法，都應始終圍繞一個有說服力且易於理解的論點來構建。

Belcher 與 Hirvela (2005) 採訪的兩位第二語言學生設計了有用的策略，以幫助他們應對質化研究缺乏可預測格式的問題。其中一位學生 Chantsvang 與正在撰寫質化論文的朋友組建了支持小組：「我發現自己淹沒在資料數據中……我討論了我遇到的問題，他們也討論了他們的問題，我們往往會交換意見」(p. 199)。另一位學生 Liang，則發現大量閱讀自己領域中的質化研究文章有助於她撰寫資料：「我真的仔細閱讀了英語教學培訓 (TESOL) 學者如何進行話語分析」(p. 199)。

研究者的表述（特別是質化研究）

學術寫作通常被視為去個人化的。教科書會告訴學生，為了使科學寫作保持客觀性，應該使用非個人化的語言和被動語態，從而在文本中移除或減少研究者的存在。然而，在質化研究中，研究者的角色被根本性地重新考量，因為他或她不再需要是「客觀」且疏離的研究者。對於學生作者來說，撰寫質化研究在這方面可能是具有挑戰性的，因為他們需要弄清楚如何在書面文本中「呈現」他們在研究中的角色。論文作者必須說服他們的口試委員，使其相信他們理解質化研究者的角色 (Rudestam & Newton, 2015)。在 BOX 8.14 中的博士論文方法論章節的簡短摘錄中，顯示了作者對於需要明確討論其在研究中的複雜角色及其可能影響研究結果的認知。她使用了一個標題為「研究者的角色」的部分來介紹這一主題。這被稱為反身性 (reflexivity)，現代質化研究的作者提供反身性的證據是重要的（見 BOX 8.4 中的章節大綱，其中一個子標題是反身性）。

我們發現最常被問到的問題之一是論文作者是否可以使用「第一人稱單數」（即使用 I 或有時使用 me，如 BOX 8.14 的摘錄所示）。最快的回答通常是「要看情況」，雖然這個回答大體上準確，但當然不完全令人滿意。我們在課堂上通常給學生的回答是，學科和/或所選方法的慣例會影響研究者在書面文本中如何呈現自己的選擇（見第 3 章關於語態和第一人稱使

用的討論）。快速查看你所屬領域內的最新期刊文章可以了解主流作法，但請記住，在碩博士論文中，作者仍然是寫給口試委員看的學生，而在期刊文章中，則是以同行的身分為其他研究人員而寫，因此這可能會影響你選擇的代詞。最重要的是，我們鼓勵你查看最近出版的論文，了解作者如何「談論」他或她在研究中的角色——作者在論文中「存在」的程度如何？然後思考你希望如何在論文中「呈現」自己。

BOX 8.14 博士研究中討論研究者角色的摘錄

4.7 The role of the researcher

As qualitative and ethnographic research relies on such relationships of trust between researchers and participants, it was important for me to reflect upon my role as a researcher and to position myself in relation to the participants. The key aspects of identity that determined my positioning were my dual citizenship of South Africa and Australia as well as my status as PhD student and as a teacher of English for over 15 years. Depending on the category of participant (head teacher, teacher or learner), these different facets of identity either served to position me as an "insider" or "outsider".

> 作者使用第一人稱 me 和 I 來為自己在研究中定位。

(…)

Throughout the research process, however, I was very conscious of the complex power relations that each interview and classroom observation presented. These elements of power affected my decisions regarding which classrooms to observe, or specific linguistic groups to interview, the nature and type of questions asked, the classrooms selected and even the physical location and timing of the interviews. A deeper level of power was also presented in my status as an educated, native English speaker. Furthermore, the introduction of interpreters into the interviewing context brought further power variables, including gender, socioeconomic and cultural factors. These variables will be discussed in greater depth in Chapter 6.

> 作者對自己在研究中的角色及其可能對研究結果的影響方面展示了反身性。

Source: Ollerhead (2013, pp. 74–75)

保留研究日記/日誌

雖然在實驗室環境中日誌本是標準配置，但研究日誌在質化研究領域則較少見。如果你從事質化研究，我們鼓勵你定期記錄你做了什麼、為什麼這樣做以及對研究過程的任何反思。寫日誌不僅有助於定期寫作，根據研究本身的性質，日誌內容還可能構成論文的資料。

結語

撰寫論文的方法或方法論部分通常被認為是「相對簡單和直接的」(Swales, 2004，p. 224)；如我們所示，低估方法論部分的角色和功能，以及不了解方法論和方法的區別，可能會導致對你的研究方法缺乏充分的動機。特別是，與較短的期刊文章相比，較長的碩博士論文可能需要更詳細的方法論部分，這又可能必須靠多份草稿，你才會慢慢理解到需要提供的論理和論證，而不僅僅是列出所遵循的程序和所使用的材料。

非常有經驗的學術寫作者 Peter Smagorinsky (2008) 告訴我們，論文或期刊文章的「方法/方法論」部分對於整個論證的發展是非常關鍵的，所以他總是在非常早期就撰寫它，因為在撰寫時需要考慮的內容會影響所有其他部分的組織和概念化。正如 Smagorinsky 所說，「方法部分對於讀者對研究主張的信任感至關重要」(p. 408)。因此，論文的結果和發現章節需要與方法具體連結起來並遵循這些方法。

希望在撰寫方法論章節方面獲得更多幫助的學生還可以參考 *Academic Phrasebank* 的「描述方法」(Describing Methods) 部分，網址為：www.phrasebank.manchester.ac.uk/describing-methods/，在那裡可以找到用於談論研究寫作中的方法和方法論的語言示例。

習題 8.3 ▶ 口試委員對碩博士論文方法論章節的反饋

　　以下摘自1996年由Mike King教授在查爾斯史都華大學 (Charles Sturt University) 擔任研究生院院長時所做的一次演講，在演講中他列出了論文口試委員對方法論章節的常見批評。我們建議：

- 在檢視你所在領域的其他論文的方法論部分或章節時使用這些要點
- 當方法論部分的最終草稿寫好後，根據這些要點審視你自己的論文

口試委員對於方法論一般會怎麼說 (King, 1996)
- 方法論與研究的理論框架和視角不一致
- 在研究問題方面，對選擇方法論的理由不足
- 將方法論置於整體研究設計的邏輯中，從而展示其適當性
- 未能將方法論與方法論文獻充分連結起來
- 對於回答研究問題所需資料的產生方式並不適當
- 未能了解所用方法的限制和參數（普遍性和可重複性等）
- 抽樣方法的適當性
- 對方法論方法和框架的描述不充分
- 對所使用工具的描述不充分
- 對新工具或技術的開發和測試描述不充分
- 統計處理不適當且不充分

Chapter 9

Writing the results chapter

撰寫結果章節

導言

　　本章介紹了論文結果章節或結果部分的常見組成部分。它還指出論文中結果/發現位置的差異，這些差異可能歸因於所使用的研究架構不同。本章強調了可能對第二語言寫作者構成挑戰的問題，並提供了兩篇博士論文包含註釋的摘錄，以說明所討論的組織和語言特徵。

架構結果/發現部分

　　一般來說，論文結構從這一部分開始，存在的可變性比我們之前所審視過的章節都要來得大。學生必須選擇如何結構化和組織他們的數據，呈現研究的結果或發現，並開始提出他們希望做出的知識主張。在很大程度上，你所從事的學科和你的研究方式選擇（無論是量化還是質化）將影響你做出的決定，例如是否選擇單獨的章節標題「結果」或「發現」，或者有一系列的討論章節，這些章節整合了發現和對發現的討論，沒有明確的通用標題。在傳統的「複雜」論文和著作彙編論文中（這兩類論文的例子參見第 5 章），每一章都會報告一個獨立的研究，因此在特定章節內討論相關結果，通常使用明確的章節標題。在質化研究中，單獨的結果/發現部分不太可能明顯可見。描述性的章節或標題很常見，並且根據使用的分析類型，組織通常是主題性的。學生面臨的挑戰通常在於如何組織結構，重要的是，學生要了解他們可用的選項，並尋求指導教授關於適當結構的建議。學生

還應通過查看最近提交的碩博士論文來檢查其特定研究領域的常見做法。再一次值得注意的是，已發表的期刊文章可能無法提供足夠的範例；期刊文章較短的字數限制不允許像論文那樣進行擴展的結果展示和討論。

習題 9.1 ▶ 結果部分

從學校、系所或是你所在大學或其他地方的線上資料庫中，閱讀你所屬領域最近的兩到三篇論文之結果部分。確定一個你認為最適合你的研究的組織模式，並為章節制定一個標題列表。

結果部分的目的

無論在章、節方面如何組織，每一篇論文都將包含結果/發現的呈現和討論。正如 Thompson (1993) 所發現的那樣，規範性的學習指南可能會誤導學生，因為它們將結果部分呈現為純粹的「客觀」描述，而沒有承認這些部分不可避免地包含論證和評估。重要的是，必須理解成功的結果部分從來不是簡單的呈現或報告，而是要透過選擇和排序數據資料，以引導讀者達到研究者希望他們達到的理解。因此，作者必須闡明數據的重要性，強調重要的趨勢和比較，並不斷向讀者表明他或她在數據中的引導方向。隨著論證的建立，將圖表與文本連接起來並選擇應該凸顯哪些數據變得非常重要。

結果章節中的典型語步

在論文的結果部分，作者通常會使用語言來達成表9.1中概述的修辭（說服）目的。在 Move 1 中，所提供的資訊既是後設論述的（見第 5 章）——指的是論文或章節本身的整體結構——又是準備性的，因為它為隨後的結果呈現奠定了基礎。指向表格、圖形和圖表位置的句子也構成了 Move 1 的一部分，因為它們評論了文本的其他部分。Move 2 包括結果的實際報告和

所採用程序的描述。然後 Move 3 開始對結果進行評論或解釋。這些語步或階段通常按照 1-3 的順序發生，但可能會在呈現結果時循環多次，特別是呈現結果（Move 2）和評論結果（Move 3）。Move 2 幾乎總是以某種形式存在，而 Move 1 和 Move 3 則不太可預測。Move 3 有時可能位於單獨的「結果討論」部分。

表 9.1　論文在報告結果部分的典型要素

語步（Move）	修辭目的（Rhetorical Purpose）
1　呈現後設論述資訊	提供準備資訊：預告、連結、提供背景資訊、回顧方法論 指向表格、圖形和圖表的位置
2　呈現結果	呈現結果（發現） 呈現程序 重申假設或研究問題 說明數據並強調讀者應注意的數據 提供證據（如統計數據、例子） 經常以視覺形式呈現資訊（如圖表、表格、圖形、照片）
3　評論結果	開始詮釋結果並提出主張 尋找意義與重要性；或可點出對該領域的貢獻 與過往研究進行比較（通常是為了證明方法或程序的合理性） 可評論結果的優勢、限制或普遍性

根據 Brett (1994), Posteguillo (1999), Thompson (1993), Yang & Allison (2003)

Move 1——呈現後設論述資訊

　　學生需要使用 Move 1 作為組織和指示的工具，幫助讀者/口試委員在更廣泛的研究背景下定位結果。在 BOX 9.1 的摘錄中，作者廣泛使用了 Move 1，將第 6 章定位在整個論文中，既回顧了方法論章節，又展望了進一步的討論章節。該章節具有主題性標題，連字號後出現 THE FINDINGS 一詞。作者提醒讀者她的混合方法（調查和訪談）及她的研究問題（Move 2 的要素），這反過來又需要一個較長的 Move 1。

BOX 9.1 以社會科學博士論文的摘錄說明 Move 1

CHAPTER SIX: PERSPECTIVES FROM THE MARGINS – THE FINDINGS

6.0 Introduction

Chapter Five identified the methodologies that were selected to empirically investigate the research propositions. This chapter reports on the outcomes of the data-gathering phase. The data collected and information are analysed in relation to the overarching research question posed in this thesis:

> 主題性標題和使用通用術語 findings。

> 後設論述指明結構並回顧前一章。

> What impact have the discourses and organisation of sports had on women from culturally and linguistically diverse backgrounds in Australia?

Inherent in this question is the assumption that male experiences are different from female experiences and that women from culturally and linguistically diverse backgrounds have different experiences than those from Anglo-Australian backgrounds. The notion of 'difference' recognises that there is more than one valid

> 主要研究問題重新表述。

> 回顧理論框架。

form of representing human experience and through investigations of behaviours, activities, experiences, perspective, insights and priorities a better understanding of these differences can be achieved (Ross-Smith, 1999). This notion is explored in the subsidiary question:

> What are the sports experiences and perceptions of women from culturally and linguistically diverse backgrounds; and are these perceptions and experiences different from those of other women?

Survey research and interviews were utilised to investigate these questions. The surveys were designed to address the subsidiary question, that is, to ascertain if females from diverse cultural and linguistic backgrounds had different sporting participation patterns from females of English speaking backgrounds. The central question was qualitative in nature therefore interviews were used to address its concerns. The empirical

> 重新表述另外的研究問題。

> 回顧方法論以介紹結果。提醒讀者所用的是混合方法。

research component of this thesis encompassed four distinct phases that were detailed in the preceding methodology chapter. This chapter outlines the findings of the broad level investigations into women, ethnicity and sports.

Source: Taylor (2000, pp. 173–174)

BOX 9.2 以工程學博士論文的摘錄說明 Move 1

Chapter 5

AQUITARD HYDROGEOLOGY

In this chapter, the hydrogeological importance of aquitards *is considered* by examining geological controls on vertical leakage, such as permeability of the aquitard matrix and spatial heterogeneity within the aquitard-aquifer system.

| 基於主題的章節標題。 |

| 注意作者使用被動語態來創造無人稱的語氣。被動語態中的動詞以斜體顯示。 |

5.1 Results

The various units *identified* in this chapter *are referred* to as upper, middle and lower silt units (based upon grain size analysis) and as numbered aquifer units. The specific location of these units within the Shepparton or Calivil Formations is considered after the detailed analysis data *are presented*.

| 術語定義。提供章節大綱。 |

Source: Timms (2001, p. 100)

同樣地,在 BOX 9.2 中的科學論文摘錄中,儘管更簡短一些,該論文具有傳統的複雜組織結構,作者在章節開頭對該章節進行了預覽。Results 是該章節的第一個主要小標題。我們已經用斜體字突顯了被動語態的使用。

Move 2──呈現結果

此步驟包含在所有的結果/發現章節中。在 BOX 9.3 和 9.4 中,作者使用被動語態和過去時態來描述數據收集程序,這些部分均以斜體字表示。被動語態的使用非常普遍,其效果是將注意力集中在執行的過程和程序上,而不是執行動作的人。在這兩個例子中,不同學科的作者都使用了表格來直觀展示數據。這些表格不僅作為收集數據的證據,也使作者能夠突出讀者需要關注的資訊。作者必須在文本中引用表格、圖形和任何其他視覺材料,並描述其內容,如 BOX 9.3 和 9.4 中的註釋摘錄所示。確保表格和圖形在整個論文中按順序編號是至關重要的──例如,Figure 5.1,Table 5.2 等等──其中第一個數字表示章節,第二個數字表示具體的圖形或表格。表格和圖形必須有自我解釋 (self-explanatory) 的標題,並定義表格或圖形中使

用的任何縮寫和符號。表格中的所有列必須有標題和單位說明。所有圖形應清楚地標注。對於更詳細的量化研究結果展示資訊，學生可以參考 Rudestam 與 Newton (2007, Chapter 6)。

BOX 9.3 以社會科學論文在混合方法上的摘錄

說明 **Move 2**——呈現結果

6.2 Schoolgirl Questionnaire Survey

The following data relate to the questionnaire survey that *was completed* by girls from schools located in the three collection regions. The survey *was designed* to collect data for the subsidiary question and to provide the researcher with data on issues and questions that *could be* further *explored* in the interviews. Some 1150 questionnaires *were distributed* and 972 were returned completed, the response rate was 84.5 per cent. Respondent characteristics, sports participation patterns and preferences *are presented* in the following results sections.

注意使用標題和編號。

開始描述主要發現。凸顯讀者需要關注的關鍵數據。

動詞以被動語態和過去式呈現，以斜體字表示。

6.2.1 Schoolgirl Respondent Demographics

Of the 972 questionnaire respondents 90.4 per cent (880) were born in Australia and 9.6 per cent (92) overseas. However, a sizeable proportion, 48.3 per cent, had a mother born overseas and 63.7 per cent had a father born overseas. The details on the girls' countries of birth *are presented* in Table 6.1 *and the parental countries of birth are outlined* below in Table 6.2.

描述調查設計和分發程序。

在文本中描述表格。

數據在表格中的視覺呈現。

Table 6.1 Non-Australian born distribution: schoolgirl survey

Country of birth	Number	Percent
Lebanon	12	14.2
Vietnam	6	6.3
China/Hong Kong/Asian	3	3.2
Italy	2	2.2
Greece	1	1.1
Other English speaking country	30	32.3
Other NESB country	38	40.9
Total	92	100.0

Source: Taylor (2000, p. 176)

BOX 9.4 摘錄自工程學博士論文的結果章節，

說明使用 **Move 2**——呈現結果

5.1.4 Physical description

(…)

結果陳述——使
用被動語態和過
去式。

Distinctive clay mineralogy *was observed* for each of the aquitards. The clay fraction of the deep aquitard was *comprised of* 66% kaolinite, and the middle and shallow units *were dominated* by kaolinite-illite and illite suites, respectively. The highest proportion of smectite found was 38% at a depth of 52.7 m within the middle silt unit. However, the proportion of smectite clay increased towards the surface of the upper silt unit.

數據（證據）以
表格的形式直觀
呈現。

Table 5.2: Bulk mineralogy of the indurated clayey sand at Tubbo (see Timms & Acworth 2002b, for mineralogy of clayey silt units)

Depth (m)	Qtz	Flds	Ant	Gyp	Clc	Pyr	Gth	Mgn	Hmt	Mordenite	Siderite
31	M	M	-	-	-	-	-	-	?T	?T	?T
31	M	M	-	-	-	?T	-	-	?T	-	-

D = dominant (>60%), A = abundant (60-40%), M = moderate (40-20%),
　S = small (20-5%), T = traces (<5%)
Qtz = quartz, Flds = feldspar, Ant = anatase, Gyp = gypsum, Clc = calcite,
　Pyr = pyrite, Gth = goethite, Mgn = magnetite, Hmt = haematite

In contrast to the upper and middle silt units, the indurated clayey sand *was dominated* by kaolinitic clay (Table 5.3), and contained traces of haematite, mordinite and siderite (Table 5.2).

強調數據以引起讀
者的注意。

Total subsurface salt storage contained within clayey silt (35 m total thickness) was about 11.8 kg/m^2 . Of this salt store, the upper silt unit accounted for 86%, or the equivalent to 102 tonnes/ha of salts within 15 m of the ground surface, if salt laden silt *was distributed* homogeneously over this distance.

Source: Timms (2001, pp. 106–108)

Move 3 的語言──提出主張與規避 (hedging)

在 Move 3 中，作者開始解釋他或她的結果，並提出關於其意義和重要性的主張（見表 9.1）。作者還可能與先前的研究進行比較，以證明所採用的方法或程序的合理性，並可能對其結果的優勢、限制或普遍性進行評論。論文作者用來評論其結果意義的語言會以學科認為適當的方式進行規避（進一步的學術寫作中使用規避的例子，見第 7 章和第 10 章）。規避使得作者能夠「建議」解釋、對其數據進行詮釋以及得出初步結論。Hyland (1996，p. 253) 指出，對於第二語言使用者來說，規避是「出了名的難題」，因為它涉及使用複雜的語言資源來說服讀者其研究的有效性和可靠性，同時又要精確、謹慎和適度謙虛。從本質上講，作者使用規避與保守的語氣來緩和他們的主張，預見和/或反駁任何可能對其方法和數據詮釋的挑戰（關於作者通常如何規避他們的主張的例子，見圖 9.1）。*Academic Phrasebank* 在 Being cautious 之連結中有許多學術作品使用規避語氣的例子 (www.phrasebank.manchester.ac.uk/using-cautious-language/)。

在 BOXES 9.5 和 9.6 的例子中，我們要特別留意作者在 Move 3 中使用規避來評論其發現，因為他們引導讀者接受他們在社會科學和工程論文中提出的結果詮釋。允許作者規避其主張的詞語和表達方式在這兩個框中以斜體字顯示。還應注意的是，作者在 Move 3 的評論部分改用了現在式。

Weaker	◄————————►	*Stronger*
Might result in	May result in	Will result in
It is possible that	It is very likely/probable that	It is certain that
Would seem to have	Seem to have	Have
May have contributed to	Contributed to	Caused
Suggests	Indicates	Shows

圖 9.1　提出主張：規避的一些例子

BOX 9.5 摘錄自一篇混合方法博士論文的
研究結果章節，用以說明 **Move 3**

In comparing the survey figures to 1996 census data
on each local government area the sample can be seen
to reflect community patterns of migration. In the 1996
Census data reports for Blacktown the proportion of
Australian born persons was 67 per cent and those born
overseas are mainly from the UK (5%), the Philippines
(3%), Malta (2%), the former Yugoslavian Republics
(2%), and Italy (2%). These figures were mirrored in the
school survey when the first and second generation
respondents were combined: Australian born 60 per cent,
UK (8%), Philippines (3%), Malta (3%), the former
Yugoslavian Republics (2.5%) and Italy (9%). (…)

> 評論步驟。與先前研究（1996 Census「人口普查」）的比較。陳述數據資料。

> 評論步驟證明所用方法和作者的解釋是合理的。

> 程序描述。

> 突出數據以引起讀者注意。

Given the above comparisons *it is a reasonable assumption*
that the schoolgirl survey was broadly representative of
the community where each school was located.

> 與先前研究的比較。

6.2.2 Sports Participation and Experiences

The schoolgirl participants were asked to respond to a series of questions about
their current sporting involvement, attitudes to, and experiences of, sports. For the
purposes of the survey data interpretation two categories of schoolgirls from
non-English speaking backgrounds were identified; the first grouped data set are
girls born overseas in a non-English speaking country
(NESCI) n=92, the second are girls with at least one
parent born overseas in a non-English speaking
country (NESC2) n=335 and the third category (ESC)
n = 545 represents all other girls.

> 評論步驟。解釋結果。使用規避語氣來緩和主張。

Some 83 per cent of NESCI, 85 per cent of NESC2 and 85 per cent of ESC
girls answered that they had participated in sports during the two weeks previous
to the study. This data *implies* a much higher rate of sports participation than has

> 最後一句沒有使用規避語氣。

been found in previous research, which has suggested that
an estimated 40 per cent of girls are actively participating in
sports by the time they reach 15 years of age (Fitzpatrick
and Brimage, 1998). The high participation rate in this
research *is more than likely* linked to the fact that the majority of respondents
completed the questionnaire when in a physical education class and therefore had
just participated in a sporting activity. The responses *should be viewed* within this
context. Therefore no conclusions are drawn from these rates of sporting
participation in the school environment.

Source: Taylor (2000, pp. 177–178)

BOX 9.6 摘錄自一篇工程學博士論文的結果章節，
說明 **Move 3** 中的規避語氣

5.1.6 Falling head permeameter testing of core samples

作者的主張使用了規避語氣。

基於先前的研究來支持主張。

討論作者對結果的解釋時使用規避語氣。表現出謹慎，不過度陳述她的主張。

(…) Swelling of 0.5 cm for instance, would be expected to increase the porosity from 0.42 to 0.52, an increase of 20%. Given the log-normal relationship between hydraulic conductivity and porosity, *it is probable that* such a change in porosity would increase permeability by about an order of magnitude (Neuzil 1994).

It should also be noted that swelling *may also have occurred* prior to testing due to lower effective stress as the cores were extracted from the ground and during subsequent storage at atmospheric pressure. Without detailed laboratory and field measurements of core parameters *it is not possible to* quantify this artefact.

Chemical reaction between the clay and the permeant *may also cause* varied Kv during tests, and between repeated tests. For example, flushing with sodic water *may cause* dispersion of the clay and decreased permeability. *This appears to be the case* for the clayey sand which *generally showed* decreased Kv both during and between repeated tests. This *may be attributed* to cation exchange of sodium which changes soil structure.

Source: Timms (2001, pp. 109–110)

編號系統

　　使用標題、副標題和編號系統在論文中變得越來越普遍，甚至成為被接受的做法。本章中註解的兩篇論文都使用了編號標題系統來組織資訊。學生可能沒有意識到，採用這樣的系統在幫助組織大量文本方面是多麼有用。這一點由文書處理軟體的功能所促成，使作者可以從一開始就設置帶有其選擇樣式的標題和副標題格式的模板。然後這些標題輕易就能生成目錄表。根據我們的經驗，我們建議學生在寫作時不要使用超過三級的標題。換句話說，如果像 BOX 9.3 中那樣使用編號系統，6.2 是副標題（第 2 級），6.2.1 是次副標題（第 3 級）。使用編號系統還可以方便地在論文中進行交叉引用；與其回指具體頁碼，不如簡單地指出節標題（例如，「如 3.2.2 中所指

出的」）。我們發現，鼓勵學生使用標題和副標題是一種寶貴的工具，幫助他們在文本中組織資訊、發展論證的邏輯並編輯其文本。

習題 9.2 ▶ 呈現結果

詳讀你所選論文中的一個結果章節，並檢查：

- 研究結果是如何呈現的
- 表 9.1 所示的三個 Move 是否出現
- 它們出現的順序
- Move 的重複程度
- 每個 Move 的目的
- 作者是否對其結果提出主張以及描述它們
- 作者在 Move 3 中使用規避語氣的程度

結語

本章重點介紹了結果/發現章節或部分的組織模式、這些部分的主要目的以及在章節不同階段常見的一些語言特徵。對於以多種語言為母語的英語使用者來說，理解這一點很重要，主要目的不僅僅是呈現結果，此部分的修辭目的同樣重要。

Chapter 10

Writing discussions and conclusions
撰寫討論與結論

導言

　　本章首先要探討討論章節的典型組織方式，並提供一個架構，幫助你思考和撰寫碩博士論文的這一部分。學生在撰寫論文的這部分時經常遇到困難。例如，他們常常不清楚討論的功能。此外，學生還有一個寫作上的傾向，即更重視自己的解釋，而不是使用其他學術研究來提出或支持自己的主張。也就是說，學生往往沒有意識到在討論中需要展示其研究結果與已發表文獻中相似研究結果和相關論點之間的關係。進一步來說，學生往往會誇大其主張，部分原因可能是他們無法在寫作中進行「規避 (hedge)」（見下文中的提出主張和規避）。或者他們可能提出沒有證據支持的主張，即缺乏數據支持。另一個問題是學生傾向於將結果和討論部分混為一談，並且經常不確定討論部分應包含哪些內容以及應如何組織 (Basturkmen & Bitchener, 2005；Bitchener & Basturkmen, 2006)。

討論章節的內容

　　在「討論」這個章節中，除了呈現數據資料，你應該將研究結果與現有理論及研究相結合。一個好的討論章節通常包含：

1　研究的重要發現概述
2　在現有研究的背景下考慮這些發現（特別注意你的研究如何重複或未能

重複現有研究，並延伸或說明這些研究的發現）

3 研究對當前理論的影響（純應用的研究除外）

4 對未能支持或僅部分支持假設的發現進行仔細檢視

5 可能影響結果有效性或普遍性的研究限制

6 未來研究的建議

7 該研究對專業實務或應用環境的影響（選擇性）

(Rudestam & Newton, 2015, pp. 229－230)

撰寫討論章節的策略

Evans 等 (2014) 建議了撰寫討論章節的策略。首先，他們建議你把所有在開始研究時不知道但現在知道的事情寫下來，每個項目寫一個句子。接著將這些句子進行某種分組，並且為每組句子命名，這些將構成討論章節各部分標題的基礎。最後，每組句子內的句子也應被賦予標題，這些將構成本章節每個部分的子標題。所有這些都可以用來為撰寫討論章節提供一個初步架構。

習題 10.1 ▶ 討論章節的架構

按照上面概述的步驟撰寫你的討論章節架構。即：

- 寫下所有你現在知道但在開始研究時不知道的事情，每項用一個句子表達
- 將這些句子分組
- 為每組句子寫一個標題
- 為每組中的每個句子寫一個子標題
- 使用這些內容作為規劃討論章節的架構

討論章節的典型組織方式

　　研究顯示，討論部分通常有多種組織方式。討論章節通常與緒論部分形成一種「反向」形式。也就是說，在緒論中，主要關注的是該主題的先前研究，而你的研究在此階段處於次要位置。但在討論章節中，你的研究是主要關注點，先前的研究則是次要關注點。在這裡，先前的研究用於印證、比較或對比 (Swales, 2004)。BOX 10.1 顯示了討論章節的典型結構。

BOX 10.1 討論章節的典型結構

引言（本章概述）
研究摘要（包括主要結果）
結果討論
實務影響
未來研究的建議
總結（本章總結）

Source: Based on Lunenburg and Irby (2008)

　　討論章節中通常涵蓋的幾個要點如下：

研究最初目標的提醒 (A reminder of the original aim/s of the study)

主要結果的摘要 (A summary of key results)

以資料中的例子來闡述結果 (Examples from the data which illustrate the results)

結果與先前研究的比較 (Comparison of the results to previous research)

結果的解釋 (Explanation of the results)

結果的評析 (Evaluation of the results)

意外結果的解釋 (Explanation of unexpected results)

結果引申的一般主張 (General claims arising from the results)

提及研究中使用的方法 (Reference to the methodology employed in the study)

提及支撐研究的理論 (Reference to the theory underpinning the study)

研究的重要性 (Significance of the study)

研究的局限性 (Limitations of the study)

未來研究的建議 (Recommendations for further research)

對實務的影響 (Implications for practice)

（取自 Swales & Feak, 2012; Bitchener, 2010）

表 10.1 顯示了作者如何參考這些要點的示例。

表 10.1　討論章節中的要點示例

要點	例子
研究最初目標的提醒	The aim of the study was to examine....
主要結果的摘要	The key findings of the study are....
	The results demonstrate that....
以資料中的例子來闡述結果	The following example illustrates....
與先前研究的比較	This finding is similar to....
	The findings of the study support...'s claim that....
	This finding is different from... in that....
	The findings of the study do not support...'s claim that....
結果的解釋	One reason for these results may be that....
	One possible explanation for these results is....
	Perhaps the most likely explanation is....
結果的評析	These results are important because....
	Even though the study was limited in a number of ways, it was valuable in that it....
意外結果的解釋	These results could be due to....
結果引申的主張	Overall, the results suggest that....
	The results of the study do not seem to support the view that...
提及研究方法	A... approach was used in this study in order to....
提及理論	The theoretical framework employed in the study was....
	The use of this theory enabled....
研究的重要性	The study is important in that it....

要點	例子
研究的局限性	A key limitation of the study is....
	There are, of course, a number of limitations to the study. For example, ...
	There are also limitations in terms of the analysis that was carried out of the data.
未來研究的建議	Further research on this topic could....
對實務的影響	The results of the study have implications for practice. These are....

　　然而，要注意的是，上述要點並不是按照固定順序出現。哪個要點先出現，哪個要點後出現取決於研究本身。此外，討論部分通常會多次經歷一系列階段。討論部分還會因學科而異，因此對你來說，了解你研究領域實際的情況是很重要的。

習題 10.2 ▶ 討論章節的結構

查看你所屬研究領域內一篇碩博士論文的討論章節，列出其中涵蓋的要點。它與上面列出的要點有多接近？

在討論章節中提出主張和使用規避語氣

　　正如在回顧和批判先前研究時（見第 7 章）需要展示自己在先前知識中的立場一樣，你也需要展示自己在研究結果中的立場。也就是說，你需要對自己的研究結果以及其他研究者針對你的主題所做的研究表明立場(stance) 和參與度 (engagement) (Hyland, 2005b)。

　　Hyland 將立場描述為作者如何展示自己並傳達他們對自己和他人研究的判斷、意見和承諾的方式。作者可能會「介入，將個人權威標記在自己的論點上，或者退後並掩飾自己的參與」(Hyland, 2005b, p. 176)。

　　參與度是作者用來承認和認識讀者存在的策略，「將讀者帶入論點，集中他們的注意力，承認他們的不確定性，將他們作為話語參與者，並引導他們進行解釋」(Hyland, 2005b, p. 176)。

學術作者進行這些操作的主要方式及其示例見表 10.2。

表 10.2　學術寫作中的立場和參與策略

策略	例子
立場	
規避語氣 (Hedges)	*Our results suggest* that rapid freeze and thaw rates during artificial experiments in the laboratory *may* cause artificial formation of embolism.
增強語氣 (Boosters)	With a few interesting exceptions, we *obviously* do not see a static image as moving. This seems *highly* dubious.
態度標記 (Attitude markers)	The first clue of this emerged when we noticed a *quite extraordinary* result.
自我提及 (Self mentions)	This experience contains ideas derived from reading *I* have done.
參與度	
讀者代詞 (Reader pronouns)	Although *we* lack knowledge about a definitive biological function for ...
個人旁白 (Personal asides)	And – *as I believe many TESOL professional will readily acknowledge* – critical thinking has now begun to make its mark
訴諸共同知識 (Appeals to shared knowledge)	Of course, *we know* that the indigenous communities of today have been reorganised by the catholic church...
指導性語句 (Directives)	*It is important to note* that these results do indeed warrant the view that ...
提問 (Questions)	*Is it, in fact, necessary to choose between nature and nurture?*

資料來源：取自 Hyland (2005b)

習題 10.3 ▶ 立場和參與度

查看自己研究領域內一篇碩博士論文的討論部分，找到 Hyland 所描述的立場和參與策略的例子，即表達立場的規避語氣、強調語氣、態度標記和自我提及，以及表達參與度的讀者代詞、個人旁白、訴諸共同知識、指導性語句和提問的例子。這些策略中哪些在你的研究領域中更常見？

習題 10.4 ▶ 提出主張

查看以下來自碩士論文討論部分的摘錄，看看作者是如何提出主張的。這些主張在多大程度上，以及如何被規避？

This would seem to suggest that knowledge of another European language did not prevent first language features from being carried over into English. If students did not transfer punctuation and stylistic features from French into English, there seems to be no grounds for assuming that they transferred discourse patterns from French. There appears to be a strong probability that the students' use of English discourse patterns reflects the fact that Arabic discourse patterns do not differ radically from English ones, at least in so far as expository texts are concerned. Written discourse may differ in the style of presentation between the two cultures, but the style merely reflects superficial syntactic differences, not contrasting methods of overall discourse structure.

(Cooley & Lewkowicz, 2003, p. 84)

撰寫結論

　　本章的這個部分為結論章節的結構提供了一個常見架構。本節討論結論章節中典型的呈現方式以及結論部分的目的。

結論的特點

　　結論部分是對你的研究工作進行總結。Evans 等 (2014, p. 123) 提供了以下關於結論的建議：

- 結論是討論章節所論證的內容。
- 你可以將整個研究的結論寫在名為「討論和結論」的章節最後一部分。但通常最好有一個單獨的「結論」章節。
- 如果它們各形成一個單獨的章節，那麼在討論章節中不應有結論，而且你應該在討論中告知讀者這一點。

關於結論的規則：

* 你應該僅從討論章節中得出結論。
* 在結論章節中不應有進一步的討論。
* 結論應回應第一章中提出的目標。
* 總結不是結論。
* 結論應該簡明扼要。
* 結論可以用來簡要探討你發現的影響。

他們指出，研究結果的總結與結論不同。總結是陳述你在研究中發現了什麼；結論則是陳述你所發現的內容之重要性。通常，結論章節只有幾頁長，而討論章節應該更長且更全面，包含對先前研究的詳細闡述和引用。

結論的典型形式

Thompson (2005, pp. 317–318) 為結論章節列出了以下常見組成部分：

* 對目標和研究問題的介紹性重述；
* 鞏固當前的研究（例如，發現、限制）；
* 實際應用/意涵；
* 對未來研究的建議。

依他所言：

論文是一篇長篇文本，目標和問題的重新陳述對讀者來說是必要的提醒，讓讀者在閱讀幾個章節後再次了解研究的起點。結論章節也是對整個研究項目的評價。這個評價在策略上是重要的，因為目標讀者也在評估這個項目，以確定作者是否值得被「授予學位」。因此，在結論章節中，作者的任務是指出自己所取得的成就，並通過指出研究的局限性來預防批評。

　　Bunton（2005）對博士論文結論章節的結構進行研究，發現了兩種主要類型的結論。他將這些結論描述為「論文導向」(thesis-oriented)和「領域導向」(field-oriented)。論文導向的結論「主要關注論文本身，以重申研究目的開始，並總結研究結果和結論」(Bunton, 2005, p. 214–215)，而領域導向的結論「主要關注研究領域，僅在整個領域的背景下提及論文及其發現或貢獻」(Bunton, 2005, p. 215)。他發現這些不同的導向影響了結論章節的組織結構。表 10.3 總結了論文導向的結論之典型結構和內容。

表 10.3　論文導向的結論的典型結構

部分	內容
引言陳述	重新陳述所研究的問題、所進行的分析、研究目的、研究問題或假設
研究空間的鞏固	方法的總結和評價、結果/發現的總結和主張
建議和影響	未來研究、實際應用、研究的限制

　　Bunton 發現，以領域為導向的結論往往與以論文為導向的結論有著完全不同的結構。它們通常採用「問題/解決方案/評估」的模式撰寫，有些甚至以論證的形式撰寫。雖然這種類型的結論比論文導向的結論少見，但它們表明結論有不止一種寫作方式。結論也因研究領域不同而有所變化。例如，人文和社會科學領域的結論往往更長，包含更多的部分，而科學和技術領域的結論則較短。因此，你需要查看你所在研究領域以往的論文，看看哪種模式更常見。

習題 10.5 ▶ 結論的結構

查看在你的研究領域內撰寫之論文和論文的結論章節，並確定此部分文本的組織結構。列出結論章節中所涵蓋的內容與架構。

結論的語言

　　Hewings (1993) 討論了結論中的典型語言特徵。他特別描述了作者如何報告、評論和推測其發現。他發現，作者在這樣做時通常會提及三件事中的一件：現實世界、其他研究以及碩博士論文本身的方法論或發現。表 10.4 提供了這些內容的示例。

表 10.4　在結論部分的報告、評論和建議

	報告	評論	建議
現實世界	The Malaysian government has set up a number of institutions.	Previous rounds of trade liberalisation and the GSP scheme left the tariff escalation pattern virtually intact.	... there is a great need for an export insurance credit system to be implemented in Turkey.
先前研究	Recent studies suggest that the greatest scope for increasing country exports of the products under study may lie in trade between developing countries.	There are no examples in the data, but they might exist as, for example, evaluative comments on other work.	Further research in this field would be of great help in the future strategic planning of British strategies.
研究過程	The congestion costs were then measured for Britain ...	The scarcity of published research which is based on empirical bases about British marketing in PRC has forced the author to use a lot of publications from Hong Kong and America.	There are no examples in the data. Suggestions might, however, be made on, for example, the procedures that should have been followed in hindsight, given the results obtained.
研究結果	Hire purchase was found to be the most popular and important method of financing fixed assets.	The information collected from the survey seems to suggest that small concerns rely more on ...	There are no examples in the data. It is not in fact clear how this category would be distinct from Suggest-Literature.

資料來源：取自 Hewings (1993)

習題 10.6 ▶ 報告、評論和建議

查看在你的研究領域內撰寫之碩博士論文的結論部分，並找到報告、
評論和建議的示例。它們與表 10.4 中顯示的示例有何相似或不同之處？

結語

　　碩博士論文的討論和結論部分並不總是容易提供指導方針，因為這些
部分在不同學科中存在很大的差異。因此，對你來說，查看過往論文中的
例子，看看作者在你的研究領域中通常是如何處理這些部分是特別重要的。
然而，無論具體規範如何，作者在文本的這一部分都會退一步，從整體上
審視他們的發現和研究，不僅說明研究做了什麼，還要說明「它的意義」。
這個「意義」是好的討論部分以及相應的結論部分需要解決的關鍵點。一
篇好的論文應該告訴讀者你所做的事情以及為什麼這些事情很重要。

Chapter 11

Writing the abstract and acknowledgements sections

撰寫摘要和致謝部分

導言

　　你需要做的最後幾件事之一是撰寫摘要和致謝。摘要是一個重要的部分，因為它是口試委員首先會看的內容之一，也是你的論文中被複製到論文資料庫中的部分。致謝同樣是你論文中的重要部分，它不僅表達了對在研究過程中幫助過你的人的感謝，還能揭示你在學科領域的歸屬和人脈網絡。本章提供了如何構建碩博士論文的摘要和致謝的建議，其中包含摘要和致謝的範例供你分析。

摘要的重要性

　　Cooley 與 Lewkowicz (2003, p. 112) 對摘要提出了以下建議：

　　〔摘要〕是在研究完成後撰寫的，因為這時作者已經完全了解正文的內容。摘要是對論文的概述，告知讀者在論文中可以找到什麼內容及其順序，起到論文整體指示的作用。雖然它是論文中最後撰寫的部分，但通常是讀者首先會看的內容之一。

摘要的典型結構

摘要通常旨在提供對研究的概述，並回答以下問題：

* 這項研究的整體目的是什麼？
* 這項研究的具體目標是什麼？
* 為什麼要進行這項研究？
* 這項研究是如何進行的？
* 這項研究揭示了什麼？

摘要的結構可以分為若干個步驟或階段，包括：

引言 (Introduction)
* 提供研究的背景
* 說明研究的動機
* 解釋研究重點的重要性/核心性
* 指出過往研究的闕漏或研究傳統的延續

目的 (Purpose)
* 確定研究的目標或意圖，問題或假設
* 發展研究的目標或意圖，問題或假設

方法 (Method)
* 確定/論證整體方法和方法論
* 確定關鍵的研究設計
* 確定資料數據來源和參數
* 確定資料數據分析過程

成果 (Product)
* 呈現主要目標、問題的主要發現/結果
* 呈現次要目標、問題的主要發現/結果

結論 (Conclusion)
* 提出研究結果的意義/重要性，考慮對理論、研究和實務的貢獻
* 提出實踐應用和未來研究的影響　　　　　　(Bitchener, 2010, pp. 11–12)

然而，這些階段並不一定會按照這個順序出現，也不一定是單獨分開的階段。這些階段通常是碩博士論文摘要中涵蓋的內容（參見 BOX 11.1 對範例論文摘要的分析）。

BOX 11.1 博士論文摘要分析

Newspaper commentaries on terrorism: a contrastive genre study
Abstract

Introduction
This thesis is a contrastive genre study which explores newspaper commentaries on terrorism in Chinese and Australian newspapers. The study examines the textual patterning of the Australian and Chinese commentaries, interpersonal and intertextual features of the texts as well as considers possible contextual factors which contribute to the formation of the newspaper commentaries in the two different languages and cultures.

Method
For its framework for analysis, the study draws on systemic functional linguistics, English for specific purposes and rhetorical genre studies, critical discourse analysis, and discussions of the role of the mass media in the two different cultures.

Product
The study reveals that Chinese writers often use explanatory rather than argumentative expositions in their newspaper commentaries. They seem to distance themselves from outside sources and seldom indicate endorsement to these sources. Australian writers, on the other hand, predominantly use argumentative expositions to argue their points of view. They integrate and manipulate outside sources in various ways to establish and provide support for the views they express. These textual and intertextual practices are closely related to contextual factors, especially the roles of the media and opinion discourse in contemporary China and Australia.

Purpose
The study, thus, aims to provide both a textual and contextual view of the genre under investigation in these two languages and cultures.

Conclusion
In doing so, it aims to establish a framework for intercultural rhetoric research which moves beyond the text into the context of production and interpretation of the text as a way of exploring reasons for linguistic and rhetorical choices made in the two sets of texts.

Source: Wang (2006, p. iv)

習題 11.1 ▶ 分析摘要

閱讀以下摘要並辨別這些階段：

- 引言
- 目的
- 方法
- 成果
- 結論

The blog as genre and performance: an analysis of Chinese A-list personal blogs

Abstract

This study investigates Chinese personal blogs from the perspectives of genre and performance. It is based on an analysis of three A-list Chinese personal blogs selected from the top blog service providers in China between 2003 and 2006. The study employs a discourse-analytical framework to explore representations of genre and performance in the blogs in terms of content, form, and voice. It then discusses its findings with reference to the Chinese sociocultural context and the Chinese blogosphere. The study found that the blogs were diverse in how they constructed meanings and in their textual practices. They constantly transported and remixed other texts. They were also influenced by Chinese culture-specific rhetorical patterns. As a genre still in the process of development, the blogs did not, however, change as fluidly as might have been expected but were, rather, constrained by various institutional and technical factors. Gender was found to be a critical aspect of the performances in the blogs which had become a space and medium for enacting gender and gendered performances. These performances revolved around gendered social norms, even though the performances were diverse and heterogeneous. Through the convergence of genre and performance in the blogs, multiple forms of capital were drawn on to evoke associations with social norms of different types and in different layers. The study proposes that Chinese personal blogs have blurred divisions between the virtual and the real, between the social and the personal, between the self and others, and between the trivial and the critical.

Source: Liu (2010, p. v)

Stories within stories: a narrative study of six international PhD researchers' experiences of doctoral learning in Australia

Abstract

This study explores the lived experiences of six international doctoral researchers over the course of two years of their candidature in an Australian university. In particular, it examines the participants' perspectives on the nature and quality of their learning, their opportunities to participate in the practices of their academic communities and the quality of the support they received.

National surveys of doctoral candidates have confirmed a dramatic increase in the number of international students enrolling in doctoral programmes in Australia in the last ten years and identified trends in enrolment patterns and candidate characteristics (Pearson, Cumming, Evans, Macauley & Ryland, 2011; Pearson, Evans & Macauley, 2008). This study seeks to complement the findings of such large-scale surveys by providing a detailed account of six international PhD researchers' perspectives on their learning and socialisation experiences. The research employs a longitudinal narrative inquiry approach drawing on multiple interviews with each participant over a two-year period. The study draws on social practice theory (Lave & Wenger, 1991), activity theory (Engeström, 1999), theories of academic literacies development (Lea & Street, 2006) and notions of scholarly identity construction (Baker & Lattuca, 2010) for its analytical framework.

The project's outcomes are presented in the form of a thesis by publication comprising three journal articles and two book chapters framed by traditional thesis chapters. The study highlights the complexity and particularity (Cumming, 2007) of the doctoral experience. Differences were revealed in participants' readiness for doctoral study, the learning, research and teaching opportunities they were afforded, the quality of support provided and the extent to which events occurring outside the PhD impacted on their lives. Recommendations for improving doctoral supervision and socialisation practices are provided.

Source: Cotterall (2011, p. xv)

習題 11.2 ▶ 撰寫摘要

利用你對上述三個文本的分析作為框架來撰寫你自己的摘要。

摘要的語言

Cooley 與 Lewkowicz (2003) 討論過摘要中使用動詞時態的問題。他們指出，學生可以有兩種看待摘要的方式：作為碩博士論文的摘要，或者作為研究的摘要。前者通常使用現在簡單式 (This thesis examines…)。後者通常

使用過去簡單式（The study revealed that…）和現在完成式（Previous research has shown that…）。表 11.1 是這些不同時態用法的總結，並附有來自前述摘要的示例。

表 11.1　碩博士論文的摘要所使用的動詞時態

現在簡單式	This study *explores* the lived experiences of six international doctoral researchers over the course of two years of their candidature in an Australian university.
過去簡單式	The study *found* that the blogs were diverse in the ways they constructed meanings and in their textual practices.
現在完成式	Chinese personal blogs *have blurred* divisions between the virtual and the real, between the social and the personal, between the self and others, and between the trivial and the critical.

習題 11.3 ▶ 摘要的語言

整理出上述摘要中所使用的現在簡單式、過去簡單式和現在完成式用法。每個摘要主要採取哪種取向？是論文的摘要還是研究的摘要？接下來，檢查你自己所寫的摘要中的動詞時態，確保它符合 Cooley 與 Lewkowicz (2003) 所描述的其中一種取向。

撰寫致謝部分

Hyland (2004b) 詳細研究了碩博士論文中的致謝部分。他的研究顯示，這些文本不僅有典型的組織方式，還展示了學生如何利用這些文本來顯示他們的學科歸屬和網絡，同時感謝在他們學術事業中提供幫助的人們。Hyland (2004b, p. 323) 指出，這些短小而看似簡單的文本「橋接了個人與公共、社會與專業以及學術與道德之間的關係」。透過這些文本，學生在表達感激之情的同時，平衡了恩情與責任，同時讓讀者「一窺寫作者在個人與

學術關係上所交織的網絡」。以下是 Hyland 研究中的一位學生在他們的學位
論文致謝部分中表達感激之情的示例。

> The writing of an MA thesis is not an easy task. During the time of writing I
> received support and help from many people. In particular, I am profoundly
> indebted to my supervisor, Dr James Fung, who was very generous with his time
> and knowledge and assisted me in each step to complete the thesis. I am grateful
> to The School of Humanities and Social Sciences of HKUST whose research
> travel grant made the field work possible. Many thanks also to those who helped
> arrange the field work for me. And finally, but not least, thanks go to my whole
> family who have been an important and indispensable source of spiritual support.
> However, I am the only person responsible for errors in the thesis.
>
> (Hyland, 2004b, p. 309)

在這段致謝部分中，學生在感謝他人支持的同時，展示了學科歸屬和
忠誠。致謝部分遵循了適當的學術價值觀，包括謙遜 (ex. The writing of an
MA thesis is not an easy task)、感激 (ex. I am profoundly indebted to, I am
grateful to、Many thanks to) 和自我批評 (ex. I am the only person responsible
for errors in the thesis)。因此，這些文本在碩博士論文寫作過程中發揮了重要
的社會和人際作用。

Hyland 指出，致謝部分通常有三個階段：反思階段，對作者的研究經
歷進行內省性評價；感謝階段，感謝個人和機構；宣告階段，對任何缺陷
或錯誤承擔責任，並將論文獻給某個人或某些人。表 11.2 展示了每個階段
的例子。然而，這些文本中只有感謝階段是必須的，儘管通常還會有其他
階段。

表 11.2　致謝部分的各階段示例

反思階段	The most rewarding achievement in my life, as I approach middle age, is the completion of my doctoral dissertation.
感謝階段	
介紹參與人員	I would like to take this opportunity to express my immense gratitude to all those persons who have given their invaluable support and assistance.

感謝學術協助、專業協助、觀念、分析、反饋等	In particular, I am profoundly indebted to my supervisor, Dr James Fung, who was very generous with his time and knowledge and assisted me in each step to complete the thesis.
感謝資源、資料管道和文書事務、技術與財務支持等	The research for this thesis was financially supported by a postgraduate studentship from the University of Hong Kong, The Hong Kong and China Gas Company Postgraduate Scholarship, Epson Foundation Scholarship, two University of Hong Kong CRCG grants and an RCG grant.
感謝道德支持、友誼、鼓勵、同理、耐心等等	I include those who helped including my supervisor, friends, and colleagues. It is also appropriate to thank for spiritual support, so I'd also include my friends in church and family members.

宣告階段

接受錯誤或疏漏的責任	Notwithstanding all of the above support for this project, any errors and/or omissions are solely my own.
將論文獻給某個人或某些人	I love my family. This thesis is dedicated to them.

資料來源：取自 Hyland (2004b)

習題 11.4 ▶ 分析範例致謝部分

分析下列致謝部分的結構，並整理出作者對於在論文上幫過忙的人表達感恩的方式。

Acknowledgements

　　This thesis would have been impossible without the support, suggestions, and help of many people who are gratefully acknowledged here.

I owe my greatest gratitude to my principal supervisor… for his excellent supervision, unfailing support, and encouragement throughout my research process. I have been extremely fortunate to have him as my principal supervisor. He has been consistently clear, thorough, and supportive. He was always there and provided me with constructive and prompt feedback on my writing. Without his unwavering support, the completion of this thesis would have been impossible.

I would also like to express my deep gratitude to my associate supervisor, … for giving thorough feedback on my writing and helping me get connected with some of the universities for the interview data collection.

Special thanks are due to… for their constructive comments and expert advice on my research design and early drafts.

My gratitude also goes to… for their suggestions, encouragement, practical advice, and help with analytical software.

I would like to extend my deep thanks to the infield professionals in the participating universities who offered generous help and support in the interview data collection process. They generously shared their experience and understandings with me and made me feel very welcome during the interview data collection.

Special thanks also go to the participating universities who have been very supportive of my research and have graciously granted permission for the use of the webpages collected in this research project.

I give my special thanks to… for her careful and professional editing of my thesis. Needless to say, all remaining errors and shortcomings remain my responsibility alone.

I also gratefully acknowledge the financial support provided by the University through a… Scholarship, a… Fellowship, and a… Fellowship.

Last but not least, I would like to express my gratitude to my husband, my family and friends that have been a constant source of love, understanding, support and strength. They made this journey joyful and memorable.

Source: Tu (2016, p. iii)

習題 11.5 ▶ 撰寫致謝

使用上述兩篇文章的分析作為撰寫致謝部分的架構。

結語

　　摘要和致謝部分雖然短，卻是你論文中重要的部分。它們引導讀者了解你所做的工作以及你在各種學術和社會網絡中的位置。這些看似簡單的文字必須與你論文的其他部分獲得同樣多的關注。和目錄一樣，摘要和致謝部分通常是你最後撰寫的內容，但卻是口試委員首先閱讀的內容之一。要記住，第一印象在口試過程中是持久的，清晰且寫得好的摘要和致謝部分有助於給人留下良好的第一印象。

Chapter 12

Publishing from a thesis or dissertation

發表碩博士論文

發表研究成果對研究生來說越來越重要。隨著全球學術職位競爭日益激烈，越來越多的遴聘委員會除了看重博士學位外，還關注研究和出版的成就 (Ferris, 2019; Kafka, 2018)。當然，對於那些需要在同儕審查期刊上發表作品作為畢業要求的學生來說，發表也是至關重要的。在某些情況下，學術發表也是獲得獎學金以及研究經費的必要條件。正如 Badenhorst 與 Xu (2016) 所指出的，研究生經常被告知「他們的學術前途取決於同儕審查的發表作品」(p. 1)。無論是剛開始學術生涯的學生，還是日後尋求終身教職或升等的學者，這一點都是真實的。確實，如約翰霍普金斯大學出版社的編輯主任 Britton (2017, p. 45) 所言，「如今，很少有學者在沒有發表紀錄的情況下能在其職業生涯中走得很遠。」。

然而，將學位論文轉化為出版物並不是一個簡單的過程，通常需要對論文內容進行大幅度的重寫。這通常涉及重新設定上下文、重新框架、重新排序、刪減、濃縮，甚至是重組你提交的博士論文文本 (Kwan, 2010)。這並不像直接從你的論文中取出一章提交給學術期刊那麼簡單。文章需要是獨立的，能夠被更廣泛的讀者閱讀和感興趣，而不僅僅是論文的讀者。通常也不能在不修訂和重新框架的情況下，將論文作為書籍出版。將論文改編為出版物「需要謹慎地選擇和重寫，並且面對一個困難的任務，即找出論文中最重要的要點，並按重要性排序。」(Nonmore, 2011, pp. 85–86)。

策略性地發表作品也很重要 (Macauley & Green, 2007)。也就是說，你需要考慮誰會閱讀你的作品，你會在哪裡發表，以及你的作品需要多長的時

間才能發表，以便這些發表能幫助你獲得或保留學術職位。你還希望作品發表能顯示出你的研究軌跡。換句話說，你的發表清單應該顯示出你的作品發表量呈上升趨勢，並且在你完成博士學位後仍會繼續發展。

發表期刊文章

許多博士生的目標是將他們的論文研究轉化為研究文章，作為傳播他們研究成果的第一步。然而，將論文改編為文章的過程不僅僅是剪貼的問題。你必須避免所謂的「切香腸式發表」(salami publishing)——即將論文「分割成最薄的片段，並將每個片段作為單獨的文章投稿」 (Kitchin & Fuller, 2005, p. 36)，或者在不同期刊上發表僅有微小變化的同一研究成果。

你還需要記住，提交給期刊的論文——尤其是排名較高的期刊——只有一小部分會被發表。如果文章未能成功發表，你不應將此視為對自己作品的否定。相反，你必須考慮被拒的原因，並根據收到的反饋修改文章，然後將你的文章提交給另一個期刊。新作者經常會因為首次投稿未能成功而感到困惑和沮喪。事實上，他們不知道的是，研究文章在最終出版之前幾乎總是經過多次修改和重寫，而且通常是非常多次。

選擇合適的期刊

當你將作品投稿至學術期刊時，有許多因素需要考慮。其中最關鍵的是你要將作品投稿到哪一本期刊。有多種方法可以幫助你做決定。方法之一是參考你的主題領域內受人推崇的作者在哪些期刊上發表文章。你可以透過查看那些你在論文中引用的作者的作品來做到這一點。該領域的最新或回顧文章也有助於此。你還可以使用 Google 學術搜尋，以找到主題領域內被高頻率引用的文章及其發表單位。關鍵作者可能會在多種不同的期刊上發表文章，但這可以作為尋找哪些期刊會對你的研究感興趣的一個起點。了解不同期刊發表的文章類型也很重要，仔細查看期刊網站上的投稿說明，這些說明通常會非常清楚地說明該期刊發表哪些類型的文章。

另一種策略是查看學術期刊的社評 (editorial)。這些社評通常會提供期刊在尋找什麼、哪些是該領域的「熱點」話題，以及期刊通常發表哪種類型的文章。期刊編輯委員會成員的名字也值得一看，如果他們全都是（或大多是）在你領域內的專家，這表明該期刊可能值得考慮。還有一個因素是你的文章與期刊的契合度。文章與期刊不契合是遭到初審拒絕 (desk rejection) 的常見原因，意即文章未經審查就被拒絕。同時，了解文章被接受發表需要歷經多長的時間也是很重要的，這段時間通常比新手作者預期的要長得多。

有許多因素可以幫助你評估潛在的期刊並引導你決定要將文章投稿到哪裡。首先要考慮的是文章的讀者群體。也就是說，你希望誰來閱讀你的作品？是其他研究人員、從業者，還是更廣泛的公眾？另一個問題是期刊發表文章的重點和方法論，這些與你的文章有什麼關係。進一步（且重要）的問題是期刊是否經過同儕審查，期刊出版商的名聲以及期刊本身的名聲。影響因子 (impact factors) 是一種你可以了解學術期刊名聲與地位的方法。Day (2007, pp. 73–74) 描述了影響因子的創建方法，即「通過衡量特定期刊中的『平均文章』在特定時期內（通常是 2 年）被引用的頻率，提供引用次數與可引用文章之間的比率」。如果期刊有影響因子，它會顯示在期刊的網頁上，所以通常很容易找到。如果期刊沒有影響因子，這並不意味著你不應考慮在該期刊發表文章。新期刊需要一些時間來建立其引用紀錄，才能申請影響因子。這對較新的期刊來說是一個問題，所以你不應將影響因子作為決定在何處投稿文章的唯一考量。

最後也是重要的一點是期刊投稿的字數限制。例如，醫學領域的一些期刊可能有 3,000 字的上限（例如 New England Journal of Medicine 和 Academic Medicine），而其他領域的文章可能達到 7,500 字（例如 Journal of Climate 和 Journal of Philosophy）。開放取用 (open-access) 的文章可能更長，甚至沒有字數限制（如 British Medical Journal）。不管是哪種情況，你都需要了解這一點，如果你的文章超過期刊的字數限制，它很可能會被退回修改，然後才會考慮發表。

習題 12.1 和 12.2 旨在幫助你根據這些因素來評估何者是適合你的文章發表之潛在期刊。

習題 12.1 ▶ 選擇學術期刊

決定你特別想在其中發表文章的期刊，並盡可能為其中三個期刊完成下方的提問表。完成後，透過你所在大學圖書館的網站查看這些期刊三、四期的內容，了解該期刊發表的文章類型，以及你的文章與它們的契合度。然後，決定這些期刊中哪一個是你投稿文章的最佳選擇。

	期刊 1	期刊 2	期刊 3
期刊名稱			
期刊是否經過同儕審查？			
期刊的出版單位是誰？			
出版單位的地位如何？			
期刊的地位如何？			
期刊的讀者群是誰？			
期刊發表的文章重點為何？			
期刊的文章使用什麼研究方法？			
投稿文章的字數限制是多少？			

習題 12.2 ▶ 分析學術期刊

下列的要點清單出自 Murray (2013) 的 *Writing for Academic Journals*，對期刊進行分析時很有用。請根據你希望發表文章的期刊進行此任務。

如何分析期刊

1　閱讀期刊對於作者的完整指導說明。
　　有些期刊僅在某些期數中出版摘要。
　　查看網站。閱讀期刊的文章標題和摘要。

2　瀏覽最近幾期的主題和呈現方式。

　　哪些主題最常出現，它們是如何呈現的？

　　你如何調整你的內容以符合期刊的議題？

3　列出兩到三篇論文中使用的標題和副標題。

　　論文如何分節：每節的字數，每節在論文中所占的比例？

4　使用了哪些方法論或理論框架？

　　每篇論文的每一節有多長、如何定義？

5　與你的領域中經驗豐富、已發表作品的作者討論你的分析，最好是那些最近在你的目標期刊上發表過文章的人。問他們：「編輯/審查者是否可能接受關於……的論文？」

資料來源：Murray (2013, pp. 47–48)

制訂發表計畫

你也應該為發表論文制定一個計畫。這將幫助你策略性地思考為了建立自己的學術事業以及成為該領域的專家需要進行哪些寫作。發表計畫還有助於提供一個基於現實評估的寫作時間表。然而，發表計畫並非固定不能變動，當出現新機會以及如果你決定與其他人一起合作發表時，也可以隨時進行調整 (Thomson & Kamler, 2013)。

Thomson 與 Kamler (2013) 在 *Writing for Peer Reviewed Journals* 中提供了以下制定發表計畫的原則：

* 在完成博士學位之前開始你的發表計畫
* 提前考慮要參加的會議和要發表的論文
* 可以額外考慮少數幾個熟悉期刊以外的期刊
* 考慮各種類型的發表

在提交博士學位之前開始制定發表計畫將使你能夠建立學術簡歷，這樣當你畢業時，就已經有關於自己論文主題的發表作品。參加會議並發表研究

成果將使你能夠測試自己的想法，並建立對你的主題感興趣的人的網絡。
額外考慮你所在領域中顯而易見的期刊之外的期刊，有助於你探索自己的
研究如何更廣泛地為所在領域做出貢獻。考慮各種類型的發表機會，如學
術和專業出版物，將使你的作品獲得更廣泛的受眾 (Thomson & Kamler,
2013)，並能得到更廣泛的接受和影響力 (對研究影響力的討論，參見第 12
章的 Hutchison et al., 2014)。

習題 12.3 ▶ 制訂發表計畫

使用以下標題為你想從論文中發表的作品編寫發表計畫。為每一篇你將
撰寫的發表作品擬定一個計畫。

標題：

摘要：

目標期刊：

備選期刊（如果被拒絕）：

相關會議：

時間表：

撰寫論文初稿的時間

向期刊提交最終版本的時間

資料來源：改編自 Thomson & Kamler (2013, p. 166)

合著期刊文章

你可能希望考慮與你的指導教授或其他博士生合著一篇文章。你也可
以選擇與一位同時是朋友的學生一起寫作。然而，與朋友一起寫作並不能
保證成功。成為朋友和能夠一起工作並不是同一回事。不論你與誰合作，
每個人都應該對文章負責，這種決定應該在過程的早期確定，不應該讓一
個人獨自完成所有工作。對於為發表而一起工作，Kitchin 與 Fuller (2005, p. 14)
給了這樣的指點：

- 多交流：採取定期聯絡的模式，交換想法和觀點
- 求同存異：不要期望在每個問題上都達成一致，正確看待不同意見，並做好妥協的準備
- 組織與規劃：為每個人賦予角色，並確保有一個商定的行動計畫，指定一人來擔任協調者/調節者。

　　有關學術文章的撰寫、報告、編輯和發表，國際醫學期刊編輯委員會 (International Committee of Medical Journal Editors, ICJME) 的一群編輯制定過一套作法建議，被稱為 *The Vancouver Recommendations* (http://www.icmje.org/icmje-recommendations.pdf)，因為編輯們最初在溫哥華舉行了一次會議。ICMJE (2017) 在其建議中提供了一套標準，說明誰應該擁有學術文章的作者資格。根據他們的觀點，作者資格應基於：

1　在研究的概念或設計上有重大貢獻；或在數據獲取、分析或解釋上有重大貢獻；
2　為重要的知識內容草擬成果或加以批判修訂；
3　最後核准所要發表的版本；以及
4　同意對工作的所有方面負責，確保對任何部分的準確性或完整性提出的問題得到適當調查和解決 (ICJME, 2017, p. 2)。

　　此外，作者「應能夠識別合著者負責哪些特定的其他部分工作」(p. 2)。如果某人不符合這些標準，他們應該在文章的某處（例如致謝部分）被提及，並具體說明他們對工作的貢獻。

　　因此，所有對研究有貢獻的作者都應該列出來，應得的作者不應被忽略（尤其是你）。此外，在開始時就釐清發表時名字的順序也很重要。在某些領域，主要研究者的名字會放在第一位，但有些領域則會放在最後。了解這部分在你研究領域中的運作方式並與合著者討論自己的名字在最終發表中的位置是很重要的。這個順序尤其重要，因為這通常是遴聘和升等委員會會考慮的因素。

同儕審查過程

　　投稿給學術期刊的稿件總是需要經過同儕審查過程，也就是將稿件送交專業領域的專家（即你的同儕）來評估論文的品質和適合性。這個過程從你向期刊投稿文章時開始。期刊編輯會將文章送出審查，要求對文章進行修訂後再次送出審查，或者在不送出審查的情況下直接拒絕文章，這被稱為「初審拒絕」。Coleman (2014) 列出了以下常見的初審拒絕原因：

* 題目超出期刊的範疇
* 文獻回顧未考慮最近的研究或未能證明研究的合理性
* 如果進行了實驗，實驗在方法上存在缺陷
* 統計分析不適切或過度技術性
* 呈現不清楚、寫得不好或結構不佳
* 所報告的研究成果本身合理，但缺乏應用性或是不符合期刊讀者的興趣

如果文章被送出審查，審查員會被要求評估以下標準：

* 這項研究成果是否具有原創性或新穎性
* 研究設計和方法是否恰當且描述清晰，以便他人能夠重複你的研究
* 結果是否清晰且適當地呈現
* 論文中的結論是否可靠且重要
* 這份研究的品質是否高到足以在期刊當中發表（Taylor & Francis Group 2018，線上）

　　此外，審查員還會被要求建議是直接發表文章（這種情況非常罕見）、在小修後接受文章（這也很罕見）、在大修後接受文章（這很常見）、要求修改並重新提交文章再進行審查，或者拒絕文章。一篇論文有時會經過幾輪審查才能發表，這過程中涉及編輯、作者和審查委員之間的多次溝通。

　　同儕審查的目的是篩選出沒有經過良好計畫、執行和撰寫的研究。其

目的是確保研究結果正確呈現，並且與已經發表的相關研究建立聯繫。它還旨在確保結果被正確解釋，並考慮其他可能的解釋。此外，從更廣泛的層面來看，它為編輯提供建議，以判斷文章是否能使期刊讀者感興趣，並確保所發表文章的整體品質 (Hames, 2007)。

　　Taylor and Francis，作為主要的學術期刊出版商，描述了同儕審查的過程，目的是：

* 確保提交的文章適合期刊及其讀者
* 從該領域的專家那裡獲得詳細且具有建設性的反饋
* 提醒作者可能忽略的文獻中的任何錯誤或闕漏
* 創造作者、審查者和編輯之間在研究議題的討論（Taylor & Francis Group 2018，線上）

然而，許多學生發現要應對同儕審查過程很困難，尤其是第一次將自己的研究成果送出審查時。正如 Kwan (2010, p. 213) 所指出的：

> 許多首次撰寫論文的作者對他們收到的負面評價和要求的重大修改感到困惑、氣餒甚至震驚……有些人從未嘗試過修改和重新提交他們的文章，即使審查者認為其具有發表潛力。

我們認為，除了拒絕之外的任何消息都是好消息。要求修改論文意味著編輯認為你的論文有潛在的發表可能性，前提是你能夠接受審查者提供的反饋。因此，如果你被要求修改論文，你就應該進行修改。除此之外，在回應審查者的意見時，我們給學生以下建議：

* 如果對審查結果不滿意，不要發憤怒的電子郵件給編輯
* 不要與審查者（或編輯）爭論
* 感謝審查者的反饋
* 系統性且禮貌地逐一回應審查者的意見

- 解釋你是如何進行所需的修改，或解釋為何沒有進行特定的修改（提供合理的理由，而不是簡單的「我不同意」）

　　另一個重要的點是，你不應該因為期刊看起來地位崇高或發表過程看似複雜而感到氣餒。好消息是，儘管期刊的整體接受率可能很低，但如果你被要求對文章進行修改，那麼你的文章被接受發表的可能性就會大大增加。此外，正如 Iida (2016) 所指出的，即使文章被拒絕，你仍然可以從審查過程和審查者的評論中學到很多東西。如果你的論文被拒絕，你應該接受審查者提供的反饋，修改文章，然後將其投到另一個期刊。正如 Coleman (2014) 指出的，你的文章可能是由你所在領域內的頂尖研究人員審查的。他接著說：

　　你買不到這麼個人化的關注，假如能，它可值錢了。

(p. 408)

所以你應該要認真看待這樣的反饋，依所建議的來修改，然後將你的文章投到另一個可能更合適的期刊 (Coleman, 2014)（了解更多關於管理同儕審查過程的建議，參見 Paltridge & Starfield, 2016）。

掠奪性期刊

　　在這些過程中，你需要謹慎對待那些寫信給你表示希望將你的論文作為書或文章發表的出版社 (通常會收取費用，雖然這一點可能在此時不會被透露)。下面是一封你可能會收到的這類出版社發送的電子郵件示例：

Dear Professor,

My name is Richard and I am the editorial assistant of the *International Journal of Teaching and Learning English*. I have had the opportunity to read your paper and can tell from your work that you are an expert in this field. Therefore, I would like to personally invite you to submit manuscripts to our journal (Fazel & Hartse, 2017, p. 200).

我們的學生經常收到這樣的請求，而我們告訴他們要忽略這些請求。通常這些出版社沒有同儕審查過程，從大多數機構的角度來看，它們也不被認為是合格的出版商。以下是一些識別掠奪性期刊發行單位的建議：

- 沒有提供編輯和編輯委員會成員的學術資訊
- 出版商的所有者被命名為期刊的編輯
- 出版商不透露其實際位置
- 該期刊虛假聲稱被合法的索引服務列出

Think-Check-Submit 這個網站 (http://thinkchecksubmit.org/submit/) 提供了更多關於這方面的建議，包括判斷期刊是否合法的檢查表，以及在向期刊提交文章前應考慮的要點。

芬蘭 Hanken 經濟學院的 Bo-Christer Björk (2016) 深入研究了同儕審查出版過程，給初期研究人員提供了以下建議：

> 不要向掠奪性期刊投稿。如果你收到來自某期刊的電子郵件，邀請你提交文章，不要考慮它，尤其是當該期刊的名字像《國際基礎與應用科學期刊》之類的時候。嚴肅的學術期刊極少會通過群發電子郵件徵求稿件，可能有特刊例外，但即使如此，這些郵件也只會發送給特定成員。
>
> (p. 4)

出版書籍

Luey (1995) 的著作中包含一個關於將論文修訂為書籍的精彩章節。她概述了三種修訂方式：表面修飾 (cosmetic cover-up)、有限改造 (limited remodelling) 和徹底檢修 (complete overhaul)。她認為最成功的是最後一種方法：徹底檢修。出版社很容易看出論文是否僅進行了表面上的修改，而未重新構思為學術書籍。論文和書籍之間的一個關鍵區別在於它們的目標讀者。你的論文本質上是為口試委員撰寫的，儘管你的指導教授（以及你展

示過研究成果的其他人）會對其提供反饋。然而，書籍的讀者範圍要廣泛得多。此外，論文和書籍的理論基礎也不同。你的論文部分旨在說服口試委員你是該領域的專家，能夠應用特定的研究技術來回答你的研究問題，並且你的研究對知識有貢獻。然而，讀者購買一本書是因為他們對你的主題感興趣，他們不希望看到與論文中相同的知識展示方式，而是希望看到更簡明、更緊密連接於你所論證內容的綜述 (Thomson, 2013b)。你的論文結構與書籍也會有所不同，論文可能呈現更多的緒論 – 文獻回顧 – 方法 – 結果 – 討論 – 結論結構（或其變體）。論文和書籍的長度也可能不同。在你的論文中，你可能有單獨的文獻回顧和方法論章節，但在書籍中，你可能將這些內容合併到一個單一的緒論章節 (Palgrave Macmillan, nd)，並且可能完全刪除某些章節。

　　然而，如果你希望你的論文被考慮出版，首先需要做的是撰寫書籍提案。出版社不希望收到一份論文副本，然後詢問他們是否有興趣出版，這對於大型出版機構以及專門出版特定研究領域專著的小型出版商來說都是如此。然後，你需要選擇一個出版社來提交你的提案。開始進行的方法是查看你的領域內主要作者選擇哪家出版社出版。接著，查看這些出版社的目錄，了解你的書是否適合他們出版的書籍類型。接下來的步驟是找出在出版社中負責你所在領域的責任編輯。這通常可以在出版社的網站上找到。可以向這個人發送簡短的詢問，看看他們是否對你的書籍主題感興趣。如果得到積極回應，接下來你需要撰寫提案，並在大多數情況下提供一個樣本章節。出版社的網站通常會有撰寫書籍提案的指南，按他們的要求進行撰寫。這些指南中列出的每一個問題都需要盡可能詳細地回答。

以下是出版社經常要求在書籍提案中解決的問題列表：

- 書籍的目標
- 書籍的優勢
- 書籍的目標讀者
- 書籍的市場

- 書籍的長度
- 書籍內容大綱
- 你的書如何置入出版社目前在你領域中的書籍清單
- 同主題的競爭書籍

　　關於書籍的目標讀者和市場，務必要現實一些。當然，說學生和研究者都會想閱讀和購買你的書是很有誘惑力的，但這種情況很少見。你應該清楚自己所提出的書是關於該主題的入門教材，還是針對以其他研究者為讀者的研究專著。

　　一旦提案發送給出版社，如果他們想繼續進行，它將被送交審稿人，請他們對提案發表評論，諸如書籍的目標和優勢、市場、書籍在廣泛領域中的地位，以及對改進書籍的建議，並提出是否應該與書籍簽訂契約的建議。根據 Britton (2017, p. 46) 的觀點，最佳的書籍提案審查包含：

- 對作品提出改進建議；
- 對作者的論點進行建設性的批評；
- 指出作品中的任何錯誤或漏洞；
- 提醒作者有助於完善書籍論點的其他資料來源。

他認為，審查的主要目的是讓出版社相信這本書會對學術研究作出有意義的貢獻。

　　然而，如果出版社決定不出版這本書，這並不意味著其他出版社不會對它感興趣。你需要接受對方所提供的反饋並根據這些反饋修訂提案和樣本章節。然後，你可以將提案提交給另一家出版社，同時考慮這家出版社的書籍目標讀者（參見 Paltridge, 2017，有關將論文修訂為書籍的示例）。習題 12.4 提供了一個起點，讓你思考你的論文是否有潛力被出版為書籍。

習題 12.4 ▶ 將論文出版成書

針對你的書籍可能的出版商，回答以下問題：

- 哪些出版商出版與你的主題相關的書籍？
- 你所在領域中的重要作者與哪些出版商合作？
- 是否有任何書籍系列適合你的書？

就你的書籍而言：

- 你這本書的目標是什麼？
- 書籍的讀者是誰？
- 誰會購買這本書？
- 你的書籍有什麼優勢？
- 你的書籍與已經出版的同主題書籍有何不同？

結語

　　故而如 Wisker (2015) 所指出，將研究成果發表是研究過程中順理成章的下一步。她認為：

> 出版對於分享你的研究成果，使你被認可為各種理論、研究領域、問題或實務的專家，以及讓你建立知識創造的對話是至關重要的。
>
> (Wisker, 2015, p. 168)

也就是說，通過出版，你建立了與你的學科的對話 (Nygaard，2015)，從博士論文的「被學術界接受」到成為學術界的一部分。進一步而言，如 Yagelski (2014) 所說，寫作是學者進行工作和分享想法的主要方式。寫作出版則是你能做到這一點的關鍵方法。

Chapter 13

Resources for thesis and dissertation writing
碩博士論文的寫作資源

　　在網路搜尋會顯示成千上萬關於論文寫作的書籍和線上資源。這裡提供的資源既有印刷版也有數位版，都是我們自己使用並推薦給學生的；它們關注的是寫作，而不是完成博士或碩士學位的一般技巧。

線上碩博士論文

　　許多大學在其院校的資料庫中提供學生的碩博士學位論文。正如我們在本書中所強調的，對學生來說，了解其領域內完成的論文「長什麼樣」是非常重要的，而線上資料庫可以促進這一點。

　　UMI ProQuest dissertations and theses。這個內容廣泛的線上資料庫包含在美國大學所提交的大部分碩博士論文，以 PDF 格式提供。很多的大學圖書館都有訂閱。特別是（但不只是）對於那些撰寫北美碩博士論文的人來說，這是一個極好的資源。更多資訊可以在 ProQuest 網站上找到：https://www.proquest.com/libraries/academic/dissertations-theses/。

　　Trove 是澳洲的大型線上資料庫，包含了澳洲許多碩博士論文的副本：https://trove.nla.gov.au/。

碩博士論文寫作的網站、部落格、應用程式和主題標籤

AcWriMo http://www.phd2published.com/acwri-2/acbowrimo/about/

　　Academic Writing Month，簡稱 *AcWriMo*，是一個為期一個月的學術寫作馬拉松，每年 11 月舉行。其目的是激勵和提高世界各地學術寫作者的生產力，並已成為一個流行的活動。在上述連結中，你可以下載應用程式並了解如何參加。你也可以在推特上關注 #AcWriMo。https://twitter.com/search?q=%23acwrimo&src=typd

DoctoralWritingSIG

　　這個部落格提供一個線上論壇，讓對博士論文寫作感興趣的人聚集在一起分享資訊、資源和想法。該網站定期發布與博士論文寫作相關的有趣主題文章。https://doctoralwriting.wordpress.com/about/

Explorations of style

　　雖然近期沒有新文章，但 Rachel Cayley 知名的部落格擁有豐富的文章存檔，並在其網站的 New Visitors 標籤下按主題組織了這些非常有用的文章。主題包括草稿撰寫、修訂、結構、讀者、身分等。https://explorations-ofstyle.com/for-new-visitors/

Getting started on your literature review.

　　這是一個對於處於論文寫作早期階段的學生來說非常有用的概述。取自 https://student.unsw.edu.au/getting-started-your-literature-review。

Kearns, H. *The impostor syndrome: Why successful people often feel like frauds.*

　　你可以透過此連結從他的部落格免費下載 10 頁的 Hugh Kearns 書籍指南。http://impostersyndrome.com.au/index.php/the-free-guide/Thinkwell

Levine, S. J. *Writing and presenting your thesis or dissertation.*

　　這是一個非常全面且易於使用的網站，網站內容重點是學生，作者是一位經驗豐富的指導老師。該網站強調幫助成功寫作和完成論文的策略。取自 http://www.learnerassociates.net/dissthes/。

Patter

    Patter 是我們所知最有趣和最有幫助的學術寫作部落格之一。Pat Thomson 每週至少發表兩篇經過深思熟慮且發人深省的文章，討論研究寫作和研究教育中所有與論文寫作相關的主題。強烈推薦。https://patthomson.net/

Postgraduate research

    這個精心設計的網站由昆士蘭大學開發，為攻讀研究學位提供了一個很好的概述。取自 https://www.uq.edu.au/student-services/learning/thesis。

Thesis proposals: A brief guide.

    這是為處於研究計畫寫作階段的學生提供的簡明指導手冊。取自 https://student.unsw.edu.au/thesis-proposals。

Thesis Whisperer

    這個網站現在相當有名，網站中會發表所有與論文相關的文章，並為論文寫作者提供許多非常棒的連結和資源。https://thesiswhisperer.com/

Wolfe, J., *How to write a PhD thesis.*

    雖然最初是為物理學博士生編寫的，但來自各種科學學科的學生都發現該網站在開始寫作和組織、找到結構以及將任務分解成較小部分的建議，對他們來說非常有價值。取自 http://www.phys. unsw.edu.au/~jw/thesis.html# startworking。

Working with graduate student writers: Faculty guide.

    由著名的普渡大學寫作實驗室 (Purdue Writing Lab) 所製作，這份針對指導老師的清晰簡明資源包含了大量對碩博士論文作者很有用的資訊。取自 https://owl.purdue.edu/writinglab/faculty/ documents/Writing_Lab_Faculty_ Summer_%202018.pdf。

線上寫作資源

Academic vocabulary and academic word lists (AWL)

    基於學術詞彙表的活動和練習。取自 https://warwick.ac.uk/fac/soc/al/ globalpad/openhouse/academicenglishskills/vocabulary/academic_words/

Grammarly

Grammarly 是一個免費的線上語法檢查工具，可以識別基本的語法錯誤並建議更正。取自 https://www.grammarly.com/

The Academic Phrasebank

我們的學生發現這個網站非常有幫助，在本書的第 1、3、6、8 和 9 章中也引用過它。你還可以點擊網站上的連結購買擴充內容的 PDF 版本。取自 http://www.phrasebank.manchester.ac.uk/

The Academic Word List

這是一個基於對最常用學術詞彙進行廣泛研究的線上資源。取自 https://www.victoria.ac.nz/lals/resources/academicwordlist

Power Thesaurus

Power Thesaurus 是一個以學術研究為重點的線上同義詞庫。取自 https://www.powerthesaurus.org/academic

有關碩博士論文寫作的書籍

我們發現以下書籍對論文寫作教學非常有用。其中一些書籍討論了學術寫作的語言特點，而其他則更關注進行和撰寫研究的各個方面。許多書籍還探討了高等學位研究的更廣泛背景以及寫作在其中的作用。

Bitchener, J. (2018). *A guide to supervising non-native English writers of theses and dissertations. Focussing on the writing process.* New York: Routledge.

雖然這本書是針對指導教授，但對於任何語言背景的碩博士生來說，如果想了解論文每一章的典型結構，這本書都會很有用。

Boddington, P., & Clanchy, J. (1999). *Reading for study and research.* Melbourne: Longman.

這是一本非常清晰、結構合理、可提升進階閱讀技能的指南，適合在以英語為主要語言環境中的研究生使用。

Casanave, C. P. (2014). *Before the dissertation: A textual mentor for doctoral students at early stages of a research project.* Ann Arbor, MI: Michigan University Press.

這本充滿智慧且實用的書探索了圍繞博士學習的許多迷思，對於那些

正在考慮或處於博士學習早期階段的人來說，是必讀之物。

Booth, W. C., Colomb. G. G., Williams, J. M., Bizup, J., & Fitzgerald, W. T. (2016). *The craft of research* (4th ed.). Chicago: University of Chicago Press.

現在已經是第四版，這本經典的參考書籍已經更新，以反映當前的研究過程和寫作發展。讀者將被引導完成研究過程的每個階段，從找到主題到生成研究問題、構建論點、計畫、組織、起草和修訂章節，直到寫出符合目標讀者需求的論文。

Cargill, M., & O'Connor, P. (2013). *Writing scientific research articles: Strategy and steps* (2nd ed.). Oxford, England: Wiley-Blackwell.

這本書專門為科學領域的作者提供幫助，指導他們如何發展寫作技能，撰寫典型研究論文的每個部分。第 17 章「發展學科專業英語技能」側重於英語語言問題。

Craswell, G., & Poore, M. (2012). *Writing for academic success: A postgraduate guide* (2nd edition). London: SAGE.

雖然這本書針對的是學術寫作，但其中有涵蓋論文寫作的章節，涉及許多關鍵領域。還有關於管理學術寫作的章節；學術寫作的機制；撰寫文獻回顧；以及其他學術文本，如期刊文章和書籍。

Dunleavy, P. (2003). *Authoring a PhD thesis: How to plan, draft, write and finish a doctoral dissertation*. Basingstoke, England: Palgrave.

Patrick Dunleavy 分享了自己作為經驗豐富的博士指導老師和社會科學學者所累積的智慧。他的書側重於寫作與思考之間的聯繫，引導學生通過計畫、起草、撰寫、修訂和塑造論文的過程，以一種引人入勝、富有洞察力且有時頗具幽默感的方式進行。

Evans, D., Gruba, P., & Zobel, J. (2014). *How to write a better thesis* (3rd ed.). Cham, Switzerland: Springer.

這本強烈推薦的、易於理解且全面的指南，專注於根據作者豐富的指導和協助學生的經驗撰寫論文的各個部分，現在已經是第三版更新版。其對澳洲的特別關注並不妨礙其在國際上的適用性。

Feak, C. B., & Swales, J. M. (2009). *Telling a research story: Writing a literature review*. Ann Arbor, MI: University of Michigan Press.

由兩位研究寫作領域的頂尖專家撰寫，這本小書專門討論文獻回顧的

寫作，發展了研究必須有「故事」要講的概念。然後討論了結構、語言、風格和修辭問題，並提供了後設論述、引用、改寫和總結方面的建議。

Feak, C. B., & Swales, J. M. (2011). *Creating contexts: Writing introductions across genres.* Ann Arbor, MI: University of Michigan Press.

能夠撰寫有效的緒論對於創建研究空間至關重要。這本書提供兩位有經驗的學術寫作教師的見解，講述了如何架構緒論部分，適用於學位論文以及學生需要撰寫的其他重要文本。書中還提供了學生可以進行的練習。

Goodson, P. (2017). *Becoming an academic writer: 50 exercises for paced, productive, and powerful writing* (2nd ed.). Thousand Oaks, CA: SAGE.

此書中設計了許多用來激勵學術作家並提高其生產力的練習和活動。

Guccione, K., & Wellington, J. (2017). *Taking control of writing your thesis. A guide to get you to the end.* London: Bloomsbury.

本書涵蓋了許多熟悉的領域，並根據作者幫助學生克服寫作障礙的經驗提供了有用建議。其中關於成為自己寫作「教練」的部分非常突出。

Hart, C. (2005). *Doing your masters dissertation.* London: SAGE.

這本全面而詳盡的手冊旨在協助從事社會科學碩士論文的學生。書中提到關於確定主題和找到格式、研究設計和方法論、倫理以及最後的寫作部分的章節。

Hart, C. (2018). *Doing a literature review. Releasing the social science research imagination* (2nd ed.). London: SAGE.

這是社會科學領域的所有學生在開始他們的文獻回顧之前都應該熟悉的重要書籍。第二版新增了兩個章節，解釋了不同類型的回顧以及證據和評估的角色。

Holliday, A. (2016). *Doing and writing qualitative research* (3rd ed.). London: SAGE.

本書雖然並非專門針對博士或碩士生，卻是少數幫助質化研究人員了解寫作過程，是進行質化研究和成為質化研究人員必備的書籍之一。它考量了質化寫作者在試圖「找到自己的聲音」時，所會面臨的特有挑戰。

Howe, S., & Henriksson, K. (2007). *PhraseBook for writing papers and research in English.* Cambridge, England: The Whole World Company Press.

PhraseBook for Writing Papers and Research 內含超過 5000 個單字和短語，幫

助學生以英語進行高階寫作。主題包括介紹你的研究工作、贊成和反對的論點、方法、分析、評論其他研究、展示結果和寫作結論。它還擁有一個大學和研究詞庫，有助於提升學術詞彙量，並包含大學和研究術語的詞彙表，同時提供自學練習。可以在此免費下載 https://www.researchgate.net/publication/308881691_PhraseBook_for_Writing_Papers_and_Research_in_English

Hutchison, S., Lawrence, H. & Filipovic-Carter, D. (2014). *Enhancing the doctoral experience. A guide for supervisors and their international students.* Farnham, England: Gower.

本書主要重點是改善博士生和指導老師的學習體驗，特別是那些對英國高等學位研究制度不太熟悉的人。雖然它並非直接針對寫作，但其中包含了許多有用的背景資訊，並引用了學生和老師的「實際經驗」。

Kamler, B., & Thomson, P. (2014). *Helping doctoral students write* (2nd ed.). Abingdon, England: Routledge.

這本創新的書雖然針對指導教授，但為人文和社會科學領域的學生提供了強而有力的策略，幫助他們理解如何運用語言和語法來幫助碩博士論文寫作者發展其學術寫作身分。書中呈現了作者自己學生的寫作困境和建議的解決方案，使內容更加生動。

Madsen, D. (1992). *Successful dissertations and theses: A guide to graduate student research from proposal to completion.* San Francisco, CA: Jossey-Bass.

Madsen 的書中包含有關選擇和塑造研究主題、準備研究計畫、組織寫作以及將論文改編為出版的部分。附錄中包含幾個研究計畫範例。

Manalo, E., & Trafford, J. (2004). *Thinking to thesis: A guide to graduate success at all levels,* Auckland, New Zealand: Pearson.

這本書涵蓋了研究生面臨的許多重要問題，如時間和自我管理以及充分利用可用資源。書中還有一個非常有用的章節，討論如何撰寫高品質的碩博士論文。

Meloy, J. (1994). *Writing the qualitative dissertation: Understanding by doing.* Hillsdale, NJ: Lawrence Erlbaum.

這本書探討了許多學生在撰寫傳播、教育、地質學、護理學和社會學等領域的質化學位論文時的經歷。書中充滿了質化論文寫作者能夠產生共鳴的個人經歷。

Murray, N., & Beglar, D. (2009). *Writing theses and dissertations*. Harlow, England: Pearson Education.

　　這本有用的入門指南可以幫助學生熟悉學術界的期望，並了解如何撰寫學位論文以及學位論文的基本要求。

Murray, R. (2017). *How to write a thesis* (4th ed.). Maidenhead, England: Open University Press.

　　本書是少數幾本實際引導學生撰寫博士論文各個階段的書籍之一，非常值得推薦。它是一本可以根據特定問題反覆閱讀的書籍，將成為無價的靈感和鼓勵源泉。

Nygaard, L. P. (2017). *Writing your master's thesis. From A to Zen*. Los Angeles, CA: SAGE.

　　這本專門針對碩士生的實用指南，充滿了智慧建議，並詳細提供了有關如何結構化和組織論文每個部分的幫助。

Phillips, E. M., & Pugh, D. S. (2015). *How to get a PhD: A handbook for students and their supervisors*. (6th ed.). Maidenhead, England: Open University Press.

　　這本知名的書籍涵蓋了諸如博士學位過程、博士學位的本質、學生對指導老師的期待以及大學和系所的責任等問題。第六版進行了大幅更新。

Ridley, D. (2012). *The literature review: A step-by-step guide for students* (2nd ed.). Thousand Oaks, CA: SAGE.

　　這本優秀的書籍帶領學生完成從閱讀到寫作的整個文獻回顧過程。它討論了文獻回顧的例子，並提供了非常有用的建議。

Rudestam, K. E., & Newton, R. R. (2007). *Surviving your dissertation: A comprehensive guide to content and process* (3rd ed.). Thousand Oaks, CA: SAGE.

　　這仍然是其中一本較好的綜合指南，對於論文的各個組成部分以及如何構思和呈現這些部分有非常實用的討論。關於寫作的章節特別值得一讀。學生喜愛「寫作時保持動力的十二個技巧」。

Silvia, P. J. (2007). *How to write a lot*. Washington, DC: American Psychological Association.

　　這本篇幅相對較短的書經常被同事推薦，他們覺得 Silvia 的建議非常有用。雖然它以引人入勝和幽默的語調寫成，但關於如何提高生產力的建議是基於作者和同事的真實經驗。

Paltridge, B., & Starfield, S. (2016). *Getting published in academic journals: Navigating the publication process.* Ann Arbor, MI: University of Michigan Press.

那些希望在學習期間或完成後發表論文的學生會發現這本書是一個有用的資源。

Swales, J. M., & Feak, C. (2012). *Academic writing for graduate students: Essential tasks and skills* (3rd ed.). Ann Arbor, MI: University of Michigan Press.

這本書提供了一些非常好的學術寫作範例和一些有用的學術風格指引。對於需要撰寫研究論文的人特別有用。這本重要的書籍特別值得推薦給非母語學生的碩士論文寫作。其對語言和寫作方面明確且易於理解的重點使其成為必讀之物。

Swales, J. M., & Feak, C. B. (2009). *Abstracts and the writing of abstracts.* Ann Arbor, MI: University of Michigan Press.

這本小書包含了大量關於學生和學者需要撰寫的不同類型摘要的實用資訊。它側重於研究文章的摘要，然後討論了短篇通訊、會議和博士論文的摘要。還涵蓋了關鍵詞、標題和作者名稱。語言重點部分提供了關於撰寫不同類型摘要所面臨的特定語言挑戰的建議。

Swales, J. M., & Feak, C. B. (2011). *Navigating academia: Writing supporting genres.* Ann Arbor, MI: University of Michigan Press.

這本書比較特別，因為它介紹了一些學生需要掌握的寫作類型，這些類型雖然對學生的成功至關重要，但通常並不在課堂上教授。例如，回應期刊文章審稿人意見或撰寫碩博士論文中的致謝部分。

Thomson, P., & Kamler, B. (2016). *Detox your writing: Strategies for doctoral researchers.* Abingdon, England: Routledge.

這本結構創新的書提供了一系列方法來處理博士研究者在撰寫論文過程中常見的問題。書中提供了大量示例和評論，且用語相當易懂。

Wallace, M., & Wray, A. (2016). *Critical reading and writing for postgraduates* (3rd ed.). London: SAGE.

這本指南專門針對社會科學領域的研究生，對那些希望發展批判性閱讀習慣和技能並成為自我批判性寫作者的學生非常有用。書的最後一部分側重於構建批判性文獻回顧並將其整合到碩博士論文中。修訂的第三版有一個相關網站，提供有用的模板、影片和示例，連結為：https://study.sagepub.com/wallaceandwray3e。

Zerubavel, E. (1999). *The clockwork muse: A practical guide to writing theses, dissertations, and books.* Cambridge: Harvard University Press.

透過審視成功寫作者的寫作實務，*The Clockwork Muse* 提供一種克服「寫作障礙」的方法。它挑戰了那種作家在「靈感」來臨時迅速完成寫作的浪漫理想。取而代之的是，作者提供一個簡單而全面的框架，考慮了何時寫作、寫多長時間以及寫作頻率等因素，並在整個研究寫作當中保持動力。例行性和規律性有利於「靈感」。

References

Aitchison, C., & Guerin, C. (2014). *Writing groups for doctoral education and beyond*. London: Routledge.

Aitken, C. (2016). *Women's boxing: An investigation into perceptions of the female fighter*. Doctoral thesis, Bond University. Retrieved from https://trove.nla. gov.au/work/230628374? q&versionId=254126627

Alexander, R. (2015). *'On the rack': Shame and imperialism in Robert Louis Stevenson*. Masters of Arts by Research thesis, University of New South Wales, Sydney. Retrieved from http://unsworks.unsw.edu.au/fapi/datastream/unsworks:37322/SOURCE02?view=true

Allison, D., Cooley, L., Lewkowicz, J., & Nunan, D. (1998). Dissertation writing in action: The development of a dissertation writing support program for ESL graduate research students. *English for Specific Purposes*, 17, 199–217.

Andrews, K. T. (1997). *"Freedom is a constant struggle": The dynamics and consequences of the Mississippi Civil Rights Movement, 1960–1984*. Doctoral dissertation. Retrieved from ProQuest Dissertations & Theses Global. (9824679)

Angelova, M., & Riazantseva, A. (1999). 'If you don't tell me, how can I know?': A case study of four international students learning to write the U.S. way. *Written Communication*, 16, 491–525.

Artemeva, N. (2008). Toward a unified theory of genre learning. *Journal of Business and Technical Communication*, 22, 160–85.

Aske, D. E. B. (2018). *An exploration of student–and school–level predictors of the relationship between student health and academic performance*. Doctoral dissertation. Retrieved from ProQuest Dissertations & Theses Global. (10744644).

Aspland, T. (1999). 'You learn round and I learn square': Mei's story. In Y. Ryan & O. Zuber–Skerrit (Eds.), *Supervising postgraduates from non–English speaking backgrounds* (pp. 25–39). Buckingham: The Society for Research into Higher Education and the Open University Press.

Atkinson, D., & Curtis, A. (1998). *A handbook for postgraduate researchers*. Hong Kong: Department of English, Hong Kong Polytechnic University.

Badenhorst, C. (2010). *Productive writing: Becoming a prolific academic writer*. Pretoria: Van Schaik Publishers.

Badenhorst, C., Moloney, C., Rosales, J., Dyer, J., & Ru, L. (2015). Beyond deficit: Graduate student research–writing pedagogies. *Teaching in Higher Education*, 20, 1–11.

Badenhorst, C., & Xu, X. (2016). Academic publishing: Making the implicit explicit. *Publications*, 4, 24, 1–16.

Bailey, S. (2003). *Academic writing: A practical guide for students*. London: Routledge Falmer.

Ballard, B., & Clanchy, J. (1984). *Study abroad: A manual for Asian students*. Selangor Darul Ehsan, Malaysia: Longman Malaysia.

Ballard, B., & Clanchy, J. (1991). *Teaching students from overseas. A brief guide for lecturers and supervisors*. Melbourne: Longman Cheshire.

Banerjee, J. (2003). *Interpreting and using proficiency test scores*. Doctoral thesis, Lancaster University, UK.

Bartolome, L. (1998). *The misteaching of academic discourses: The politics of language in the classroom*. Boulder, CO: Westview Press.

Basturkmen, H., & Bitchener, J. (2005). The text and beyond: Exploring the expectations of the academic community for the discussion of results section in masters theses. *New Zealand Studies in Applied Linguistics*, 11, 1–19.

Becher, T., & Trowler, P. R. (2001). *Academic tribes and territories: Intellectual enquiry and the culture of disciplines* (2nd ed.). Buckingham: Open University Press.

Belcher, D., & Hirvela, A. (2005). Writing the qualitative dissertation: What motivates and sustains a fuzzy genre? *Journal of English for Academic Purposes*, 4, 187–205.

Bell, J., & Water, S. (2014). *Doing your research project. A guide for first–time researchers* (revised edition). Buckingham: Open University Press.

Biggs, J., Lai, P., Tang, C., & Lavelle, E. (1999). Teaching writing to ESL graduate students: A model and an illustration. *British Journal of Educational Psychology*, 69, 293–306.

Bitchener, J. (2010). *Writing an applied linguistics thesis or dissertation*. London: Palgrave Macmillan.

Bitchener, J., & Basturkmen, H. (2006). Perceptions of the difficulties of postgraduate L2 thesis students writing the discussion section. *Journal of English for Academic Purposes*, 5, 4–18.

Björk, B–C. (2016). Challenges and potential benefits of open access publications for early–stage researchers. *EUA–CDE Doctoral Education Bulletin*, 8, 3–4.

Bloch, J. (2018). Textual borrowing and intellectual property. In J. I. Liontas (Ed.), (Project editor: M. DelliCarpini; Volume editor: D. Belcher), *The TESOL encyclopaedia of English language teaching* (pp. 1–7). Hoboken, NJ: Wiley.

Boote, D. N. (2012). Learning from the literature: Some pedagogies. In A. Lee & S. Danby (Eds.), *Reshaping doctoral education: International approaches and pedagogies* (pp. 26–41). London: Routledge.

Boote, D. N., & Beile, P. (2005). Scholars before researchers: On the centrality of the dissertation literature review in research preparation. *Educational Researcher*, 34, 6, 3–15.

Bormann, K. J. (2013). *Snowpack characteristics and modelling in the marginal snowfields of southeast Australia*. Doctoral thesis, University of New South Wales, Sydney. Retrieved from http://unsworks.unsw.edu.au/fapi/datastream/unsworks:12113/SOURCE02?view =true

Botelho de Magalhäes, M., Cotterall, S., & Mideros, D. (2019). Identity, voice and agency in two EAL doctoral writing contexts. *Journal of Second Language Writing*, 43, 4–14.

Bradley, G. (2000). Responding effectively to the mental health needs of international students. *Higher Education*, 30, 417–433.

Brett, P. (1994). A genre analysis of the results sections of sociology articles. *English for Specific Purposes*, 13, 47–59.

Britton, G. M. (2017). Thinking like a scholarly editor. The how and why of academic publishing. In P. Ginna (Ed.), *What editors do. The art, craft, and business of book editing* (pp. 40–480). Chicago, IL: Chicago University Press.

Bunton, D. (1999). The use of higher level metatext in PhD theses. *English for Specific Purposes*, 18, S41–S56.

Bunton, D. (2002). Generic moves in PhD thesis introductions. In J. Flowerdew (Ed.), *Academic discourse* (pp. 57–75). London: Longman.

Bunton, D. (2005). The structure of PhD conclusions chapters. *Journal of English for Academic Purposes*, 4, 207–224.

Burke, B. (1986). The experiences of overseas undergraduates. *Student Counselling and Research Unit Bulletin*, 18, 73–86.

Cadman, K. (2000). "Voices in the Air": Evaluations of the learning experiences of international postgraduates and their supervisors. *Teaching in Higher Education*, 5, 475–491.

Cadman, K. (2002). English for academic possibilities: The research proposal as a contested site in postgraduate pedagogy. *Journal of English for Academic Purposes*, 1, 85–104.

Cadman, K. (2005). Towards a 'pedagogy of connection' in critical research education: A REAL story. *Journal of English for Academic Purposes*, 4, 353–367.

Caffarella, R. S., & Barnett, B. G. (2000). Teaching doctoral students to become scholarly writers: The importance of giving and receiving critiques. *Studies in Higher Education*, 25, 39–52.

Cahill, D. (1999). *Contrastive rhetoric, orientalism, and the Chinese second language writer*. Unpublished doctoral dissertation, University of Illinois at Chicago.

Canagarajah, A. S. (2002). *Critical academic writing and multilingual students*. Ann Arbor: The University of Michigan Press.

Cargill, M. (1998). Cross–cultural postgraduate supervision meetings as intercultural communication. In M. Kiley & G. Mullins (Eds.), *Quality in postgraduate research: Managing the new agenda*. Adelaide: The University of Adelaide, Adelaide. Retrieved from http://www.qpr.edu.au/Proceedings/QPR_Proceedings_1998.pdf

Cargill, M., & O'Connor, P. (2009). *Writing scientific research articles: Strategy and steps*. Oxford: Wiley.

Casanave, C. P. (1995). Local interactions: Constructing contexts for composing in a graduate sociology program. In D. Belcher & G. Braine (Eds.), *Academic writing in a second language: Essays on research and pedagogy* (pp. 83–110). Norwood, NJ: Ablex.

Casanave, C. P. (2014). *Before the dissertation: A textual mentor for doctoral students at early stages of a research*. Ann Arbor: University of Michigan Press.

Chen, M., & Flowerdew, J. (2018). Introducing data–driven learning to PhD students for research writing purposes: A territory–wide project in Hong Kong. *English for Specific*

Purposes, 50, 97–112.

Christie, F., & Maton, K. (2011). Why disciplinarity? In F. Christie & K. Maton (Eds.), *Disciplinarity: Functional linguistic and sociological perspectives* (pp. 1–9). London: Continuum.

Chynoweth, S. K. (2015). *Rethinking humanitarian accountability: Implementation of sexual and reproductive health services in two complex emergencies*. Doctoral thesis, University of New South Wales, Sydney. Retrieved from
  http://unsworks.unsw.edu.au/fapi/datastream/unsworks:13737/SOURCE02?view=true

Clance, R. R., & Imes, S. (1978). The imposter phenomenon in high achieving women: Dynamics and therapeutic intervention. *Psychotherapy Theory, Research and Practice*, 15(3), 1–9.

Coleman, J. A. (2014). How to get published in English. Advice from the outgoing Editor–in–Chief. *System*, 42, 404–411.

Coman, R. (2015). *Maximising mobility and minimising injury risk in aged care: Indexing environment related manual handling of people (MHP) risk controls that may influence patient mobility*. Doctoral thesis, University of New South Wales, Sydney. Retrieved from
  http://unsworks.unsw.edu.au/fapi/datastream/unsworks:38193/SOURCE02?view=true

Cone, J. D., & Foster, S. L (2006). *Dissertations and theses from start to finish* (2nd ed.). Washington, DC: American Psychological Association.

Connor, U. (2018). Intercultural rhetoric. In J. I. Liontas (Ed.), (Project editor: M. DellCarpini; Volume editor: D. Belcher), *The TESOL encyclopaedia of English language teaching* (pp. 1–7). Hoboken, NJ: Wiley.

Cooley, L., & Lewkowicz, J. (2003). *Dissertation writing in practice: Turning ideas into text*. Hong Kong: Hong Kong University Press.

Cotos, E., Huffman, S., & Link, S. (2017). A move/step model for methods sections: Demonstrating Rigour and Credibility. *English for Specific Purposes*, 46, 90–106.

Cotterall, S. (2011). *Stories within stories: A narrative study of six international PhD researchers' experiences of doctoral learning in Australia*. Unpublished doctoral thesis, Macquarie University, Australia. Retrieved from
  https://www.researchonline.mq.edu.au/vital/access/services/Download/mq:31277/SOURCE1?view=true

Creswell, J. (2014). *Research design* (4th ed.). Thousand Oaks, CA: Sage.

Dahl, T. (2004). Textual metadiscourse in research articles: A marker of national culture or of academic discipline? *Journal of Pragmatics*, 36, 1807–1825.

Day, A. (2007). *How to get research published in journals*. Second edition. Aldershot: Gower.

DeCuir–Gunby, J. T., & Schutz, P. A. (2017). *Developing a mixed methods proposal. A practical guide for beginning researchers*. Los Angeles: Sage.

Deem, R., & Brehony, K. J. (2000). Doctoral students' access to research cultures – are some more unequal than others? *Studies in Higher Education*, 25, 149–165.

Devenish, R., Dyer, S., Jefferson, T., Lord, L., van Leeuwen, S., & Fazarkerley, V. (2009). Peer–to–peer support: The disappearing work in the doctoral student. *Higher Education Research and Development*, 28, 59–70.

Dong, Y. R. (1998). 'Non–native speaker graduate students' thesis/dissertation writing in science: Self–reports by students and their advisors from two U.S. institutions'. *English for Specific Purposes*, 17, 369–390.

Doyle, S., Manathunga, C., Prinsen, G., Tallon, R., & Cornforth, S. (2018). African international doctoral students in New Zealand: Englishes, doctoral writing and intercultural supervision. *Higher Education Research & Development*, 37, 1–14.

Dudley–Evans, T. (1986). Genre analysis: An investigation of the introduction and discussion sections of MSc dissertations. In M. Coulthard (Ed.), *Talking about text* (pp. 128–145). Birmingham: The University of Birmingham.

Dudley–Evans, T. (1999). The dissertation: A case of neglect? In P. Thompson (Ed.), *Issues in EAP writing research and instruction* (pp. 28–36). Reading: Centre for Applied Language Studies, University of Reading.

Dunleavy, P. (2003). *Authoring a PhD: How to plan, draft, write and finish a doctoral thesis or dissertation*. Hampshire: Palgrave Macmillan.

Elphinstone, L., & Schweitzer, R. (1998). *How to get a research degree. A survival guide*. St Leonards, NSW, Australia: Allen and Unwin.

Evans, D., Gruba, P., & Zobel, J. (2014). *How to write a better thesis* (3rd ed.). Cham, Switzerland: Springer.

Fazel, I., & Heng Hartse, J. (2017). Reconsidering 'predatory' open access journals in an age of globalised English language academic publishing. In M. J. Curry & T. Lillis (Eds.), *Global academic publishing: Policies, perspectives and pedagogies* (pp. 200–213). Bristol: Multilingual Matters.

Feak, C. B., & Swales, J. M. (2009). *Telling a research story: Writing a literature review*. Ann Arbor: University of Michigan Press.

Feak, C. B., & Swales, J. M. (2011). *Creating contexts: Writing introductions across genres*. Ann Arbor: University of Michigan Press.

Fenton, D. (2007). *Unstable Acts: A practitioner's case study of the poetics of postdramatic theatre and intermediality*. Unpublished doctoral thesis, Queensland University of Technology, Brisbane, Australia.

Flowerdew, J. (1999). Problems in writing for scholarly publications in English: The case of Hong Kong. *Journal of Second Language Writing*, 8, 243–264.

Flowerdew, J., & Li, Y. (2007). Language re–use among Chinese apprentice scientists writing for publication. *Applied Linguistics*, 28, 440–465.

Flowerdew, J., & Costley, T. (2016). Introduction. In J. Flowerdew & T. Costley (Eds.), *Discipline–specific writing* (pp. 9–40). London: Routledge.

Freeman, S. Jr. (2018). The manuscript dissertation: A means of increasing competitive edge for tenure–track faculty positions. *International Journal of Doctoral Studies*, 13, 273–292.

Gilson, G. F. (2018). *Macrophysical properties and a climatology of Arctic coastal fog in East Greenland*. Doctoral dissertation. Retrieved from ProQuest Dissertations & Theses Global. (10750244).

Golding, C. (2017). Advice for writing a thesis (based on what examiners do). *Open Review of Educational Research*, 4, 46–60.

Guerin, C. (2016). Connecting the dots: Writing a doctoral thesis by publication. In C. Badenhorst & C. Guerin (Eds.), *Research literacies and writing pedagogies for masters and doctoral writers* (pp. 31–50). Leiden: Brill.

Guerin, C. (2018). Feedback from journal reviewers. Writing a thesis by publication. In S. Carter & D. Laurs (Eds.), *Developing research writing. A handbook for supervisors and advisors* (pp. 136–138). London: Routledge.

Guilfoyle, A. M. (2005). Developing essential networks as a source of community for international postgraduate students. *Proceedings of the 2005 Australian Universities Quality Forum*, 68–72. Retrieved from
http://citeseerx.ist.psu.edu/viewdoc/download?doi=10.1.1.132.6572&rep=rep1&type=pdf#page=82

Hames, I. (2007). *Peer review and manuscript management in scientific journals: Guidelines for good practice.* Malden, MA: Blackwell.

Hart, C. (1998). *Doing a literature review.* London: Sage.

Hartley, J., & Cabanac, G. (2016). Simplifying text: Three rules for making academic text easier to read. *Doctoral Writing SIG*, 22 April, August. Retrieved from
https://doctoralwriting.wordpress.com//?s=long+sentences&search=Go

Harwood, N. (2005). 'I hoped to counteract the memory problem, but I made no impact whatsoever': Discussing methods in computing science using I. *English for Specific Purposes*, 24, 239–365.

Harwood, N., & Petric, B. (2017). *Experiencing master's supervision: Perspectives of international students and their supervisors.* London: Routledge.

Hewings, M. (1993). The end! How to conclude a dissertation. In G. Blue. (Ed.), *Language, learning and success: Studying through English* (pp. 105–112). London: Modern English Publications in association with The British Council, Macmillan.

Hinds, J. (1987). Reader versus writer responsibility: A new typology. In U. Connor & R. Kaplan (Eds.), *Writing across languages: Analysis of L2 text* (pp. 141–152). Reading, MA: Addison–Wesley.

Hirvela, A., & Belcher, D. (2001). Coming back to voice: The multiple voices and identities of mature multilingual writers. *Journal of Second Language Writing*, 10, 83–106.

Hockey, J. (1996). A contractual solution to problems in the supervision of PhD degrees in the UK. *Studies in Higher Education*, 21, 359–371.

Hodge, B. (1998). Monstrous knowledge: Doing PhDs in the 'New Humanities'. In A. Lee & B. Green (Eds.), *Postgraduate studies: Postgraduate pedagogies* (pp. 35–39). Sydney: Centre for Language and Literacy, University of Technology, Sydney.

Holbrook, A., Bourke, S., Lovat, T., & Dally, K. (2004). Investigating PhD thesis examination reports. *International Journal of Educational Research*, 41, 98–120.

Holliday, A. (2007). *Doing and writing qualitative research.* London: Sage.

Hoolihan, J. P. (2005). *Biology of Arabian Gulf sailfish.* Doctoral thesis, University of New South Wales, Sydney. Retrieved from:
http://unsworks.unsw.edu.au/fapi/datastream/unsworks:675/SOURCE01?view=true

Huerta, M., Goodson, P., Beigi, M., & Chlup, D. (2017). Graduate students as academic writers: Writing anxiety, self–efficacy and emotional intelligence. *Higher Education Research*

& Development, 36, 716–729.

Huff, A. H. (1999). *Writing for scholarly publication*. Thousand Oaks, CA: Sage.

Humphrey, R., & McCarthy, P. (1999). Recognising difference: Providing for postgraduate students. *Studies in Higher Education*, 24, 371–386.

Hutchison, S., Lawrence, H., & Filipovic–Carter, D. (2014). *Enhancing the doctoral experience. A guide for supervisors and their international students*. Farnham: Gower.

Hyland, K. (1996). Talking to the academy: Forms of hedging in science research articles. *Written Communication*, 13, 251–281.

Hyland, K (1999). Talking to students: Metadiscourse in introductory coursebooks. *English for Specific Purposes*, 18, 3–26.

Hyland, K. (2000). *Disciplinary discourses: Social interactions in academic writing*. London: Longman.

Hyland, K. (2002). Authority and invisibility: Authorial identity in academic writing. *Journal of Pragmatics*, 34, 1091–1112.

Hyland, K. (2004a). Disciplinary interactions: Metadiscourse in L2 postgraduate writing. *Journal of Second Language Writing*, 13, 133–151.

Hyland, K. (2004b). Graduates' gratitude: The generic structure of dissertation acknowledgements. *English for Specific Purposes*, 23, 303–324.

Hyland, K. (2005a). *Metadiscourse: Exploring interaction in writing*. London: Continuum.

Hyland, K. (2005b). Stance and engagement: A model of interaction in academic discourse. *Discourse Studies*, 7, 173–192.

Hyland, K. (2009). *Academic discourse*. London: Continuum.

Hyland, K. (2011). Projecting an academic identity in some reflective genres. *Iberica*, 21, 9–30.

Hyland, K. (2012). *Disciplinary identities: Individuality and community in academic discourse*. Cambridge: Cambridge University Press.

Hyland, K., & Tse, P. (2004). Metadiscourse in academic writing: A reappraisal. *Applied Linguistics*, 25, 156–177.

ICJME (International Committee of Medical Journal Editors). (2017). *Recommendations for the conduct, reporting, editing, and publication of scholarly work in medical journals*. Retrieved from http://www.icmje.org/icmje–recommendations.pdf (accessed 2 April 2018).

Iida, A. (2016). Scholarly publication: A multilingual perspective. In C. Macmaster & C. Murphy (Eds.), *Graduate study in the USA: Succeeding and surviving* (pp. 41–50). New York: Peter Lang.

Inman, R. (2018). *Improving species distribution models with bias correction and geographically weighted regression: Tests of virtual species and past and present distributions in North American deserts*. Doctoral dissertation. Retrieved from ProQuest Dissertations & Theses Global. (10793904).

Jane, E. (2012). *Flip–skirt fatales: On cheerleading, fetish and hate*. Doctoral thesis, University of New South Wales, Sydney. Retrieved from: http://unsworks.unsw.edu.au/fapi/datastream/unsworks:10250/SOURCE02?view=true

Jenkins, J. (2014). *English as a lingua franca in the global university*. London: Routledge.

Johns, A. M. (1990). L1 composition theories: Implications for developing theories of L2 composition. In B. Kroll (Ed.), *Second language writing: Research insights for the classroom* (pp. 24–36). Cambridge: Cambridge University Press.

Johns, A. M. (1995). Genre and pedagogical purposes. *Journal of Second Language Writing*, 4, 181–190.

Johnston, S. (1997). Examining the examiners: An analysis of examiners' reports on doctoral theses. *Studies in Higher Education*, 22, 333–347.

Jones, A. (2001). *Critical thinking, culture, and context: An investigation of teaching and learning in introductory macroeconomics* (Unpublished MEd thesis), The University of Melbourne, Australia.

Kafka, A. C. (2018). Another sign of a tough job market: Grad students feel bigger push to publish. *The Chronicle of Higher Education*, 30 May 2018.

Kamler, B., & Threadgold, T. (1997). Which thesis did you read? In Z. Golebiowski. (Ed.) *Policy and practice of tertiary literacy*. Proceedings of the First National Conference on Tertiary Literacy: Research and Practice. Volume 1. Melbourne: Victoria University of Technology.

Kamler, B., & Thomson, P. (2014). *Helping doctoral students write. Pedagogies for supervision* (2nd ed.). London: Routledge.

Kaplan, R. B. (1966). Cultural thought patterns in intercultural education. *Language Learning*, 16, 1–20.

Kennedy Neth, N. L. (2018). *Pharmaceuticals in the environment: Previously unrecognized sources in water environments*. Doctoral dissertation. Retrieved from ProQuest Dissertations & Theses Global. (10791344).

Kiley, M. (1998). 'Expectation' in a cross–cultural postgraduate experience. In M. Kiley & G. Mullins (Eds.), *Quality in postgraduate research: Managing the new agenda* (pp. 189–202). Adelaide: The University of Adelaide.

Kiley, M. (2003). Conserver, strategist or transformer: The experience of postgraduate student sojourners. *Teaching in Higher Education*, 8, 345–356.

Kiley, M. (2009). Identifying threshold concepts and proposing strategies to support doctoral candidates. *Innovations in Education and Teaching International*, 46(3), 293–304.

King, M. (1996). What examiners typically say. Presentation by Professor Mike King, Dean of Graduate Studies, Charles Sturt University.

Kitchin, R., & Fuller, D. (2005). *The academic's guide to publishing*. London: Sage.

Koshy, P. (2009). *Effect of chemical additives on the interfacial phenomena of high alumina refractories with al–alloys*. Doctoral thesis, University of New South Wales, Sydney. Retrieved from https://www.unsworks.unsw.edu.au/primo–explore/fulldisplay?context =L&vid=UNSWORKS&search_scope=unsworks_search_scope&tab=default_tab(=e n_US&docid=unsworks_4157

Krase, E. (2007). "Maybe the communication between us was not enough": inside a dysfunctional advisor/L2 advisee relationship. *Journal of English for Academic Purposes*, 6, 55–70.

Kubota, R. (1997). A reevaluation of the uniqueness of Japanese written discourse:

Implications for contrastive rhetoric. *Written Communication*, 14, 460–480.

Kubota, R., & Lehner, A. (2004). Toward critical contrastive rhetoric. *Journal of Second Language Writing*, 13, 7–27.

Kwan, B. (2010). An investigation of instruction in research publishing offered in doctoral programs: The Hong Kong case. *Higher Education*, 59, 55–68.

Leki, I. (1997). Cross–talk: ESL issues and contrastive rhetoric. In C. Severino, J. C. Guerra & S. E. Butler (Eds.), *Writing in multicultural settings* (pp. 234–244). New York: Modern Language Association of America.

Levine S. J. (2002). *Writing and presenting your thesis or dissertation.* Retrieved from http://www.learnerassociates.net/dissthes/#29 (accessed 31 March 2018)

Li, X., & Casanave, C. P. (2008). Introduction. In C. P. Casanave & X. Li (Eds.), *Learning the literacy practices of graduate school: Insiders' reflections on academic enculturation* (pp. 1–11). Ann Arbor: Michigan University Press.

Lillis, T., & Curry, M. J. (2010). *Academic writing in a global context: The politics and practices of publishing in English.* London: Routledge.

Liu, J. (2004). *A study of Chinese ethnic minorities English writing from a contrastive rhetoric perspective.* Unpublished MEd dissertation, University of Sydney, Australia.

Liu, J. (2010). *The blog as genre and performance: An analysis of A–list personal blogs.* Unpublished doctoral thesis, University of Sydney, Australia.

Lovat, T., Holbrook, A., & Bourke, S. (2008). Ways of knowing in doctoral examination. *Educational Research Review*, 3(1), 66–76.

Lu, A., Li, L, & Ottewell, K. (2016). Rhetorical diversity and the implications for teaching academic English. *The Asian Journal of Applied Linguistics*, 3, 101–113.

Luey, B. (1995). Handbook for academic authors (3rd ed.). Cambridge: Cambridge University Press.

Lunenburg, F. C., & Irby, B. J. (2008). *Writing a successful thesis or dissertation. Tips and strategies for students in the social and behavioral sciences.* Thousand Oaks, CA: Sage.

Macauley, P., & Green, R. (2007). Supervising publishing from a doctorate. In C. Denholm & T. Evans (Eds.), *Supervising doctorates down under: Keys to effective supervision in Australia and New Zealand* (pp. 192–199). Camberwell, VIC: ACER Press.

Madsen, D. (1992). *Successful dissertations and theses. A guide to graduate student research from proposal to completion* (2nd ed.). San Francisco: Josey–Bass.

Manalo, E., & Trafford, J. (2004). Thinking to thesis: A guide to graduate success at all levels. Auckland: Pearson Education.

Manathunga, C. (2005). *Early warning signs in postgraduate research education: A different approach to ensuring timely completions.* Teaching in Higher Education, 10, 219–233.

Martin, J. R. (2000). Beyond exchange: APPRAISAL systems in English. In S. Hunston & G. Thomson (Eds.), *Evaluation in text* (pp. 142–175). Oxford: Oxford University Press.

Martin, E., & Adams, R. (2007). Degrees of uncertainty: Writing and demystifying the thesis. In C. Denholm & T. Evans (Eds.), *Supervising doctorates downunder* (pp. 215–223). Camberwell, Victoria: Australian Council for Educational Research.

McQuarrie, J. R. (2016). *From farm to firm: Canadian tobacco c. 1860–1950.* Doctoral dissertation. Retrieved from ProQuest Dissertations & Theses Global. (10139176).

Meloy, J. M. (1994). *Writing the qualitative dissertation: Understanding by doing.* Hillsdale, NJ: Lawrence Erlbaum.

Merullo, D. P. (2018). *Neurotensin and the neurobiology of vocal communication in songbirds.* Doctoral dissertation. Retrieved from ProQuest Dissertations & Theses Global. (10816470).

Mewburn, I., Osborne, L., & Caldwell, G. (2014). Shut up & Write!: Some surprising uses of cafés and crowds in doctoral writing. In C. Aitchison & C. Guerin (Eds.), *Writing groups for doctoral education and beyond: Innovations in practice and theory* (pp. 218–232). Oxon: Routledge.

Miles, M. B., & Huberman, A. M. (1994). *Qualitative data analysis: An expanded sourcebook.* Thousand Oaks, CA: Sage.

Miller, N., & Brimicombe, A. (2003). Disciplinary divides: Finding a common language to chart research journeys. Paper presented at SCUTREA, 33rd annual conference, University of Wales, Bangor, 1–3 July, 2003.

Mochizuki, N. (2019). The lived experience of thesis writers in group writing conferences: The quest for "perfect" and "critical". *Journal of Second Language Writing*, 43, 36–45.

Morrell, E. G. (2018). *Subprime Charlotte: Trajectories of neighbourhood change in a globalizing new south city.* Doctoral dissertation. Retrieved from ProQuest Dissertations & Theses Global. (10790946).

Moses, I. (1992). Role perception rating scale. In I. Moses (Ed.), *Research training and supervision: Proceedings from the ARC and AVCC sponsored conference.* Canberra: NBEET.

Mullins, G., & Kiley, M. (2002). "It's a PhD, not a Nobel Prize" How experienced examiners assess research theses. *Studies in Higher Education*, 27, 369–386.

Murray, R. (2013). *Writing for academic journals* (3rd ed.). Buckingham: Open University Press.

Murray, R. (2017). *How to Write a Thesis* (4th ed.). Buckingham, UK: Open University Press.

Myles, J., & Cheng, L. (2003). The social and cultural life of non–native English speaking international graduate students at a Canadian university. *Journal of English for Academic Purposes*, 2, 247–263.

Nakane, I. (2003). *Silence in Japanese–Australian classroom interactions: Perceptions and performance.* Unpublished doctoral thesis, University of Sydney, Australia.

Nakane, I. (2007). *Silence in intercultural communication: Perceptions and performance.* Amsterdam: John Benjamins.

Nagata, Y. (1999). "Once I couldn't even spell PhD student, but now I *are* one!" Personal experiences of an NEB student. In Y. Ryan & O. Zuber–Skerrit (Eds.), *Supervising postgraduates from non–English speaking backgrounds* (pp. 15–24). Buckingham, UK: The Society for Research into Higher Education & the Open University Press.

Nguyen, C. D. (2014). Journeying into the world of academia: Global and local negotiations. In J. Brown (Ed.), *Navigating international academia: Research student narratives* (pp. 17–30). Rotterdam: Sense Publishers.

Nguyen, M. H. (2014). Boundary crossing in the international PhD journey. In J. Brown (Ed.), *Navigating international academia: Research student narratives* (pp. 31–41). Rotterdam:

Sense Publishers.

Nonmore, A. H. (2011). The process of transforming the dissertation or thesis into publication. In T. S. Rocco, T. Hatcher & Associates (Eds.), *The handbook of scholarly writing and publishing* (pp. 75–88). San Francisco: Jossey–Bass.

Nunan, D., & Bailey, K. (2009). *Exploring second language classroom research*. Boston, MA: Heinle Cengage Learning.

Nygaard, L. P. (2015). *Writing for scholars. A practical guide to making sense & being heard* (2nd ed.). Los Angeles: Sage.

Nygaard, L. P. (2017). *Writing your master's thesis. From A to Zen*. Los Angeles: Sage.

Odena, O. & Burgess, H. (2017). How doctoral students and graduates describe facilitating experiences and strategies for their thesis writing learning process: A qualitative approach, *Studies in Higher Education*, 42, 572–590.

Ohashi, J., Ohashi, H. & Paltridge, B. (2008). Finishing the dissertation while on tenure track: Enlisting support from inside and outside the academy. In C. P. Casanave & X. Li (Eds.), *Learning the literacy practices of graduate school: Insiders' reflections on academic enculturation* (pp. 218–229). Ann Arbor: Michigan University Press.

Ollerhead, S. (2013). *Experiences of teaching and learning in the adult ESL literacy classroom: A multi–site case study*. Doctoral thesis, University of New South Wales, Sydney. Retrieved from http://unsworks.unsw.edu.au/fapi/datastream/unsworks:11653/SOURCE01?view=true

O'Shannessy, C. (1995). *Pre–court barrister–client interactions: An investigation*. MA thesis, Department of Linguistics and Applied Linguistics, University of Melbourne.

Palgrave Macmillan (nd). Advice from our editors: Revising the dissertation into a monograph. Retrieved from https://www.palgrave.com/gp/why–publish/early–career–researcher–hub/revising–the–dissertation Accessed 1 June 2018

Paltridge, B. (2002). Thesis and dissertation writing: An examination of published advice and actual practice. English for Specific Purposes, 21, 125–143.

Paltridge, B. (2015). Referees' comments on submissions to peer–reviewed journals: When is a suggestion not a suggestion? *Studies in Higher Education*, 40(1), 106–122.

Paltridge, B. (2017). Publishing from a dissertation. A book or articles? In J. McKinley & H. Rose (Eds.), *Doing research in applied linguistics: Realities, dilemmas and solutions* (pp. 243–252). London: Routledge.

Paltridge, B., & Woodrow, L. (2012). Thesis and dissertation writing: Moving beyond the text. In R. Tang (Ed.), *Academic writing in a second or foreign language* (pp. 88–104). London: Continuum.

Paltridge, B., & Phakiti, A. (2015). Developing a research project. In B. Paltridge & A. Phakiti (Eds.), *Research methods in applied linguistics* (pp. 259–278). London: Bloomsbury.

Paltridge, B., & Starfield, S. (2016). *Getting published in academic journals: Navigating the publication process*. Ann Arbor: University of Michigan Press.

Paltridge, B., Starfield, S., Ravelli, L., Nicholson, S., & Tuckwell, K. (2012a). Doctoral writing in the visual and performing arts: Two ends of a continuum. *Studies in Higher Education*, 37, 8, 989–1003.

Paltridge, B., Starfield, S., Ravelli, L. & Tuckwell, K. (2012b). Change and stability: Examining the macrostructures of doctoral theses in the visual and performing arts. *Journal of English for Academic Purposes*, 11, 332–344.

Parry, S. (1998). Disciplinary differences in doctoral theses. *Higher Education*, 36, 273–299.

Parry, S., & Hayden, M. (1996). The range of practices in higher degree supervision: Disciplinary and organizational differences. Paper presented at the 11th Vice–Chancellor's Forum on Teaching, University of Sydney, 17 May 1996.

Pennycook, A. (2001). *Critical applied linguistics: A critical introduction*. Mahwah, NJ: Laurence Erlbaum.

Phelps, J. M. (2013). *Otherwise, elsewhere: International doctoral students in globalized transnational spaces*. Doctoral dissertation, University of British Columbia, Canada. Retrieved from https://open.library.ubc.ca/cIRcle/collections/ubctheses/24/items/1.0073656

Phelps, J. M. (2016). International doctoral students' navigations of identity and belonging in a globalizing university. *International Journal of Doctoral Studies*, 11, 1–14.

Phillips, E. M., & Pugh, D. S. (2015). *How to get a PhD: A handbook for students and their supervisors* (6th ed.). Maidenhead, England: Open University Press.

Posteguillo, S. (1999). The schematic structure of computer science research articles. *English for Specific Purposes*, 18, 139–160.

Prior, P. (1995). Redefining the task: An ethnographic examination of writing and response in graduate seminars. In D. Belcher & G. Braine (Eds.), *Academic writing in a second language: Essays in research and pedagogy* (pp. 47–82). Norwood, NJ: Ablex. Prior, P. (1998). *Writing/disciplinarity*. Mahwah, NJ: Lawrence Erlbaum.

Prior, P. (1998). Writing/disciplinarity. Mahwah, NJ: Lawrence Erlbaum.

Prince, A. (2000). *Writing through cultures: The thesis writing experiences of five postgraduate research students from non–English speaking backgrounds and cultures*. Unpublished MA thesis, University of Melbourne, Australia.

Punch, K. (2012). *Developing effective research proposals* (2nd ed.). London: Sage.

Rangkuti, H. (2016). *Migration out of Central Java: 1971–2010*. Australian National University. Doctoral thesis, Australian National University, Canberra. Retrieved from https://openresearch–repository.anu.edu.au/bitstream/1885/109180/1/Rangkuti%20Thesis%202016.pdf

Restuningrum, N. R. (2014). The journey I can't take alone. In J. Brown (Ed.), *Navigating international academia: Research student narratives* (pp. 65–76). Rotterdam: Sense Publishers.

Riazi, A. (1997). Acquiring disciplinary literacy: A social–cognitive analysis of text production and learning among Iranian graduate students of education. *Journal of Second Language Writing*, 6, 105–137.

Richardson, K. F. (2000). *"Suffer in your jocks, ya dickhead": Solidarity and the construction of identity in an Australian university cricket club magazine*. MA thesis, Department of Linguistics and Applied Linguistics, University of Melbourne.

Richardson, L. (2000). Writing: A method of inquiry. In N. Denzin & Y. Lincoln (Eds.), *The handbook of qualitative research* (pp. 959–978). Thousand Oaks, CA: Sage.

Ridley, D. (2012). *The literature review. A step by step guide for students* (2nd ed.). London: Sage.

Rizvi, F. (2010). International students and doctoral studies in transnational spaces. In M. Walker & P. Thomson (Eds.), *The Routledge doctoral supervisor's companion* (pp. 158–170). London: Routledge.

Robinson–Pant, A. (2009). Changing academies: Exploring international PhD students' perspectives on 'host' and 'home' universities. *Higher Education Research & Development*, 28, 417–429.

Rohani, S. (2014). Climbing the education ladder. In J. Brown (Ed.), *Navigating international academia: Research student narratives* (pp. 43–53). Rotterdam: Sense Publishers.

Rudestam, K. E., & Newton, R. R. (2007). *Surviving your dissertation: A comprehensive guide to content and process*. (3rd ed.). Newbury Park, CA: Sage.

Rudestam, K. E., & Newton, R. R. (2015). *Surviving your dissertation: A comprehensive guide to content and process*. (4th ed.). Los Angeles: Sage.

Russell–Pinson, L., & Harris, M. L. (2019). Anguish and anxiety, stress and strain: Attending to writers' stress in the dissertation process. *Journal of Second Language Writing*, 43, 63–71.

Samraj, B. (2002). Texts and contextual layers: Academic writing in content courses. In A. M. Johns (Ed.), *Genre in the classroom: Multiple perspectives* (pp. 163–177). Mahwah, NJ: Lawrence Erlbaum.

Samraj, B. (2008). A discourse analysis of master's theses across disciplines with a focus on introductions. *Journal of English for Academic Purposes*, 7, 55–67.

Scott, M. (1999). Agency and subjectivity in student writing. In C. Jones, J. Turner & B. Street (Eds.), *Students writing in the university: Cultural and epistemological issues* (pp. 172–191). Amsterdam: John Benjamins.

Seloni, L. (2018). Identity, voice, and the second language writer. In J. I. Liontas (Ed.), (Project editor: M. DelliCarpini; Volume editor: D. Belcher), *The TESOL encyclopaedia of English language teaching* (pp. 1–7). Hoboken, NJ: Wiley.

Shaw, P. (1991). Science research students composing processes. *English for Specific Purposes*, 10, 189–206.

Shen, F. (1989). The classroom and the wider culture: Identity as a key to learning English composition. *College Composition and Communication*, 40, 459–466.

Silva, T., & Matsuda, P. K. (2013). Writing. In N. Schmitt (Ed.), *An introduction to applied linguistics* (2nd ed.) (pp. 232–246). London: Routledge.

Sinclair, M. (2005). The pedagogy of 'good' PhD supervision: A national cross–disciplinary investigation of PhD supervision. Retrieved from https://ki.se/sites/default/files/the_pedagogy_of_good_phd_supervision.pdf

Smagorinsky, P. (2008). The method section as conceptual epicenter in constructing social science research reports. *Written Communication*, 25, 389–411.

Soler Monreal, C., Carbonell Olivares, M. S., & Gil Salom, M. L. (2011). A contrastive study of the rhetorical organisation of English and Spanish PhD thesis introductions. *English for Specific Purposes*, 30, 4–17.

Starfield, S. (2018). What examiners value in a PhD. In S. Carter & D. Laurs (Eds.), *Developing research writing. A handbook for supervisors and advisors* (pp. 184–189). London:

Routledge.

Starfield, S., & Ravelli, L. (2006). "The writing of this thesis was a process that I could not explore with the positivist detachment of the classical sociologist". Self and structure in New Humanities research theses. *Journal of English for Academic Purposes*, 5, 222–243.

Starfield, S., & Aitchison, C. (2015). The rise of writing events gives PhD students the support often lacking in universities. *The Conversation*. Retrieved from https://theconversation.com/the–rise–of–writing–events–gives–phd–students–the–support–often–lacking–in–universities–50250

Stevens, K., & Asmar, C. (1999). *Doing postgraduate research in Australia*. Melbourne: Melbourne University Press.

Sung, C–I. (2000). *Investigating rounded academic success: The influence of English language proficiency, academic performance, and socio–academic interaction for Taiwanese doctoral students in the United States*. Doctoral dissertation. Retrieved from ProQuest Dissertations & Theses Global. (9977270).

Swales, J. M. (1990). *Genre analysis: English in academic and research settings*. Cambridge: Cambridge University Press.

Swales, J. M. (1996). Occluded genres in the academy: The case of the submission letter. In E. Ventola & A. Mauranen (Eds.), *Academic writing: Intercultural and textual issues* (pp. 45–58). Amsterdam: John Benjamins.

Swales, J. M. (2004). *Research genres: Explorations and applications*. Cambridge: Cambridge University Press.

Swales, J. M., & Feak, C. B. (2000). *English in today's research world*. Ann Arbor: University of Michigan Press.

Swales, J. M., & Feak, C. B. (2012). *Academic writing for graduate students* (3rd ed.). Ann Arbor: University of Michigan Press.

Tao, L. (2015). *Media representation of internal migrant children in China between 1990 and 2012*. Master's by Research thesis, University of New South Wales, Sydney. Retrieved from http://unsworks.unsw.edu.au/fapi/datastream/unsworks:35130/SOURCE02?view=true

Tardy, C. M. (2005). "It's like a story". Rhetorical knowledge development in advanced academic literacy. *Journal of English for Academic Purposes*, 4, 325–338.

Taylor, T. L. (2000). *Women, sport and ethnicity: exploring experiences of difference in netball*. Doctoral thesis, University of New South Wales, Sydney. Retrieved from http://unsworks.unsw.edu.au/fapi/datastream/unsworks:458/SOURCE01?view=true

Taylor & Francis Group (2018). *What to expect during peer review*. Retrieved from https://authorservices.taylorandfrancis.com/what–to–expect–during–peer–review/

Thompson, D. K. (1993). Arguing for experimental "facts" in science: A study of research article results sections in Biochemistry. *Written Communication*, 10(1), 106–128.

Thompson, P. (1999). Exploring the contexts of writing: interviews with PhD supervisors. In P. Thompson (Ed.), *Issues in EAP writing research and instruction* (pp. 37–54). Reading: Centre for Applied Language Studies, University of Reading.

Thompson, P. (2005). Points of focus and position: Intertextual reference in PhD theses. *Journal of English for Academic Purposes*, 4, 307–323.

Thomson, P. (2013a). PhD by publication or PhD and publication – Part two. Retrieved from https://patthomson.net/2013/04/22/phd–by–publication–or–phd–and–publication–part–two/(accessed 13 August 2018).

Thomson, P. (2013b). Turning your thesis into a book. Retrieved from http://patthomson.wordpress.com/2013/09/23/turning–your–thesis–into–a–book/(accessed 1 June 2018)

Thomson, P., & Kamler, B. (2013). *Writing for peer reviewed journals: Strategies for getting published*. London: Routledge.

Thomson, P., & Kamler, B. (2016). *Detox your writing. Strategies for doctoral researchers*. London: Routledge.

Threlfall, C. (2011). *Conserving biodiversity in urban landscapes: Mechanisms influencing the distribution, community assembly and resource use of insectivorous bats in Sydney, Australia*. Doctoral thesis, University of New South Wales, Sydney. Retrieved from http://unsworks.unsw.edu.au/fapi/datastream/unsworks:10605/SOURCE02?view=true

Timms, W. A. (2001). *The importance of aquitard windows in the development of alluvial groundwater systems: Lower Murrumbidgee, Australia*. Doctoral thesis, University of New South Wales, Sydney. Retrieved from http://unsworks.unsw.edu.au/fapi/datastream/unsworks:519/SOURCE02?view=true

Tinkler, P., & Jackson, C. (2000). Examining the doctorate: Institutional policy and the PhD examination process in Britain. *Studies in Higher Education*, 25, 167–180.

Torrance, M. S. & Thomas, G. V. (1994). The development of writing skills in doctoral research students. In R. G. Burgess (Ed.), *Postgraduate education and training in the social sciences* (pp. 105–123). London: Jessica Kingsley Publishers.

Tran, K. M. (2018). *Distributed teaching and learning in Pokémon Go*. Unpublished doctoral dissertation, Arizona State University. ProQuest Dissertations & Theses Global. (10793640).

Tu, W. (2016). *How universities introduce themselves on the Internet: A critical multimodal genre study*. Unpublished doctoral thesis, University of Sydney. Australia. Retrieved from http://hdl.handle.net/2123/16797

Turner, J. (2003). Writing a PhD in the contemporary humanities. *Hong Kong Journal of Applied Linguistics*, 8, 34–53.

Vande Kopple, W. J. (1985). Some exploratory discourse on metadiscourse. *College Composition and Communication*, 36, 82–93.

van Niele, I. (2005). *Ambivalent belonging*. Unpublished doctoral thesis, South Australian School of Art, Adelaide, Australia.

Walsh, E. (2010). A model of research group microclimate: Environmental and cultural factors affecting the experiences of overseas research students in the UK, *Studies in Higher Education*, 35, 545–560.

Walton, T. (2014). *Risky behaviours of beachgoing in Australia*. Doctoral thesis, University of New South Wales, Sydney. Retrieved from http://unsworks.unsw.edu.au/fapi/datastream/unsworks:12626/SOURCE02?view=true

Wang, W. (2006). *Editorials on terrorism in Chinese and English: A contrastive genre study* Unpublished doctoral thesis, University of Sydney, Australia.

Watson, G. C., & Betts, A. S. (2010). Confronting otherness: An e–conversation between doctoral students living with the Imposter Syndrome. *Canadian Journal for New Scholars in Education/Revue canadienne des jeunes chercheures et chercheurs en education*, 3(1), 1–13.

Winchester–Seeto, T., Homewood, J., Thogersen, J., Jacenyik–Trawoger, C., Manathunga, C., Reid, A., & Holbrook, A. (2014). Doctoral supervision in a cross–cultural context: Issues affecting supervisors and candidates. *Higher Education Research & Development*, 33, 610–626.

Winter, R., Griffiths, M., & Green, K. (2000). The "academic" qualities of practice: What are the criteria for a practice–based PhD? *Studies in Higher Education*, 25, 25–37. Wisker, G. (2015). Getting published. London: Palgrave Macmillan.

Wu, S. (2002). Filling the pot or lighting the fire? Cultural variations in conceptions of pedagogy. *Teaching in Higher Education*, 7, 387–395.

Yagelski, R. P. (2014). *Writing. Ten core concepts*. Stanford, CT: Cengage.

Yang, R., & Allison, D. (2003). Research articles in Applied Linguistics: Moving from results to conclusions. *English for Specific Purposes*, 33, 365–385.

Yusuf, A. A. (2007). *Equity and environmental policy in Indonesia*. Doctoral thesis, Australian National University, Canberra. Retrieved from

https://openresearchrepository.anu.edu.au/handle/1885/9809

Zarezadeh, V. (2017). *Coupling hydrologic and urbanization modelling: A multi–scale investigation to enhance urban water resource systems sustainability*. Doctoral dissertation. Retrieved from ProQuest Dissertations & Theses Global. (10683524).

Zerubavel, E. (1999). *The clockwork muse: A practical guide to writing theses, dissertations and books*. Cambridge, MA: Harvard University Press.

Index

國家圖書館出版品預行編目(CIP)資料

英文學位論文寫作手冊：學生與指導教授參考指引/Brian Paltridge, Sue
Starfield 作；戴至中譯. -- 初版. -- 臺北市：波斯納出版有限公司，2024.11
　　面；　公分
譯自：Thesis and dissertation writing in a second language : a handbook for
students and their supervisors, 2nd ed.
ISBN 978-626-7570-02-9(平裝)

1.CST: 論文寫作法

811.4　　　　　　　　　　　　　　　　　　　　113015551

英文學位論文寫作手冊：學生與指導教授參考指引

作　　者 / Brian Paltridge and Sue Starfield
譯　　者 / 戴至中
執行編輯 / 朱曉瑩
出　　版 / 波斯納出版有限公司
地　　址 / 臺北市 100 館前路 26 號 6 樓
電　　話 / (02) 2314-2525
傳　　真 / (02) 2312-3535
客服專線 / (02) 2314-3535
客服信箱 / btservice@betamedia.com.tw
郵撥帳號 / 19493777
帳戶名稱 / 波斯納出版有限公司
總 經 銷 / 時報文化出版企業股份有限公司
地　　址 / 桃園市龜山區萬壽路二段 351 號
電　　話 / (02) 2306-6842

出版日期 / 2024 年 11 月初版一刷
定　　價 / 560 元
Ｉ Ｓ Ｂ Ｎ / 978-626-7570-02-9

喚醒你的英文語感！

Get a Feel for English !